The Wishing Trees

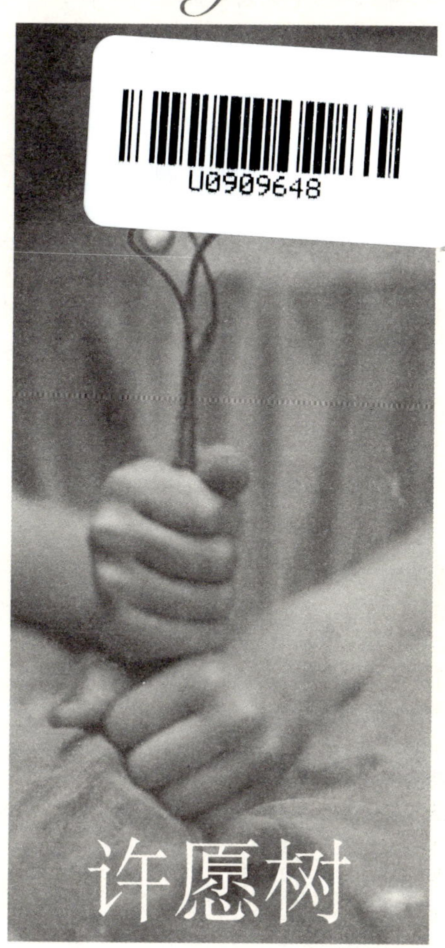

许愿树

〔美〕约翰·肖尔斯 著 王一凡 译

湖南文艺出版社
HUNAN LITERATURE AND ART PUBLISHING HOUSE

图书在版编目（CIP）数据

许愿树 /（美）肖尔斯（Shors，J.）著；王一凡译
—长沙：湖南文艺出版社，2011.5
书名原文：The Wishing Trees
ISBN 978-7-5404-4830-1

Ⅰ. ①许… Ⅱ. ①肖…②王… Ⅲ. ①长篇小说 - 美国 - 现代
Ⅳ. ① I712.45

中国版本图书馆 CIP 数据核字（2011）第 028517 号

著作权合同登记号：图字 18-2011-054
上架建议：外国流行小说

许愿树
作　　者：［美］约翰·肖尔斯
译　　者：王一凡
出 版 人：刘清华
责任编辑：易　见　耿会芬
策划编辑：孙淑慧
特约编辑：尹艳霞
版权支持：辛　艳
版式设计：李　洁
封面设计：江山社稷
出版发行：湖南文艺出版社
（长沙市雨花区东二环一段 508 号　邮编：410014）
网　　址：www.hnwy.net
印　　刷：北京盛兰兄弟印刷装订有限公司
经　　销：新华书店
开　　本：880 × 1230　1/32
字　　数：230 千字
印　　张：12
版　　次：2011 年 5 月第 1 版
印　　次：2011 年 5 月第 1 次印刷
书　　号：ISBN 978-7-5404-4830-1
定　　价：29.80 元
（若有质量问题，请直接与本社出版科联系调换）

谨以此书献给我的家人。

艾丽森——谢谢你与我一起游荡。我爱你。

苏菲和杰克——没有什么比你们的微笑更让我觉得幸福。

目录 CONTENTS

美国

合二为一

我，一个来自曼哈顿的女孩。而你，一个来自澳大利亚乡村的男孩。一定是上天安排好了我们的邂逅。我们的故事由此开始。而这个故事永远不会结束。故事的中途我们一起环游世界，一同养育了一个可爱的女儿。

“一扇门关闭，就会有另一扇门开启。”

——美国谚语

伊恩看着熟睡中的玛蒂，她蜷着身，似乎还在紧紧依偎着他，她双臂搭在一个枕头上，那是他小心翼翼放在她身旁的。多少个夜晚，这枕头就充当着他的替身，他不在的时候，安慰她，带给她温暖和一丝属于他的气息。特大号的床铺让他这个十岁的女儿显得格外娇小。她看上去是那么脆弱、那么孤独，就好像没有他在身边，她就会散架。一如往常，看着熟睡中的玛蒂，伊恩的眼泪又涌上了眼眶；无论从哪个角度来看，她几乎都是她已故母亲的翻版。几年前，玛蒂曾经用在附近公园里见到的景物与自己作比。她说她的头发与橡树皮的颜色类似。她还确信，在某个时候，蓝天一定是慢慢融进了她的眼眸，因为它们和她抬头所见的天空的颜色一模一样。母亲问她脸上的小雀斑从何而来，玛蒂会沉思一会，环顾公园。最后回答说，那些雀斑是她打盹时，飘落到她脸上的树叶的微小碎屑。

伊恩回想起来，玛蒂和凯特以前都是这样对话的——仿佛她俩有着同样的心思和视界。玛蒂并没有刻意去模仿母亲，或是效仿母亲的个性特点。然而，玛蒂看上去就像是个缩小版的凯特，仿佛是凯特的DNA被规整妥当，渗透到了玛蒂的言谈举止和思维想法之中。和母亲一样，玛蒂充满了艺术天赋和好奇心。她的内心承载着母亲的爱与欢笑。以前，无论去什么地方，他们三个几乎形影不离，玛蒂和凯特会手牵着手——即便是玛蒂已经长大，而她的朋友们都已经羞于在公众场合表达对父母爱意的时候，也不例外。

伊恩俯下身，躺在玛蒂身边的床沿上。以前凯特都是睡在这边的，他抚摸着温暖过她的被单。虽然他最后一次触摸她的肌肤，已经是十个月之前了，但失去她的痛楚还是那么强烈，仿佛她的辞世不过是昨天的事情。他仍然感觉到空虚，感觉到自己是不完整的，好像他的灵魂想要随她而去，但却被束缚在这凡尘俗世。凭借自己的意志，也出于他对玛蒂的爱，他修补了这个受困灵魂的某些部分——他把它的碎片拼接起来，就像在修补一个打碎了的花瓶。但是，他担心自己内心的这个部分再也无法自由翱翔了。一只受过伤的小鸟也许能再次学会如何飞翔，但那种不受羁绊的自由是再也找不回来了。无论是什么让那只小鸟坠落，那东西永远都会在远处阴森地潜匿。

玛蒂在熟睡中躁动起来，把伊恩给她盖好的被子和毛毯都踢开了。他仔细地又替她盖好，弯下腰去亲了亲她额头上的小雀斑。他走到一面古董镜子前，停下脚步，这面镜子是凯特挂在床对面的。在过去的一年里，他的模样发生了如此大的改变。堂堂六尺之躯现已有了些微的驼背。两鬓显出缕缕灰白，那灰白在他头顶慢慢扩张，像是在湖面不断延伸的冰层。他瘦了二十磅，身形看上去更像个大学生而非中年男人。甚至他的双眼也不一样了——虽然还是褐色，但其中的光彩已然消退。

伊恩摇摇头，并不喜欢镜中的自己。他走出卧室。这幢褐石小屋的一切基本保持着凯特在世时的原样。每个角落、每处空地，都会勾起他的回忆，他不知道他们的房产经纪人那天有没有接到愿意买房的客户的电话。反正他已经无法在这四面墙之间继续住下去了。他想玛蒂也是一样。伊恩觉得，他们的家已经不复存在了。

工作也无法让他感到丝毫慰藉——倒是玛蒂花花绿绿的涂鸦让他稍得安慰。他看了一眼凯特的照片，不过，头一回，他没有目不转睛地盯着照片看。他打开衣柜，从里面拿出一份包装完好的礼物，这是十个月前凯特交给他的，三天后她就过世了。她要他保证，在他生日时才打开这份礼物。而他也忍住了冲动，信守了自己的承诺。

伊恩坐在椅子里，把礼物放在膝盖上。他闻着包装纸的味道，希望能嗅到一丝凯特留下的气息。他想象着她在包装盒上打蝴蝶结时的情形，吻了吻那个漂亮的蝴蝶结。包装盒上没有卡片，在过去的十个月里，他无数次地想过这个问题。凯特是不会忘记这样的事情的，这不是她的作风，她一直都很喜欢用手写东西。除非迫不得已，她和他之间的信息传递都是通过纸笔。

伊恩深吸了一口气，摸着包装纸的边缘。他的心跳开始加速。脖子后面一阵刺痛。那张包装纸拦住了他。它就像是盖在棺木上的一面旗帜，他必须慎重地对待它。凯特曾经细心地包好它，他也必须细心地拆开。“里面是什么呢，我的爱？”他轻声问道，这句曼哈顿英语中夹着浓浓的澳大利亚口音，从旁边的窗户飘了出去。

一个盒子很快露了出来——一个红色的鞋盒。他赶紧打开盒盖，最先看到的是个信封。信封下面大概有十几个黑色的胶卷筒。伊恩撅起嘴，打开信封，里面是一封信。一看到凯特漂亮的字迹，他又忍不住落泪。即便是在面对死亡、忍受痛苦的时候，她的字迹仍然是那么稳重从容。

伊恩：

你知道吗？当人们去世的时候，他们的爱并不会随之消失。我敢确定这一点，因为在过去的几个月里，虽然我躺在病床上，一天比一天憔悴，我对你和玛蒂的爱却在不断增长。在这些日子里，我的内心只感受到了对你们俩的爱，没有其他任何东西。这爱像热带野草般生长，让周围的一切都相形见绌，它不断向上，争取着阳光和热量。是的。我爱你。我爱你。我爱你。

能遇到你是我的幸运，毫无疑问，是命运让我们走到了一起。不然，我们怎么都会决定去日本教英语呢？我，一个来自曼哈顿的女孩。而你，一个来自澳大利亚乡村的男孩。一定是上天安排好了我们的邂逅。我们的故事由此开始。而这个故事永远不会结束。故事的中途我们一起环游世界，一同养育了一个可爱的女儿。

你还记得我们去泰姬陵的时候，导游告诉我们国王和他妻子的故事吗？他是那么爱她。当她快要死去的时候，他想知道她还有什么未了的心愿，她向他提出了一个要求——为她修建一幢漂亮的房子，每到他们结婚纪念日的时候，去那里为她点燃一支蜡烛。这位女子临终前的愿望变成了泰姬陵。

我也有一个最后的心愿。也许比她的心愿简单，但并非很容易就能办到。我希望你和玛蒂能够快乐。这就是我的遗愿。我希望你们俩在为我伤心完以后，能够开心起来。如果你们悲伤痛苦，我会无法安息，所以，请为了我，开心起来。再次放声大笑，像以前那样打打闹闹。再次让自己自由。

还记得吗？在我生病之前，我们计划要重新游历亚洲，把我们以前走过的地方再走一遍，以此庆祝我们结婚十五周年。只不过这一次，我们会有玛蒂相伴左右。那时候的我们是那么兴奋、那么生气勃勃、那么快乐。

我想要你，我的爱人，带她走上那样的旅程。看一看我们渴望去看的地方，感受我们想去感受的一切。你能为了我这样做吗？请一定要再去看看你我热爱的那片土地，走一走我们打算要再去走的旅程。你们要教会对方再次去感受快乐。请一定尽快出发，我在每个胶卷筒上都做了记号，写了某一个国家的名字，等你到了那个国家以后，就打开对应的胶卷筒。有六个是给你的，六个是给玛蒂的，都是我们最初计划行程中的国家。在你到达最终的目的地之前，请不要打开它们。

带上我的人寿保险金作为旅途上的费用。你大概已经卖掉了你的公司，我希望你现在还没有新开一家。工作的时间总会有的。

请一定要走这一趟。拜托了。我希望能和你们一起去。但是，很抱歉，我不得不离开。我那么努力地想要留下来。我奋力抗争，直到我变成了另外一个人，一个被愤怒冲昏头脑的人。到那时，我才放弃了抗争。

你还记得吗？亲爱的，我们以前总是给对方写诗。当你到了国外，从房间里走出来，看看满天繁星，想想那些诗。当初，你为我写下第一首诗的时候，我就已经属于你了。诗歌让我们更加亲密。

请满足我最后的心愿。这不是一件简单的事。但为了我、为了玛蒂，也为了你自己，请踏上这段旅程。在异国他乡留下你们的足迹，沿途的路上你们要相互照顾、彼此扶持。你们以前是那么爱讲笑话，那么爱笑。我人生最大的快乐之一就是看着你们一起开怀大笑。你们一定要再次欢笑。你们也一定会再次欢笑的。

我爱你，伊恩。记住我写的这些话——我们是属于彼此的，没有什么能把我们分开。时间不能。空间不能。任何阻隔都不能。我对你们俩的爱永远都不会消失，它就像是汪洋大海，而你们就是海里的盐和水。

我爱你和玛蒂，直到永远。

你的凯特

伊恩抱住头，放声大哭起来。

过了许久，他才用手抚摸着她的字迹，仔细想着她话语中的意思。他不想在没有凯特的情况下再去亚洲，这样的旅行只会是空洞的、苍白的。但是，他们的小女儿看上去又是那么迷惘。他尝试了无数方法，无时无刻不想让她开心一点，让她走出这段阴影。虽然有时候，他也会让她的脸庞明亮起来，但那样的情况总是像秋日落叶般转瞬即逝。

伊恩一遍遍读着这封信，直到筋疲力尽，再也无法思考，也没有了任何感觉。他躺在玛蒂身边，把她抱紧，吻着她，然后闭上双眼，任由黑夜将自己吞没。

日本

苏醒的记忆

我猜你会在樱花盛开的季节去日本。也许你们可以坐在河边的一棵大樱花树下，看看那落英缤纷的美景。你还记得以前我们老是伸出舌头，试着去把落花接住吗？我真怀念那些日子。

“良言一句三冬暖。”

——日本谚语

“这里也不是那么离谱吧，对不对？”伊恩一边问，一边帮玛蒂坐到座位上，很高兴能从东京摩肩接踵的人行道上解脱出来。

玛蒂盯着眼前的小传送带，这条传送带把一盘盘寿司送到长桌旁的顾客面前。寿司摆在不同颜色的盘子上，玛蒂看过来又看过去。“为什么有这么多颜色呢？”她问，长时间坐飞机让她有些疲劳，她说话的声音很慢、很低沉——这和她父亲的声音完全不同，伊恩说话带着澳大利亚口音，语速总是很快。

伊恩朝一位走过他们身边的服务员点点头。“每个颜色的盘子代表不同的价钱，宝贝。绿色盘子里的寿司最便宜。蓝色盘子的价格适中，红色最贵，以此类推。这是这里上菜的方法——很快，而且很有效率。”

“哦。”

“想尝一尝吗？”

“好呀。”

穿着黑色T恤衫和短裙的服务员问他们要不要点喝的。伊恩用心回忆着日语，绞尽脑汁想出了几个词。服务员记下他点的东西，走开了，玛蒂玩着自己的长辫子，把它往下巴上蹭。伊恩抱着玛蒂说：“她一定以为我脑子有问题。”他希望自己能说点什么逗玛蒂笑笑，这已经成了他生活中一个执着的目标。“我也不知道我刚刚是点了水，还是告诉她我们很想去游泳。”

玛蒂只是盯着面前的盘子，心想，也许自己能把它们画下来。“你和妈妈以前来过这里吗？”

“没有，宝贝。东京有三千万人。这里比纽约都要大。到处都有这样的餐馆，所以要两次去往同一个地方就好比大海捞针一样。再说，我们以前住在京都，只来过东京两三次。”

玛蒂心不在焉地点点头，继续研究着各种各样的寿司。好多盘子里都摆着粉色、红色、白色、橙色的鱼肉片，也有鱼籽、章鱼须、虾仁，一瓶瓶啤酒和清酒不断地从玛蒂的右边转到左边。她看见一个男人坐在隔她两张椅子的地方，面前已经堆起了十几个空盘子。她很惊讶，一个个子那么小的人怎么能吃下那么多东西呢？

玛蒂打量那个男人的时候，伊恩却在看着玛蒂。自从凯特过世以后，玛蒂就不像以前那么爱说话了。她还是会问很多问题，但似乎让她感兴趣的只是答案本身，而不是聊天的过程。以前，玛蒂总是迫不及待地和父母分享她对世界的看法。但是现在，母亲过世一年半以后，她似乎已经对分享自己的看法这件事情失去了兴趣。

“我猜，在这里，你就算是条章鱼也没什么用，”伊恩看着旁边的一位客人正在大口享用着章鱼须，说，“有八条腿也照样被人吃掉。”

玛蒂脸上露出一抹微笑。那笑容就像是初升的太阳，让伊恩觉得温暖极了。“别说傻话了，老爸，”她说，“你让我觉得好尴尬。”

“让你觉得尴尬？那是哪个小丫头以前衣服都不穿，光着身子在家里到处乱跑？”

“老爸！”

他俯过身吻了吻她的头发。“好了好了，你不用管我这些啰里啰唆的话。”

服务员给他们端来水，伊恩谢过她。玛蒂继续看着从面前经过的各色食物。她拿起筷子，她还记得母亲教过她怎么用筷子。母亲教会了她很多很多东西——怎么骑自行车、怎么种郁金香，还有最重要的一件事情，怎么画画。以前，她们常常一起去中央公园写生。有时候，母亲给她读一个故事，玛蒂则把故事里的情形画出来。起初，她的画只是一些线条和色彩的简单组合。但是，随着时间的推移，她的画也变得越来越复杂、越来越优美。在母亲的鼓励下，她学着带着情感画画，把希望、爱恋和快乐都融进笔端，让作品越发生动灵活。

玛蒂看着窗外喧闹繁华的东京，这座城市瞬息万变。她看见高架列车，成千上万的人像潮水一般涌动，五颜六色的灯闪烁着，熠熠生辉。玛蒂突然觉得有点茫然若失。她在日本迷失了方向，虽然父亲就在身边，她仍然觉得孤独。

“爸爸？”她问。

“什么事，宝贝？”

“你觉得妈妈真的能看到我们吗？我们周围有这么多人。”

伊恩撅起嘴，她的话在他脑海中回响。“你妈妈一直都能看见你呀，傻丫头。她一直都在看着你呢。”他喝了一口水，对凯特的回忆涌上心头，他努力控制着不让声音颤抖。“你刚刚出生后几个月，有一天晚上，我下班回家时已经很晚了。你睡在摇篮里，你妈妈睡在地板上，但她的手却伸过摇篮的栏杆，握着你的手。你们俩就像两个天使。”

“真的吗？”

“当然是真的。”

“那你拍了照片没有？”

他摇摇头。“我以前犯了很多愚蠢的错误，这就是其中一个。”伊恩看到玛蒂缩成一团，好像是很冷，于是他把自己的椅子移向她的椅子，两人腿挨腿。她穿着一件T恤，上面印着她小时候画过的一幅画——这是凯特特别定做的——衣服很漂亮，但一点也不暖和。“我敢百分之百肯定，你妈妈现在一定看着你呢。”伊恩一边说，一边抱紧她。

“我好想她呀。”

“我知道。我也想她。”

玛蒂握着他的手，一滴眼泪从她眼眶里落下来。“爸爸，我……我想起妈妈就好难过”

他替她擦去眼泪。“不要这样，妈妈之所以希望我们出来走这一趟，就是想让我们能像以前那样开怀大笑。你还记得怎么笑吗？我们以前总是笑得很开心的。”

“我记得。”

伊恩朝她靠过去，吻了吻她鼻子旁边的一个小雀斑，在女儿身上又看到了妻子的身影。“你会和我一起笑吗？像你妈妈所希望的那样？”

“她真的这么说了吗？她希望我笑？”

“她在给我的信里这么写的。”

玛蒂尽力回想母亲的微笑。“遵命，长官。我会多笑笑的。”

他拥紧她的肩膀。“这才是我的乖女儿。要的就是这个劲头。我们在一起一定会很开心的，就像以前那样，以后也永远会这样。”

她端起一盘黄瓜片。“你能给我讲个故事吗？你和妈妈在日本的故事。”

“好笑的故事吗？”

“不是。告诉我她做过的好事。她是怎么帮助别人的。”

伊恩点点头，在记忆中搜索着。他端起一盘金枪鱼，但并没有碰那些切得漂亮的鱼片。“有一天，你妈妈和我上完课休息，在外面吃午餐。我们当时在京都市中心，火车站附近。”

“然后发生了什么事？”

他用筷子夹了一片黄瓜喂到她嘴里，发觉她的双唇在过去的这几个月长得更加圆润了。“你也知道，宝贝，你妈妈总是很喜欢帮助别人。”他一边说，一边把一片金枪鱼放到酱油碟里蘸了蘸。“她喜欢帮助那些有困难的人。那天，天气很好，我们坐在外面，一个无家可归的流浪汉走过来，他喝醉了酒，摇摇晃晃的，站都站不稳。一堆人围在他旁边，有三个生意人走过来，开始欺负他。他们嘲笑他，把他的包踢来踢去。然后，他们又开始踢他。很快，就有更多的人来看热闹——如果你要问我，我会说他们都是一群可耻的胆小鬼，因为那三个大坏蛋对流浪汉拳打脚踢的时候，竟然没有一个人出面阻止。”

“你也站在那里吗？”

伊恩笑了，想起凯特挺身而出的情景。“你妈妈把吃的东西放在一边，马上就跑过去了。没办法，我只能跟着她。等我跑过去的时候，她已经在训斥那三个生意人了。有两个人溜走了。我猜，他们一定觉得很惭愧，只有一个人顽固不化，站着没走。我出现的时候，他才急急忙忙走了，像屁股着了火一样。”

玛蒂又夹起一片黄瓜。“然后呢，妈妈做了些什么？”

“你妈妈弯下腰，把那个流浪汉扶起来。又给了他一些钱。如果我没记错，还是不少钱呢。”

“她害怕吗？”

“我不知道。反正我挺害怕的。如果事情闹大了，我们很可能会被赶走。而我当时来日本才几个月，根本没有地方可去。”

玛蒂点点头，一点也不觉得意外。“我想和妈妈一样。我想去帮助别人。”

“你会的，宝贝。你会的。只不过，你不用着急长大。即便年纪小，一样也能帮助别人呀。”

她吃完黄瓜，拣了一个粉红色的盘子，上面放着薄薄的虾片。“爸爸，我们明天可以打开妈妈留给我们的信吗？”

“明天？”

“我觉得我们可以看了。”

伊恩往酱油碟里加了些芥末，考虑了一会。他不知道自己是不是已经做好了准备，再去读凯特的信。他害怕她会要求他做更多能力范围之外的事。她已经把他逼到了极限，让他回到了日本，回到了他们最初相爱的地方。一部分的他并不想回到京都，有时候，尘封的记忆还是不去扰乱为好。因为，这些记忆只会让他脆弱，不会让他坚强，但他需要为了玛蒂坚强起来。他不能让她发现自己的脆弱，发现那些让他窒息的悲伤。他必须成为一个演员，让玛蒂相信他是想开始这段旅行的，但有时候，他也会怨恨凯特让他做出这样的承诺。她的要求太难达到了。他怎么能在那些永不会复苏的记忆里倘佯呢？他已经失去了太多幸福，怎么还能让玛蒂再次欢笑呢？当然，他会努力尝试，但他害怕失败。他一直都没有凯特那么坚强，而她在提出这个不可能完成的任务之前，就应该好好想想这一点。

“能再等等吗，宝贝，至少等到明天以后？”最后，他做出了回答。“怎么样？你和我明天要当一回库克船长[①]，后天我们再一起打开胶卷筒。”

“真正的库克船长？”

“当然了，宝贝。我们要到处逛一逛。一起看看东京。好好玩一天。然后，我们再看你妈妈的信。”

“遵命，船长。”玛蒂回答道，努力挤出一个微笑。她知道，他以为他可以在她面前隐藏自己的情感，但她看得见他的痛苦，即使她装做看不见。她看到他目不转睛地盯着母亲的照片，看到他说话说到一半又停在那里，因为某个气味或场景又勾起了他的回忆。尤其是在晚上，他会走进浴室，打开水龙头，放声大哭。这一切都瞒不过她。

玛蒂理解父亲，她看到过他溢满幸福的脸庞。她知道他有多么喜欢笑，喜欢逗她，喜欢开玩笑。但现在，他基本上已经不做这些事

① 詹姆斯·库克（1728~1779），英国著名航海家、探险家。——译者注

情了，即便做，也没有以前做得那么好了。有时候，她也会偶尔看到从前的那个他，但这样的情况很少见，就像她自己也很少会觉得开心一样。

“我爱你，老爸。”玛蒂说，把一盘金枪鱼摆到他面前。

伊恩努力把对凯蒂的思念推到一旁，至少让自己暂时不要去想她。“我也爱你，宝贝。我真的很爱、很爱你。如果没有你，我不知道该怎么办。”

玛蒂床上的垫子像是硬木板。她翻来覆去，背对着父亲，伊恩穿着格子睡衣，好不容易睡着了。他们在日本度过的第一个晚上并不安宁，尤其对玛蒂来说，她从来没有出过国，还不习惯这么大的时差变化。她觉得累极了，但脑子却不由控制地思前想后。

这家旅店的房间和美国旅店的房间并没有很大区别，但狭窄的空间让玛蒂觉得紧张。门上写的字很奇怪——是一种古老而陌生的文字。深夜，玛蒂发现，马桶的坐垫竟然是可以加热的。一扇磨砂玻璃的推拉门把浴室和卧室隔开。房间角落里还摆着两把金属高脚椅。玛蒂觉得，这个房间除了马桶以外，其他地方都让人觉得极其不舒服、不自在。

玛蒂从床上爬起来，小心地不去惊动爸爸。她把他大旅行包的拉链拉开，从里面翻出自己的牛仔裤和足球队的旧T恤衫。她走进浴室，关上门，打开灯。她过肩的长发都缠到了一起。她拿起一把塑料小梳子，把头发梳直。刹那间，她想起母亲给她梳头发的情形。天气好的时候，她们会坐在户外，玛蒂画外面的景物，母亲会用一把湿梳子把玛蒂的每一根头发梳得又直又顺。

玛蒂盯着镜子，希望能在身后看到母亲的影子，但她只看到浴室的白色墙壁。眼泪涌上眼眶，她放下梳子，转过背去，她不想看见自己孤零零地站在一个陌生的地方痛哭。她走出浴室，父亲还在睡觉，她打开自己的蓝色背包——和父亲的大背包一样，只是小一些。她拿出一张扑克牌大小的纸片，这是她几年前画的一幅画。是用彩色铅笔画的，画上一个穿裙子的小姑娘拉着她妈妈的手。玛蒂在画的下面写着“我爱你，妈妈”。母亲把这幅画拿到照相馆塑封了，生病之前一直随身带着。住院以后，又把它放在病床边的桌子上。母亲去世以后，玛蒂就带着这幅画。有时候，她把它放在枕头下面。有时候，她拿它当书签。从不离身。

玛蒂想着画中两张幸福的笑脸，看看周围简陋的房间，抽泣了起来。她用手抚摸着画中母亲的轮廓，试着回忆母亲手中拿着梳子时的样子。但玛蒂并没有看到母亲慈祥的微笑，而是躺在病床上，鼻子和手腕上都插着输液管。她的脸色苍白而痛苦，手臂纤细而柔弱。她的微笑是那么迷惘，里面既没有快乐，也没有希望，只有痛苦、绝望和悲伤。

玛蒂不想去回忆母亲躺在病床上的样子，不想去回忆她一天天衰弱的情形，不想去回忆医生给她注射止痛剂以后，她眼睛里的光芒如何黯淡了下去。玛蒂仍然盯着自己的画，努力回忆自己和母亲度过的快乐时光——她们一起露营，一起玩大富翁。但不管玛蒂多么努力地去回忆这些快乐的时刻，最后，她还是会想起母亲插着输液管、躺在病床上的样子。

玛蒂吻了吻那幅画，闭上眼睛，她没有办法停止哭泣，眼泪从她脸上滑落，滴在球衫上的一块印记旁边。她抱住双臂，假装是母亲在给自己一个拥抱。她前后晃动，哭个不停，却还在努力回想欢乐时光中的母亲。

突然，父亲在她面前跪下来，抱紧了她，吻着她脸上的泪痕。“嘘，”他轻声说，“现在一切都会好的。”

“不会。”

“让我抱抱你。”

“一切都不好。”

“我就在这儿。”

“但是，爸爸……我记不起来了。我不想记起来。”

“记起来什么？”

“妈妈的脸。我只记得那些输液管。她最后的样子。”

伊恩吻了吻她的额头和眼睛。他默默责怪自己让玛蒂看到了凯特去世前一天的样子。这是一个错误。玛蒂想和母亲道别，但当她一看到凯特几乎毫无生气的躯壳时，就号啕大哭起来。这并不是道别，对在场的每一个人来说，那都是一个可怕的回忆。那些输液管和针头简直就是折磨人的刑具。

“我不想再记起那个样子的她了。”玛蒂补充说，依然紧紧抓着那幅画。

“放轻松一点，宝贝，”伊恩说，“放轻松一点。”

伊恩把她紧紧抱在胸前，没有什么比看着泪水涟涟的玛蒂更让他伤心的了。他时常在想，一颗幼小的心灵不应该承受这么多的痛苦——他多么希望自己能够赶走她的悲伤，替她承受痛苦。但他不知道要怎么做，所以他只能抱着她、安慰她。

“我给你看样东西。”他说，把她抱起来，朝他放钱包的桌子走去。他坐在高脚椅上，打开钱包，翻出一张皱巴巴的照片，照片上的凯特正躺在吊床上。这是玛蒂出生前几周拍的，凯特穿着一条夏天的裙子，大肚子已经很明显了。她的脸和玛蒂的脸是那么相像，露出一个大大的微笑，目不转睛地盯着伊恩，双手摸着肚子。

伊恩把照片递给玛蒂。“你妈妈很喜欢怀着你的感觉。老实说，她很多朋友都不太喜欢怀孕的过程，但她却很享受。”

“真的吗？”

“她喜欢你在她肚子里踢她，你可有劲了。所以我给你起了个外号叫‘袋鼠’。我在澳洲看到过很多袋鼠。你让我想起了它们。”

伊恩吻了吻女儿的额头，他摸着她的脸，手指来回移动着，像是在按手机，尽管他已经很久没有用过手机了。他的肚子又抽痛起来，“有时候，我也会像你那样，总是记着一些伤感的画面。”他说，又吻了吻玛蒂。“我也看见了那些输液管。但这个时候，我就会把这张照片拿出来，我看着照片，想着她开心时的样子。

“我还记得那天她很累，想休息一下。那是春天，天气很暖和。周围的景色也非常漂亮。我把吊床拿出来，挂在我们家的院子里，她躺在上面看了一会书。我给她照相的时候她还吓了一跳，后来便笑了，她用手摸着肚子里的你，我就拍下了这张照片。不管什么时候，如果我想记起她的样子，我都会把这张照片拿出来仔细看看。

“这张照片给你了，宝贝。我们可以把它贴在你那幅画背后。这样你就都能看到了。”

玛蒂摇摇头。“可是这样，你就没有了。”

“我不介意。我们可以一起看呀，小袋鼠。你和我一起。我们还要一起做其他很多很多事。”

她抱着他，把下巴搁在他肩膀上。“对不起，爸爸，我把你吵醒了。我觉得好冷，而且床铺也好硬。我睡不着。”

“不用担心把我吵醒，宝贝。反正我也该起来了。今天我要带你去历险，当一回真正的库克船长。”

“太棒了！那要带上我的铅笔吗？”

“可以，大副。”他回答，吻了吻她的额头，然后站起身，对自己刚刚的这场表演感觉累极了，他不知道他们两人到底能不能完成这次旅行，他多么希望凯特没有提出过这样的要求。他走进浴室，坐在马桶盖上，想着玛蒂的泪水和战栗。他今天必须让她笑一笑，他一遍又一遍地告诉自己，紧闭双眼，用力握着拳头，手指甲在手掌上留下了印子。即便是他做不到，她还是需要他，需要他带来对美好未来的希望。

伊恩打开淋浴喷头，任凭水流在自己身上。有那么一刻，他觉得自己快要淹死了，毫发细的水流也会让他窒息。他渴求帮助，但没有人能够帮他。他希望明天快点到来，但今天才刚刚开始。他的每一个愿望似乎都从身边的墙壁上反弹回来，无人回应。他再一次咒骂自己过去太过疯狂的工作，以至于错过了玛蒂生活中太多美好的时刻，他不知道现在应该如何去满足她的需要、消除她的恐惧。他希望能让她远离生活的丑恶和痛苦，但又觉得没有能力完成这样的任务。要保护玛蒂，他必须首先成为她生活中的一部分，凯特以前就是这样做的。但他觉得自己还没有成为她的一部分。有时候，他觉得，玛蒂就像是一门他不会说的外语。

他努力站起来，两条腿还在颤抖。他伸出手去拿肥皂，假装哼起歌来。他身上都是肥皂泡，他狠狠地擦着，似乎肥皂能帮助自己洗掉过去的回忆、洗掉自己的失败和软弱。他制订了一个计划。今天，他一定要让她笑一笑。这是一个开始。

伊恩和玛蒂很晚才吃过早餐，又花了一个钟头一起学习玛蒂的数学课本，怎么做分数的相加，然后两人才从旅店出发。他们穿着一样的衣服，彩色T恤衫、牛仔裤、网球鞋。伊恩戴着一顶绿黑相间的棒球帽，那是他们全家去参观自由女神像时，玛蒂和她妈妈买给他的。他帮玛蒂编好了辫子，用紫色的橡皮筋绑好。

从旅店大堂出来，他们仿佛踏进了一条人潮拥挤的河流。职业打扮的男男女女们穿着深色西装，行色匆匆、摩肩接踵。每个人看上去都急急忙忙的，尽管天空只是有些许阴霾，还是有很多人拿着雨伞。绝大多数行人都朝地铁口走去，这些地铁口的标志很隐蔽，他们像是一股流入了排水口的水流。而这水流并没有尽头。

“准备好了没有，大副？我们要出发啦。”伊恩问，握紧玛蒂的手，决心要让她的脸上永远保持着笑容。

“好了，船长。”

“那我们出发吧。”

他牵着她走出去，发现她几乎被周围的人潮淹没了。玛蒂还不习惯走在这么多人中间。如果伊恩走得太快，她就会撞到前面的行人。但如果他稍微放慢点步伐，她后面的人又会踩到她的脚。她抬起头看着他，满脸通红，他一句话也没说，只是弯下腰把她抱起来，让她坐在自己肩膀上。“这样就好了，宝贝，”他说，朝地铁口走去，“这样你就能看得更远了。”

地铁口的台阶大概有二十英尺宽，但已经人满为患。伊恩不得不停下脚步，玛蒂还坐在他的肩上，这让他的后背隐隐作痛。但他并不打算把她放下来。“我的小瞭望员怎么样了？”他问道，自己也不知道还能往下走多远。

“这上面的情况好多了。”

“我说，你应该已经准备好等会儿和我换个位置了吧。准备好了就跟我说一声。”

“我才不换呢，船长。”

他们终于走到了台阶的最下面，却仿佛是进入了一个地下世界。玛蒂倒吸一口气，她从来没有见过这样的景象。她就像是掉进了兔子洞里的爱丽丝[①]，发现自己来到了一个地下城市。虽然这里的天花板大概只有十二英尺高，但这座地下城市却一直延伸到她目光所及的最远处。这里有餐厅、银行、商店、电影院，还有一个她觉得像是超市的地方。她看到了成千上万的人：穿着蓝白校服的中小学生、打扮入时的大学生，还有一群又一群的上班族。

“我觉得自己好像是一个蚂蚁窝里的蚂蚁。”玛蒂说，伊恩则继续往前走着。

“你确定吗？我觉得蚂蚁窝好像都没有这么挤。你看见前面的那些数字没有？”

她朝远处望去，看到一排从一到四十的数字。“那些是什么？”

“那些都是楼梯的编号，每个楼梯都通往不同的地铁站台。地铁则开到城市里不同的地方。我想让你选一个数字。然后，我们就坐上

① 英国作家刘易斯·卡罗尔的小说《爱丽丝梦游仙境》中的主人公，叙述了一位小女孩爱丽丝在跳进一个兔子洞里以后所发生的神奇经历。——译者注

那趟地铁，看它把我们带到哪儿。”

“随便选一个数字？”玛蒂笑了，“妈妈会很喜欢这样玩的。”

“她确实很喜欢。就是她发明了这个游戏。”

“二十三。我们走二十三号楼梯吧。”

“那就是二十三了。”伊恩一边回答，一边朝那个数字走去。他们走下一截台阶，又来到了一个不同的空间，这里到处都是站台和火车。二十三号站台挤满了人。“我们的车应该快到了。”

“为什么？”

“你看看这些人。他们都在等着呢，都在各自的小小世界里等着。”伊恩朝一块大大的电子显示屏走去，屏幕上是地铁出发的时刻表，日文和英文对照。伊恩在时刻表上看到了他们的站台号，找到了下一班地铁的出发时间，然后又看了看电子钟。“我敢和你赌一个蛋卷冰激凌或者是一个吻，我们的车还有大概……两分零五秒就能到。”

“不可能。”

“当然可能。”伊恩回答道，朝站台中间走去。

玛蒂看着地铁隧道的深处，有点不知所措。“这里的火车难道不会晚点吗？美国的火车就经常晚点。”

“如果我没记错的话，而且我也不太可能会记错，这里的火车每天要运送三四百万人，这是全世界最繁忙的地铁。如果晚点了，那三四百万人要怎么上班上学呢。”

玛蒂指着出现在隧道里的一束光。“那是地铁来了吗？”

“我觉得是。”

一股暖风比地铁先到，悄悄地拂过站台。一排排整齐的长队前面，十几扇门同时打开。

“现在，你最好还是自己走，小袋鼠。”伊恩说着，把她放了下来。他们跟着前面的人潮挤进了一辆发光的车厢。车门关上的时候，自动语音响起来，通知着什么。列车向前开去，开过站台，冲进了隧道。“你选了一趟很快的车，”伊恩说，“真像头豹子。抓紧你旁边的栏杆。”

玛蒂看着火车飞驰过好几个站台，开进了一条新的隧道。窗外的景色在隧道和站台之间来回交替，几分钟之后，列车开进了一片光亮之中，升到了地面上。一幢幢摩天大楼在窗外闪过，好像是公路两旁的栏杆，来去都是一片模糊的影子。玛蒂看见成千上万人走在人行天桥上，仿佛漂浮在空中。比房子还大的电子广告牌闪烁着，不断变化着颜色。一辆列车从对面开来，似乎和他们的车窗仅有几尺之隔。就在玛蒂渐渐习惯了窗外的都市景色时，列车又开进了地下，经过几个车站以后，终于缓缓停了下来。

“我们是不是就在这里下车，然后到处逛逛？”伊恩问。

“那我们就下车吧。”

自动语音宣布着站台名，所有的车门都打开了。很多乘客下车了，玛蒂和伊恩也加入大部队的行列。这个地铁站没有他们上车的那个站大，但也非常拥挤，站里面有很多商店和餐厅。伊恩牵着玛蒂的手，朝出口走去，他们把地铁票插进验票机，通道里的一扇塑料小门便打开了。伊恩带着玛蒂走出去，拿回了地铁票，然后走上楼梯，来到了一条拥挤街道旁的人行道。汽车、公车、摩托车，还有一辆轻轨呼啸而过。到处都是人。

玛蒂和伊恩沿着人行道往前走，经过了一座真人大小的武士铜像。一群小学生朝他们走来，他们手牵着手，都和玛蒂差不多大，领队的是一位中年妇女。

“想认识一些新朋友吗？”伊恩问，他觉得这是一个让玛蒂笑一笑的好机会，他觉得她会喜欢和当地小朋友聊聊的。

“什么？”

他咧嘴一笑，朝那群小学生走去。“你们好，小朋友。”他挥着手说道。

一开始，小学生们纷纷往后退，不知道这个高个子的陌生人要干什么。领队的女子点点头，微微向他鞠了一躬。“有什么能帮您的吗？”她问。

“哇，你的英语说得太好了，”伊恩回答，“你让我觉得我说的英语都只能算得上是我的第二语言，搞不好是第三语言。你是他们的老师吗？”

那女子又鞠了一躬，她身后的学生笑了起来。“是的，我是他们的英语老师。你迷路了吗？”

伊恩看着玛蒂，想起几年前他也有过类似的对话。“嗯，也不是迷路了。我们想知道这附近有没有什么好玩的地方。东京迪斯尼乐园是不是离这里不远？附近有水族馆吗？或者是可以看相扑比赛的地方？”

老师穿着和学生们类似的校服，努力控制着不让自己笑出来。“东京迪斯尼乐园？这里？不好意思，你走的方向完全不对。”

“那我一定是把地图拿反了。”

“真不凑巧，这附近没有什么适合游客的活动项目，”她说，“很抱歉，帮不上忙。”

伊恩耸耸肩，对玛蒂眨了眨眼睛，很想给她个惊喜，让她把注意力转到新鲜的事情上面。“我以前在京都当过英语老师，”他对女老师说，“我度过了两年很美好的时光。我女儿和我能不能和你一起回到你的学校，帮你上英语课呢？我们一定会很开心的，我保证。”

玛蒂摇摇头。“爸爸，别闹了。”

女老师看看自己的学生，又看看伊恩。“你愿意帮我？帮我教英语？”

“我很喜欢教书的。”他回答道，对着一个盯着自己的小女孩微笑。“在京都，我教小学生，也教大学生。他们都很可爱。而且，我敢肯定，我女儿玛蒂也一定很乐意帮忙的。毕竟是她把我们俩带到这儿的。”

“你真的愿意教我的学生吗？”

“当然了。”

老师又看看自己的学生，学生们都一边点头，一边咯咯笑。“我叫亚纪子，”她说，“如果你愿意，你可以和我们一起去学校。跟我来吧。”

几个小孩子鼓起掌来，其他人在一旁偷笑。亚纪子领着他们沿人行道往前走去。到处都是上班族，有人对着手机讲话，有人拿着公文包和雨伞，都在匆匆朝地铁站走去。在街角转弯的地方，几个十来岁模样、穿着粉红色紧身衣的女孩子正在向行人散发印有广告的小包面巾纸。

亚纪子等红灯时，伊恩指着马路上粗粗的白线。他转过身对学生们说，“在澳大利亚，我们把这个叫做斑马线。不过我们那里的斑马线没有这么粗。”

学生们看着斑马线，重复着他的话，笑了起来。玛蒂也和他们一起笑了。这是自从遇到这些小学生以后，她第一次没有觉得爸爸让自己尴尬，而这样的情况她可是经常遇到。妈妈过世之前，爸爸总是爱开玩笑。实际上，她最早的记忆就是坐在他膝盖上哈哈大笑。虽然她很爱笑，有时也会觉得他说得太多了。

“当然了，在澳大利亚，我们是没有斑马的，”他继续说，“但如果你想看袋鼠，玛蒂和我倒是可以带你们去丛林逛逛。你可以看到它们到处乱蹦，像是屁股着火了一样。”

灯变绿时，一个有节奏的滴滴声也响了起来，这是为了方便盲人过马路。亚纪子带着队伍往前走，他们走进一幢很高的楼房，穿过门厅，西方国家的银行里有这样的门厅。玛蒂发现自己已经到了学校，因为她看见了坐在教室里的学生。但这学校和她以前去过的学校完全不同。墙上没有挂着画，也没有小旗子，走廊两边也没有一排排的储物柜。

亚纪子带着学生走进一间教室，伊恩和玛蒂跟在他们后面。学生们坐进两人一排的课桌，兴奋地唧唧喳喳说个不停，伊恩站在黑板旁边，玛蒂则悄悄躲到了爸爸身后。

“你妈妈以前就教过这样的学生，”伊恩察觉到玛蒂的紧张，对她耳语说，“我敢肯定，她现在一定正在看着我们呢。我们好好表现，让她高兴高兴。”

玛蒂本能地抬起头朝上望去，这时，亚纪子用日语说了几句话，玛蒂的视线又转回到学生们身上。她发现，当亚纪子老师开口说话时，学生们都会认真点头，坐着一动不动，这可是玛蒂原来班上的同学没办法乖乖做到的。

亚纪子转过身看着两位客人。“那好，您是……”

“麦克莱。我叫伊恩·麦克莱。不过叫我伊恩就好了。这是我女儿，她叫玛蒂。”

“我们很幸运，同学们，”亚纪子说，“首先，我们参观了日本时报社，现在，伊恩和玛蒂会帮助我们学习余下的课程。大概还有十五分钟。现在，请大家把英语会话课本翻到第三十四页。”

伊恩朝亚纪子靠过去。“我们能玩一个游戏吗？”他悄悄说。

“游戏？”

“让大家高兴一下。”

女老师笑着把散落到脸上的头发拨开。“当然可以，伊恩先生。这个主意不错。”

伊恩牵着玛蒂的手，看着同学们。“你们可爱的老师，亚纪子老师，将带着我们一起玩一个游戏。”他说，刻意加重了自己的澳大利亚口音，他知道这些孩子们觉得他这样了说话很有趣。“你们这些小朋友有没有听说过中国的传话游戏？”

学生们都笑着摇头。

“很有意思哦！”伊恩说，想起自己和凯特以前常会和学生一起玩这个游戏。“游戏很简单，”他看着孩子们说，“我对玛蒂悄悄说一句话。然后她再把这句话悄悄告诉亚纪子老师，亚纪子老师悄悄告诉一个同学，这位同学再告诉下一个，以此类推。我们要让每一个人都参加进来。最后一个同学要站起来，把他听到的句子大声说出来。看我们会不会把伦敦传成是桥墩。也就是说……看能不能传对。”

学生们点点头，笑了，他们听懂了游戏规则。伊恩闭上眼睛，几秒钟之后，他想出了一个句子。他俯下身，凑到玛蒂耳朵边上，悄悄对她说，“我爱你，小袋鼠。我会永远爱你。现在我要说那个句子了。二十六只快乐的小斑马今天在东京过马路。”

玛蒂笑着踮起脚，悄悄把这句话告诉了亚纪子老师。亚纪子对她笑了笑，然后走到坐在第一排的一个同学面前。她弯下腰，又悄悄告诉了这个同学。女同学笑了，重复了一遍，然后告诉了坐在她旁边的一个男生。这个过程不断重复，直到所有的同学都轮到。最后一个学生笑着站起身来。

伊恩耸耸肩。“好了？那句话是什么？”

女孩子笑了，看了看老师，又看了看玛蒂。“二十六只弯弯的斑马今天在东京吃大餐。”她尽力读准每一个单词的发音。

伊恩笑了，把他最开始说的那句话告诉了同学们，亚纪子把两句话都写到黑板上。学生们一边用日语说笑，一边摇着头。“想不想再玩一次？”伊恩问。

“好呀，伊恩先生。”亚纪子回答说，把粉笔放了下来。

“玛蒂，要不这一轮从你开始？”

玛蒂点点头，绞尽脑汁想说一句让同学们都觉得好玩的句子。她想出来以后，便踮起脚尖，悄悄对爸爸说，“我也爱你，老爸。下面就是我要说的句子了。我的爸爸伊恩曾经亲过一只大海象。”

伊恩笑着站起身。“说的不错，小袋鼠。”他转向亚纪子，对她重复了一遍。

亚纪子对玛蒂笑了笑，走向她的学生们。几分钟之后，这个句子已经从教室的这一头传到了那一头。这次，最后一个接话的学生和上次不同，他站起来，轻轻鞠了一躬，努力回忆着所听到的句子。“我的妈妈伊恩曾经丢过一只大海象。”

玛蒂笑着摇摇头，重复了她说的原话，亚纪子又把两句话都写到黑板上。学生们都笑了，有些人还鼓起掌来。亚纪子刚开口说话，下课铃就响了，同学们都抱怨起来。“我们会再玩这个游戏的。”亚纪子老师说着，拍去手上的粉笔灰。“请每位同学今天晚上都用英文写一个句子，明天我们会把它们都放到一个盒子里，再抽几张出来玩这个游戏。现在，让我们一起感谢伊恩和玛蒂，谢谢他们今天和我们一起上课。”

学生们用日文和英文表达着感谢，收拾好课本，依次走出教室。亚纪子转向伊恩和玛蒂。“非常感谢你们。”她说，深深地鞠了一躬。

“不客气。”伊恩回答，他很高兴玛蒂能够体验这个游戏，因为她母亲曾经非常喜欢这个游戏。“这是我们的荣幸。我们也玩得很开心。”

“你们来东京很久了吗？”

“没有。刚刚才到。明天我们就要去京都了。”

亚纪子看着黑板，黑板上的句子还留在上面。她笑着说：“今天晚上，你们愿意赏脸去我家吃个晚饭吗？我家离这里不远，就当是我感谢你们。你们来到日本就是客人，我应该尽一尽地主之谊。”

伊恩看了看玛蒂，玛蒂点点头。“这太好了，”他回答，“太好了。”

亚纪子朝讲台走去，拿出一张纸写了些什么。她把纸递给伊恩，朝他鞠了一躬。“你们可以坐出租车，把这张纸条给司机看就行了。七点左右可以吗？”

“我们会准时到的。很期待。”

三个人互道再见之后，玛蒂和伊恩就走出教室，离开了学校。他们走到外面，城市的喧嚣再次响起，淹没了大自然里所有的声音。玛蒂牵着伊恩的手，抬起头笑着对他说：“你和妈妈以前也玩过这个游戏，是不是？和你们的学生一起玩？”

他点点头。“我们玩过很多这样的游戏。实际上，还因为这个总是惹来麻烦。我们学校的那些老师都是傻瓜，就希望我们照本宣科。但我们还是按自己的想法来。”

“妈妈也惹来麻烦了吗？”

“你妈妈一般不会惹来麻烦，但有时为了表明立场，她也会那么做。”

玛蒂玩着自己的长辫子，把它在手指上绕来绕去。“我喜欢亚纪子老师，也喜欢她班上的学生。”

“我也很喜欢他们，宝贝。你知道吗，我以前在这里教书的时候真的很开心。正是在那个时候，我产生了去看一看世界的念头。你妈妈也是一样。”

“那你们去看了些什么呢？”

两个生意人讲着手机从他们身边走过，伊恩弯下腰对玛蒂说：“一切都是那么不同，小袋鼠。在日本，到处都是巨大的城市和子弹头的火车。但是，在印度的加德满都，奶牛却在大街上到处走。印度真是……反正，就是很印度。”他放慢了脚步，想起以前凯特总是抱怨他走路太快。“但是，宝贝，虽然世界上的各个地方都不一样，但如果你仔细观察，你就会发现，每个地方的人在本质上都是相同的。这就是你妈妈和我在旅行时所得出的结论。也是我希望你能发现的。我觉得，这也是她让我们出来走走的一个原因。我知道她很想亲自带你来看看。但她来不了。所以她让我们俩来了。”

玛蒂点点头，然后低下头看着马路。“现在我们该干吗呢？”

“嗯，现在时间还早。要不，我们找个公园，让你画一会画？还有，我们还得给亚纪子老师买一份礼物。在日本，如果去别人家里做客，一定要给主人带一份礼物。”

“那我们该买什么呢？”

“我也不知道。可以先去逛逛，你可以去给她找一份合适的礼物。能让她开心的礼物。”伊恩绕过一个利用太阳能压缩垃圾的方形机器，仍然紧紧牵着玛蒂的手。“要不买一瓶清酒也行。”

“爸爸？”

“什么事，宝贝？”

“谢谢你让我玩了妈妈的这个游戏。”

“不客气。”

“很高兴我玩了这个游戏，也很高兴你带我来这里。”

“真的很开心吗？看来要开心也不是那么困难嘛。”

她摇摇头，小辫子甩来甩去。“是不难。”

“但是，如果一切都改变了呢？”

“那你和妈妈觉得从一个国家跑到另一个国家很难吗？”

“有时候，也会这么觉得。”

“那没事。”

伊恩握着她的手，很为她感到骄傲，但仍然在犹豫到底能不能带她去尼泊尔和印度那样的地方。要走完这样的行程，她是不是还太小了？那些国家人们的贫苦生活是不是会带给她更多的悲伤？看到那些受苦的人会对她有所帮助吗？尤其是现在，她自己还背负着那么沉重的包袱。

几小时以后，玛蒂和伊恩坐上了一辆出租车。他们刚从一个大公园出来，那是一座传统的日本花园，周围有十几棵樱花树，每一棵树上都开满了绚烂的花朵。玛蒂用彩色铅笔把它们画了下来。玛蒂坐下来画画之前，先仔细观察了这些樱花树。虽然它们的树枝很细，但树上的花朵却层层叠叠、光彩夺目。在过去的五年中，玛蒂几乎每天都要画画，她的手法已经非常纯熟了。她的画上只画了三棵树，这三棵树相互倚靠着，开满了粉红色的花朵。这幅画栩栩如生，仿佛能让人闻到整个空气中弥漫的芳香。

现在，他们的出租车开进了东京的街道，伊恩问玛蒂能不能再看看她的画。玛蒂把画本打开，翻到中间一页。

“你画得越来越好了，小袋鼠。”伊恩说，“你一定会成为伦勃朗[①]那样的大画家的。”

玛蒂笑了，什么话也没有说，伊恩并不觉得奇怪。在关于画画这个问题上，凯特和玛蒂之间似乎总有一种特殊的沟通。她们每天讨论，凯特会问玛蒂很多问题，鼓励她。伊恩也曾尝试做同样的事情，但却没有办法营造出同样的气氛。他们坐的出租车加速开过一个黄灯时，伊恩想，不知道以后玛蒂会不会对他敞开心扉，和他也讨论讨论关于画画的问题。

“宝贝，你为什么只画那三棵树呢？”他问，“是因为我们一家三口的原因吗？那三棵树就代表了我们一家人？”

“我们家只有两个人了，爸爸。只有两个人了。”

“不要这么说。”

---

① 伦勃朗（1606~1669），荷兰历史上最伟大的画家，也是欧洲17世纪最伟大的画家之一。——译者注

“我不过就是随便画画罢了。”

伊恩决定不再讨论这个问题。那天他们都很开心，自从凯特过世以后，他们已经很久没有那么开心了。他小心地把画本合上，递给玛蒂。

出租车转进一片住宅小区。这里的房子都是两层的，密密麻麻好像都连在一起。它们和京都的房子看起来很不一样，在京都，房子大都很旧，屋顶都铺着瓦片，屋前还会有小小的花园。这里的房子却像是一间间小办公室。只有几幢房子外面停着车。这些车也都很小，像是玩具一样停在车棚里。

穿着制服、戴着白手套的出租车司机自言自语了几句，又拐了一个弯，很快就停下来。他按了一个按钮，玛蒂旁边的车门便打开了。伊恩看了一眼计程表，给了他几张钞票。司机用日语说了句谢谢。伊恩和玛蒂下了车，他们看着面前的这幢房子，它和周围所有的房子几乎一模一样。

伊恩往前走的时候，门开了。一位老太太朝他们鞠了一躬，她的腰深深地弯下去，好像一辈子都是在稻田里劳作，从来不曾站直一样。她微笑着，做出一个手势，示意他们进去。伊恩会说的日语不多，但还是对她说了句你好，并且问候了她。她微笑着点点头，自己也咯咯笑起来。“亚纪子老师在家吗？”伊恩问，他一只手拿着一瓶清酒，另一只手牵着玛蒂。

“她在做饭，”老太太用生硬的英语回答，“进来吧。进来吧。”

伊恩走进门廊，停下来把鞋脱了。老太太递给玛蒂和他一人一双拖鞋，当她看到伊恩的大脚塞进那双小小的拖鞋时，又笑了。伊恩鞠了一躬，把清酒递给她，她连声道谢。门廊进去以后是一个狭窄阴暗的过道，两边墙上挂着不少照片。老太太带着伊恩和玛蒂往前走，唧唧喳喳说个不停。最后，他们走进一间相对还算大的房间。地板上铺着用麦秆编得非常密实的传统榻榻米垫子。房间正中是一张矮桌，周围摆着坐垫。房间里另一个比较显眼的东西是一张小小的木头供桌，桌上摆着一张黑白照片，照片里是一个表情严肃的男人。

“请坐，伊恩先生，”老太太微笑着说，“亚纪子马上就来。她还在做饭。做饭。做饭。”

她说完以后，鞠了一躬便离开了。这时，从一个看不见的房间里传来几句日语对话。一分钟不到，她又回来了，端着一个摆满了各种小吃的托盘。“先喝点酒。”她一边说，一边把一杯啤酒放到伊恩面前，又把菠萝汁放到玛蒂面前。她端起自己的啤酒杯说，“干杯！”

伊恩也说了一句干杯，和她碰了一下杯，然后给玛蒂解释了干杯的意思。老太太把杯里的啤酒一饮而尽，把空杯放在桌上，又离开了。玛蒂小口地喝着果汁，到处张望。她朝那个供桌点点头，问，“那是什么啊，爸爸？”

“是个供桌。”

“供桌是什么？”

“我猜那张照片里的人，”伊恩悄悄回答道，“是亚纪子的父亲，他应该已经过世了。这是她们纪念他的方式。”

玛蒂点点头，仔细看着照片，心想亚纪子的父亲去世时不知道她多大了。但她看起来是那么开心。玛蒂不明白，她的父亲不在了，她为什么还能那么开心。她正要开口问伊恩的时候，亚纪子进来了，她端着一个漆盘。“对不起，久等了。”她笑着说，用一个夹子给每个人发了一条热气腾腾的白毛巾。“今天一定很辛苦吧，请先擦一擦。”

“谢谢你，亚纪子小姐，”伊恩答道，用毛巾擦了擦手。“不用抱歉。你妈妈对我们照顾得很周到。”

“她听说你们要来，非常高兴。在家里打扫了好几个钟头。”

玛蒂在垫子上扭了扭身。“我们应该怎么称呼她呢？”

亚纪子拍了一下自己的脸。“真对不起。都还没有给你们介绍。我母亲名叫千惠。”亚纪子把伊恩和玛蒂的杯子续得满满的。“不好意思，稍等我一下。晚饭马上就好。”

亚纪子走开以后，千惠又拿着一本大书走进来，她坐在玛蒂身边，翻开书，指着一幅世界地图说，“你家，哪里？”

玛蒂看了看地图，指着美国纽约说：“我是在这里出生的。”

“美国。”千惠用英语结结巴巴地说，每一个字都好像是往外蹦出来的。

“是的。”

“很好。很大的地方。很大的国家。”她用瘦骨嶙峋的手指绕着美国画了一圈。“你们住在纽约？是在金门大桥旁边吗？”

“我们住在曼哈顿区。”玛蒂笑着回答说。

老妇人不断点着头。她双手合十，对着伊恩鞠了一躬，又给每个人的杯子加满。“干杯！”

“干杯。”伊恩和玛蒂也一边说，一边碰杯。

玛蒂看着千惠喝了一大口啤酒。这位老太太的体重应该不会超过四十五公斤，但喝起酒来却是那么迅速，这让玛蒂很惊讶。然后，千惠站起来，又不见了。几秒钟过后，从厨房里传来日本传统乐曲的声音。千惠回来了，尽管他们的杯子几乎都是满的，她还是给他们加了点。

“泡澡吗？”千惠问，做出一个搓澡的姿势。

伊恩想起来，日本人总是喜欢在晚上洗澡，有时会在晚饭之前。他和凯特以前在京都时，经常会去当地的一家澡堂，他们会分别到男女浴室，坐在淋浴喷头下洗得干干净净，然后再和一大群光着身子的陌生人到大池子里泡澡。“想试试吗？”他问玛蒂，“这里的人都很喜欢泡澡。”

玛蒂看着千惠，千惠又做出一个搓澡的姿势。“不用了……真的不用了。但还是谢谢您。”

千惠笑了。“你的眼睛很漂亮。”她说，蹲下身又喝了些啤酒。她挥舞着双手，好像是在游泳。“你的眼睛，大海，一样的蓝色。”

“您的眼睛也很漂亮。”

“啊，我的眼睛，像是稀泥。稀泥里面可没办法游泳。”

千惠做出游泳游到一半被卡住的姿势，玛蒂笑了起来。“您只要再使点劲就好了。”她说，鼓励千惠从稀泥里爬出来。

“我太老了。看也看不清了。听也听不见了。也游不了泳了。”

“如果您年纪大了，为什么还要坐在地板上呢？屁股不疼吗？”

千惠撅起嘴巴，耸耸肩膀。“屁股？”

“就是这里呀。”玛蒂一边回答，一边摸着屁股。

“我的屁股也没了。不见了。所以不会疼了。”

玛蒂笑了，一首新歌不知道从什么地方飘来。亚纪子端着一个大瓷锅走进房间。“对不起，让你们久等了，”她说，把锅放在桌上。“希望我妈妈没有做出什么离谱的事情。”

“她很可爱呀。”伊恩回答，帮亚纪子把盘子放到桌上。

“我给你们做了火锅。这是传统的日本美食。”

亚纪子把瓷锅的盖子揭开，玛蒂凑了过去。锅里面是热气腾腾的汤，汤里有大白菜、小白菜、煮鸡蛋、蘑菇、虾仁、蛤蜊、鱼片。虽然玛蒂从来没有见过这么多种材料的大杂烩，但那诱人的香味却让她垂涎三尺。蛤蜊的壳慢慢张开来，亚纪子应该是刚刚才把它们放进滚汤里。

“大家坐在一起吃火锅是日本一个古老的传统，”亚纪子说，“我们觉得，大家挨着坐，一起从一个锅里吃东西会让我们成为更好的朋友。”

“真是个不错的传统，”伊恩回答，举起一瓶啤酒把千惠的杯子倒满。“干杯。”

“干杯。”

玻璃杯碰在一起，发出清脆的声音，大家都开始吃起来，用长长的筷子从火锅里捞东西。千惠喝的酒似乎比吃的东西更多，她的笑声也越来越响亮。她随着音乐轻轻摇摆，还不停地给玛蒂夹东西，把玛蒂当做了自己的亲孙女。玛蒂和千惠在一边说说笑笑，伊恩和亚纪子则谈起了日本过去十五年的变化。亚纪子谈起某些变化，比如女性获得了平等地位时，语气里充满了自豪。但谈起另一些变化，比如犯罪率的升高时，则非常痛心。关于伊恩在京都时期的生活，她询问了很多问题，对他的经历充满了好奇。他们说话的时候，伊恩注意到玛蒂老是朝亚纪子看，有时也会去看她身边的供桌和桌上的照片。最后，吃完了火锅，千惠站起来，鞠了一躬，朝厨房走去。

“我们去帮她吧。”伊恩也准备站起来。

亚纪子摇摇头。“伊恩先生，你还是坐着吧。如果你坐在这里不动，她会更高兴的。”

“但她一定有很多事情要忙啊。”

“确实如此。不过她希望能为这个家出一份力。如果她帮不上忙，她就会担心自己变成了我的负担。”亚纪子笑着给他们的杯子里倒上绿茶，他们喝起茶来。“你明天就要去京都了，兴奋吗？”

伊恩点点头，但他内心并不想回到那个他和凯特最初相爱的城市。那里有太多回忆，这些回忆带给他的悲伤远远超过快乐。“这是玛蒂第一次坐新干线，她一定会喜欢的。”

“我想也是。”

玛蒂喝了一小口茶，仔细打量着这位女主人。“谢谢您请我们来吃晚饭，亚纪子老师。”

“你们能来吃饭是我的荣幸。我也要谢谢你们今天来班上帮我教英语。我敢肯定，班上的同学们一定会讨论你们很久的。学生们学习都非常认真。我很高兴能听到他们的笑声。”

“亚纪子老师？”

“什么事，玛蒂？”

“我能问你一件事情吗？”

亚纪子放下茶杯。“当然可以。你想问什么都可以。”

“那是你的爸爸吗？”玛蒂指着照片问。

“是。不过他本人要更加开心，不像照片里那么严肃。”

“你当时多大……他过世的时候？”

“那还是十二年前，玛蒂。我当时三十四岁。”

玛蒂坐在垫子上，换了个姿势。“你现在……看上去很开心。你是怎么做到这么开心的？”

伊恩已经告诉了亚纪子凯特过世的事情，所以她朝玛蒂点点头。

“我没有哪一天不看着我爸爸的照片，希望他还在我身边，”她说，“我会永远想念他。但我还有妈妈和学生。我的生活很美好。”

“真的吗？”

“真的。我很满足。”

“很好。”玛蒂轻声回答，低下头，不知道为什么在失去母亲后自己会觉得这么茫然，为什么自己不能像亚纪子那样知足。

“你知道当我看着你的时候，玛蒂，我看到了什么吗？”

“看着我？”

“我看见一个马上就要长成大姑娘的小女孩。我敢肯定，那个大姑娘一定和她妈妈很像。有一天，她也会有自己的孩子。我知道，她也一定会很幸福。”

玛蒂抬起头。“真的吗？”

“当然是真的，”亚纪子微笑着说，“我知道，我自己的生活一直以来如季节变幻。我妈妈和我也常常讨论这个话题。”

“你的生活是……怎么变化季节的？”

亚纪子看了伊恩一眼，他朝她轻轻鞠了一躬。“我还是个孩子的时候，那是春季，”她说，“树上开满了樱花。然后夏季的暴雨和台风来临，有时我必须非常小心。我现在也会告诉我的学生们——不要害怕去水塘玩耍，但也不要忘了察看天色。”她停下来，喝了一口茶。“秋天，树叶变黄落下来，那时我离开家去求学。几年之后，我父亲过世了。那是我生命中的冬季。我觉得很冷。但生活不会永远是冬天。冬天过后又是春天。而我又像一只会唱歌的小鸟那样开心了。”

玛蒂看着父亲，眼眸盈动。他伸出手，紧紧握住她的双手。

“我还能再告诉你一点别的吗？玛蒂。”亚纪子问。

玛蒂点头，看着亚纪子棕色的大眼睛。“当然。”

“我觉得，现在，你的生活是在冬季里。但是，无论积雪有多深，冬天过后总是春天。”

“积雪确实很深。有一座房子那么深。”

“它会融化的。它融化以后，你要记住，任何一个季节都会来了又去，就好像欢笑和泪水也总是来了又去。你从泪水中学到了什么？你和别人分享了笑容吗？你要成长为一个怎样的人来报答你的妈妈？这些都是我们必须学着去回答的问题。我敢肯定，你一定会找到答案的。”

玛蒂又点点头，伊恩仍然紧紧握着她的手。

“谢谢你，亚纪子老师，”伊恩轻声说，“你的学生能有你这样的老师实在是太幸运了。”

“啊，我一般不会在学校谈自己的这些想法。但是在这里，和几个新朋友，吃过火锅之后，我倒是很乐意说一说，感觉不错，对不对？”

玛蒂吸了吸鼻子，转过身找到自己的蓝色背包。她把包打开，翻出画本，翻到她画着樱花树的那一页。她用细细的手指小心翼翼地把那幅画沿着本子边缘撕了下来。“这个送给你。”她说，把画递给亚纪子。

亚纪子鞠了一躬，拿过画，她惊讶地欣赏着玛蒂的画技，很高兴收到了这样的礼物。“这幅画真美，玛蒂，”她说，“你把这么漂亮的一幅画送给我，我真是太荣幸了。不敢当。”

玛蒂摇摇头。“你高兴就好，亚纪子老师。你喜欢我的画，我也很开心。”

“你的画让我想起了所有那些美好的春天。我要把这幅画挂在我们家里一个特别的地方。好让我母亲和我随时都能看到。”

“真的吗？”

“当然。对了，玛蒂，你一定要相信我说的话。你一定会幸福。那些积雪都会融化。”

玛蒂在心里又默念了一遍亚纪子说的话。她不知道自己是否能再次找到幸福。她一直很想有个妹妹，但现在，这似乎已经是不可能的事情了。她也很想把自己的画给妈妈看，但现在，这也永远不可能了。她童年的每一个梦想似乎都变成了一个玻璃瓶，被人从飞驰的汽车上给扔了出去。

她再一次感谢了亚纪子，她啜饮着绿茶，假装没有注意到父亲和自己有着同样的心情和举动。

第二天早上，一辆子弹头的新干线列车从东京市中心出发，它飞驰的速度和优雅的形状让人惊叹。玛蒂和伊恩坐在车上，车厢看上去似乎根本没有移动，没有哐当哐当的声音，也感觉不到任何颠簸或摇晃，走过过道的时候完全不需要扶任何东西。列车仿佛是被施了魔法一样往前开，像漂浮在铁轨上。长长的车窗外，东京一闪而过，路上的车辆都变成模糊的影子，行人几乎都快辨认不出来了。

“这像坐飞机，对不对？”玛蒂问。

伊恩在座位上伸了个懒腰，看了看四周，他对这种交通方式也感到很震撼。“这比飞机还好，宝贝，”他说，“火车总是准时准点。也没有气流或是坠机的危险。比飞机舒服多了。要去哪里都很快。”他指着车厢另一头的一块电子显示牌。“看到那些数字了吗？那就是我们现在的速度。等我们开到郊区以后，这些数字就会像从草丛里跳出来的袋鼠一样蹭蹭往上窜。我觉得，到时候会有一小时两百英里。”

“哇，”玛蒂看着窗外感叹道，她又看了看车厢四周。她不敢相信车厢内部竟然有这么大。“这里好像是一艘宇宙飞船。”

“美国的地铁和这里的相比，是不是有点小巫见大巫？”

“是啊。”

“要不我们现在做一做家庭作业吧？宝贝，别忘了，你每天都应该学习三个钟头。这可是我们向你的老师做出的保证。”

“不要，不要现在做嘛，爸爸。拜托不要现在做嘛。我想把这个火车画下来。”

“我们还要在这上面坐很长时间呢。”

“拜托了。”

他把手伸进背包，拿出玛蒂的历史课本，把它放在膝盖上。“那好吧，宝贝。不过等你画完以后，我们就要学习历史了。圣女贞德在困难面前可从来不会逃跑。”

玛蒂拿出画本，伊恩则看着窗外的城市。那些摩天大楼不再是密密麻麻，而是分散着。火车在电力的驱动下，还在继续加速，但却安静得没有一点声音。两个生意人坐在伊恩和玛蒂后面，用日语交谈着，他们的声音把伊恩拉回了过去。以前，在下班路上或是和凯特出去吃饭的时候，他听到过成千上万次这样的对话。那时，他会和凯特一起偷听周围人讲话的内容，然后猜测着去破解其中的意思。

一想到凯特，一想到自己马上就要到达他们相遇相爱的地方，伊恩的脉搏便开始加快。他害怕即将看到的场景。他和凯特在京都一起度过的时光是他生命中最美好的一段回忆。那时，他们总是一起骑着自行车到处逛。几乎每天都要去公寓后面爬山。

伊恩闭上眼。他不知道自己是否有足够的勇气重回京都，不知道自己还能不能在玛蒂面前时时保持冷静。他怎么能够看着凯特触摸过的东西而无动于衷呢？这样的自我克制很难。几年以后，等到记忆都开始模糊的时候，他或许能够回到从前。但绝不是现在。现在，他还是那么思念她。他的脑海几乎全都被她占据着。

伊恩睁开眼，看着窗外，惊讶地发现列车已经开到了乡村。列车飞速开过山间的平地，到处都是泛着水光的稻田。远处高耸着苍翠的青山。伊恩看着那片山地，它们慢慢地移动到他左边，而车窗附近的景物却和远处的景色不同，它们飞驰而过，仿佛是绕着列车形成了一块色彩斑斓的挂毯。伊恩觉得，自己是在以光速朝着凯特的点点滴滴前进。他仔细回想着她写给他的那封信，他仍然不明白自己对她的这个要求是怎样的心情。他内心的某个部分还在怨恨她，怨恨她让自己和玛蒂开始这段旅程。这个要求太高了——从身心两方面来讲。万一玛蒂在印度生病了怎么办？万一她受伤了，或者不见了怎么办？凯特到底为什么要提出这个要求呢？

另外一辆火车突然出现，从相反的方向开来。虽然它的车身至少有一千英尺，但开过来又开走消失却只是一眨眼的事。翠绿的乡野景色又重新出现在窗口。就在伊恩盯着电子地图查看他们行程的时候，他发现自己在流汗。他在心里暗骂了一句，把贴在身上的T恤衫拉开，肚子隐隐作痛起来。他取下头上黑绿相间的自由女神棒球帽，把它挂在前面的座位上。他不想再去想前方的目的地，便转过头去看玛蒂，玛蒂正在画画，画上是一片稻田，田野后面还有连绵的山峦。“画得不错，小袋鼠，”他说，挤出一个微笑。“画完了一定很漂亮。”

玛蒂抬起头看着他。“谢谢你，爸爸。”

“你真是一个很棒的小画家。”

她点点头，什么也没有说，拿起一支橙绿色铅笔，往稻田上加了一些颜色。她试着用纯熟的手法运笔，几乎是一气呵成，她希望父亲一直看着自己作画。当伊恩回过头去看窗外时，她笔下的速度又放慢了。她知道，如果母亲还在，母亲一定会问很多关于画的问题，比如，田里的水是不是冷的，她有没有再画上几只小鸟。母亲总是会问这样的问题，总是赞扬她的想法，也会给她很多新的灵感。但爸爸只会说画很漂亮，却没有别的什么话好说。

玛蒂放下铅笔。“我饿了。”

伊恩转过身对她说：“啊。能不能等会儿再吃午饭？我们还有一个钟头就到了。”

“要是妈妈在，一定会给我带吃的。她从来都不会忘记。”

“她什么？”

“她从来都不会忘记带上吃的东西。”

“别急嘛，小袋鼠。那头有一节餐车。要不我们去吃点寿司？”

“我不想吃寿司。”

“那吃面条好吗？”

“昨天中午就是吃的面条。吃起来像吃纸片一样。”

伊恩叹了口气，看着窗外。“你到底是想吃还是不想吃？这列火车上有很多好吃的东西。要不就等到了京都再吃。”

“那就等一等吧。”

“不过你不是饿了吗。我去给你买点东西吧。”

“不用了，我没事。”

伊恩揉了揉额头，他觉得玛蒂有点生气，但又不知道为什么。他当然可以直接问她，但他知道她一定不会说。有些伤心事她是不会告诉别人的，这和他一样。“那你想打开妈妈写给我们的信吗，玛蒂？”他一边问，一边点头。“你想不想看看妈妈给我们写了什么？”

“但你不是想等我们到了京都再看吗？”

“唉，我已经等了很久了，”他回答说，想起凯特曾经要他保证一到一个国家就打开对应的胶卷筒。“我一直都在逃避，害怕看到信里面的内容。但我觉得是时候停止这种愚蠢的做法了。”

“你有时候是很笨呢，爸爸。”

“确实。”

伊恩把手伸进口袋，拿出两个黑色的胶卷筒。上面用金色的记号笔写着“日本”。其中一个写着他的名字，另一个写着玛蒂的名字。“给你，宝贝。”伊恩说，把玛蒂的胶卷筒递给她。

“要不先看你的？”

“别担心，小袋鼠。你先看吧。我等会再看。”

玛蒂点点头。她用留着彩色铅笔印记的手指打开胶卷筒的灰色盖子。里面是一张又长又窄的小纸条，卷成了卷。玛蒂看着那张纸，心怦怦直跳。她不知道自己希望妈妈写些什么，也不知道她写的信到底能不能让自己好受一些。她沾满颜料的五颜六色的手指开始颤抖，把纸卷打开，眯着眼睛看着那些漂亮的小字。

我亲爱的小姑娘：

如果你正在看这封信，那我就知道，你已经上路了，这是在我生病之前我们就计划好的。玛蒂，你能踏上这段旅程，我很为你感到骄傲。我知道，这不容易。虽然我没有和你同行，但我能想象到路上的情形。

我现在躺在这里，心里却在想着你的画、你的小雀斑、你笑的样子——你笑起来的时候仿佛全世界的人都在挠你痒痒。我想着你的一切。我想你的时候，会想到你的善良，想到你带给我的欢笑，我既是以一个母亲，也是以一个普通人的立场去想。玛蒂，我觉得我还从来没有看到过谁有你这样纯真的心灵。你那么小，但你已经知道如何去分享自己的情感，如何去分享自己的内心。

当我感觉到你在我肚子里慢慢长大的那一瞬间，我就是那么爱你——你是一个奇迹，无论是你还在我肚子里的时候，还是后来我把你抱在手上的时候。我一直都很爱你，也会永远爱你。也许我失去了一些东西，但我对你的爱却永远不会终结。

你能不能为我做件事呢，玛蒂？你爸爸和我以前在京都住的公寓后面有一条山路。那条山路是两千年前由僧侣们修建的，漂亮而空灵。我们住在日本的时候几乎每天都会去那里走一走，现在我还会在脑海中回忆当时的情形。你能不能牵着爸爸的手，和我一起去走走呢？我会在你身边。你看不见我，也听不到我的声音，但我就在你身边。

等你爬到了山顶，俯视整个京都的时候，你能不能再为我做一件事？日本人有一个古老的传统，他们把自己的愿望写在一张纸上，再把那张纸系到树上，这样他们的愿望和祈祷就会成真了。我还记得，我在京都看到这些圣树上系着成百上千、也许成千上万张纸条。日本人把它们叫做“许愿树”，你会看到，这些大树都非常漂亮、非常雄伟。

请你也写下一个愿望，然后把它系在一棵俯瞰京都的大树上。我会看到你的愿望，然后尽我所能让它实现。许一个好玩的愿望，为你自己许一个愿。或许你还可以给我留一幅画。那我就更加开心了。记住，我会看到你写下的心愿，也会看到你的画。无论我身在何方，我都会为你微笑。我会像以前那样爱你，永远不变。

妈妈

玛蒂把纸条紧紧贴在脸上。她浑身颤抖，仍然一言不发，没有办法控制自己的眼泪。也许在以后某个时候，她不会像现在这样动不动就崩溃落泪，但绝对不是现在，现在，即便是爸爸就在身边，她仍然觉得孤单。她是那么思念妈妈，有时候她觉得自己也已经死了。她内心的某个部分确实和妈妈一起死了。

她看到爸爸也哭了，他哭不是因为他看了凯特写给他的信，而是因为玛蒂读完信以后的反应。他一遍遍地吻着玛蒂，玛蒂也伸出双手抱紧他，默默地流着眼泪。他悄悄在她耳边说着他对她的爱。他胡子拉茬的脸贴着她的小脸时，她能感觉到他轻言细语中的哀伤，她明白他和自己有着相同的感受，但不知道为什么，这种相同的痛苦反而让她感觉好受了一些。火车继续向北飞奔，她停止哭泣，不再颤抖。

他用手摸着她的下巴。“能有你这样的女儿是我的幸运，”他微笑着回答，双眼仍是通红的。

“等我们去澳洲的时候，小袋鼠，我要带你去丛林玩一玩。晚上，我们可以仰望星空，你会看到很多星星。你会看到漂亮的银河。我敢保证，你一定会很想伸出手摘一颗星星下来。我知道，因为我就有过这样的想法。”他把她散乱的头发别到耳朵后面。“对我来说，你就像是天空中所有的星星。没有你，我就找不到方向。”

她握住他的手。“你想知道妈妈给我写了什么吗？”

“你想告诉我吗？也许我们不应该……看对方的信。但你可以告诉我她写了些什么。”

“你要打开你的信吗？”

“我要吗？现在吗？”

“当然了。”

伊恩点点头，突然很想看看妻子给自己写了什么。他打开胶卷筒，里面有一张纸条，还有一个形状像是鸟蛋的贝壳。贝壳上有橙色和琥珀色的斑点，摸起来光滑得就像是小婴儿的脸蛋。纸条上是她优雅的字迹，写道：

伊恩：

谢谢你，我的爱，开始了这段旅程。我知道我对你提出了不少要求，在未来的日子里，我会让你做更多的事。你也许并不喜欢这些要求，也并不赞同，但请你还是仔细考虑一下。我是那么爱你，我想帮助你。我人生最大的遗憾就是不能待在你和玛蒂身边，让你们幸福。一想到这个，我总是觉得伤心难过。所以，请为了我去做这些事情。我的生命即将走到尽头，我即将失去一切，只有想到你会去做这些事，我才能得到些许安慰。

你能不能带着玛蒂去鸭川河野餐，像我们过去那样？我了解你，我猜你会在樱花盛开的季节去日本。也许你们可以坐在河边的一棵大樱花树下，看看那落英缤纷的美景。你还记得以前我们老是伸出舌头，试着去把落花接住吗？我真怀念那些日子。

我一整晚都在想你。我还给你写了首诗。我吃了太多止疼药，也不知道这诗写得到底好不好，你是否会欣赏，但我要把它写在这里。我希望你能握着那枚贝壳，也在思念着我。我爱你。

我的故事

十五年前，
我歇息在中国南海
一块礁石上。

那真是完美的一天——
天空一望无际，
海天一色——
一个女孩发现了我。

女孩潜入海水深处抓住了我，
她总是在寻找美丽的事物，
她看到我时，
我就成了她整个世界的焦点。

那天之后，我就和她一起旅行。
我们一同爬山。
我们一同睡在热带雨林。
我们一同聆听古老的城市。

很久以后，
女孩把认识的一个男孩带给了我。

和我一样，
他英俊、聪明、又善良。
和我一样，
她在海洋深处发现了他，
在她最没有预料到的地方。

她看到他时，
她想把他放进
自己的口袋——
而现在，他就抱着我
我是他的。

伊恩仔细看着贝壳，想象着凯特在中国南海温暖的海水中游泳的情形。他想象着她发现了这个贝壳，把它拿起来，对着阳光仔细查看。她一直很喜欢这样的发现，当她发现了什么东西的时候，他总是觉得在她的内心还有一个没长大的孩子。

一想到她曾抚摸过这枚贝壳，伊恩便把它拿到嘴边，紧紧地贴在双唇上。这个时候，他知道，他会带着这份礼物，直到他再也走不动的那一天。但即便是到了那一天，他也会带着这枚贝壳，这是她发现的宝贝，她把它留给了他，也就相当于留下了自己的一部分。

伊恩和玛蒂到达京都以后，住进一家宾馆。白天他们去参观了一些市内的景点。玛蒂没有忘记妈妈的愿望，她把京都最著名的景点——金阁寺画了下来。金阁寺是一幢三层的阁楼，上面两层以纯金箔覆盖。别致的双层屋檐将屋顶分开了上下两个部分，屋檐顶端往上翘起。寺庙前面有一个池塘，日本人把这里叫做明镜池，池中金阁寺的倒影和寺庙本身一样优雅美丽。寺的周围是树木葱郁的日式花园。

金阁寺的美深深震撼了玛蒂。她觉得这里很像一幅画，又或许是很久以前某个人梦到的一幅景。两个小时过去了，玛蒂才完成她的画。她在画的下面写上了“我爱你”，然后又签上自己的名字。她埋头画画的时候，伊恩就坐在旁边看着她。

那天晚上，他们都很累了，便在宾馆里吃了晚饭。吃过饭以后，他们来到宾馆的商务中心，玛蒂看书，伊恩则去查看电子邮件。虽然他已经把公司卖掉了，但以前的同事和客户还是会时不时问他一些问题，只有他才能给出最好的答案。他经常也会想，为什么房产经纪人还没有找到对他们那幢褐石小屋感兴趣的买主。

玛蒂很快睡着了，伊恩却迟迟难以入睡，他时而清醒，时而迷糊，思绪万千。他梦到了凯特好几次，但一睁开眼，却不能在脑海中留住她的样子。

第二天早上，他们匆匆吃过早餐。伊恩和玛蒂都迫不及待地想去那间老公寓楼后面的山上走走。伊恩希望能在那条小路上感受一下她的气息。她以前很喜欢走到山顶，然后俯视山下的整座城市。玛蒂期盼着去看一看母亲看过的地方。如果母亲喜欢那条山路，自己也一定会喜欢。她还急迫地想把自己的画和心愿系到树上。前一晚，洗澡的时候，她就想好了自己的愿望。爸爸到底知不知道她还是很想有一个小妹妹呢？因为妈妈在生她以后身体一直不太好，所以一直没有办法再生一个小孩，以前他们一家人经常讨论要不要领养一个小女孩。实际上，他们甚至还研究过要怎么从中国或印度领养小孩。妈妈生病之前，他们花了好几个月时间研究领养的程序。后来，他们便没有再讨论这个问题了。妈妈去世以后，玛蒂还是很想能有一个妹妹，她觉得孤单的重压几乎快要让自己窒息了，这个愿望也就变得越来越强烈。

现在，玛蒂和爸爸坐上一辆轻轨，朝山下出发了，那是京都附近的一个郊区。火车沿着山路往上爬。玛蒂看着山下成千上万的房子，每一幢都有蓝色瓷砖的屋顶和小小的花园。列车的速度和高速公路上的汽车差不多，火车沿着弯弯曲曲的轨道从山的一边开到另一边，玛蒂仔细观察着山下街道上的行人。街上有很多孩子，他们穿着海军蓝的校服，成群结队的。玛蒂看到一所学校，同学们列队走进一个棒球场旁边的大房子。玛蒂想，不知道在日本做一个小孩子是什么感觉。

如果她生活在这里，会感到孤独吗？下面的城市里，是不是也有一个女孩子，像她一样目睹了母亲的去世？那个女孩也会经常哭吗？她有妹妹吗？

玛蒂回过头看了看肩上的背包，想着包里的两张纸。妈妈真的能够看到她画的金阁寺吗？她想要一个妹妹的愿望真的能够实现吗？拜托了，妈妈，她想。请一定要让我的愿望实现，你保证过的。

火车开进车站，速度慢了下来，车厢里响起自动语音，报着站名。玛蒂试着对爸爸微笑，但发现他并没有看着自己。他看着远处的山峦，脸色与她画本里空白的画纸一样苍白。他牵着她的手，走下火车，随着成百上千的旅客一起走进了车站。几分钟之后，他们便走出车站，来到了郊区。车站两旁有几家便利店、一家银行和不少餐馆，还有一处五六层楼高的停车场，里面有不少汽车和成千上万的自行车。停车场里有一个巨大的传送带，可以把汽车举起来，这样一辆汽车就可以停到另一辆汽车的上面了。

“往哪边走，爸爸？”玛蒂问，她已经迫不及待地想去走一走那条山路了。

但她惊讶地发现，他还是没有看她。“直走，宝贝。”他轻声回答。

他们走上一条上山的狭窄小路。上班族和学生们骑着自行车迎面向他们驶来，朝火车站的方向匆匆骑去。玛蒂看看学生，看看爸爸。整整一个早上他都出奇的安静，但她能感觉到，他牵着自己的手心已经出汗了。

她拉了拉他的手指。“你还好吗？”

他终于看了她一眼。“我觉得还好啊。”他说，但脸上的笑容显得很勉强。

他们开始爬山，一位拿着长把扫帚的女人从他们身边经过，扫着门前的台阶。没有人行道，他们只好紧挨着路边走，留神着来往车辆。路面很窄，容不下相反方向的两辆车，所以一辆车要先靠路边停下，另一辆才能通过。司机们的技术都很娴熟，车和路边的水泥柱子、住宅、私家的砖石围墙仅仅只有几英寸的距离。

山上绿树茂密，樱花盛开。玛蒂看到爸爸目不转睛地盯着前面一幢三层的白色公寓楼。公寓楼外面有一排排的阳台，阳台的栏杆上晾着床垫和被单。她看到一位老人站在顶楼，用木尺拍打着晾晒的床垫。

“他在干吗？”玛蒂问。

伊恩似乎没有听到。“那里就是……我们以前住的地方。”他说，他的话几乎被一辆汽车开过的声音完全盖住了。

“是吗？”

“你妈妈和我。”

玛蒂仔细打量着那幢房子。“哪里？”

他指着中间的二楼。“那里。我是搬来和她一起住的。是她先找到的这个地方。”

“我们能上去吗？”

“不行，宝贝。我估计不行。”

“为什么？”

伊恩心跳加速，一滴汗从胸前流下来。他的手指绞在一起，肚子抽痛起来。“因为那个小房间是我们的第一个家。有时候……有时候就是没有办法回去了。”

"哦。"

他还想说点什么，但似乎已经失去了说话的力气。于是，他带着玛蒂往前走，走过了那幢房子，和他对待凯特那座褐石小屋的方式一样。他还记得他搬到公寓时的情形，他提着包爬上水泥楼梯。她下楼来接他，尽管日本人很忌讳在公众场合表达爱意，她还是吻了他。他们走进房间，把包放下，伴随着远处火车开过的声音做爱。

凯特的公寓大概只有五步宽、十步长，狭小的空间让他们愈发亲密。他们就在这拥挤的房间里亲密地生活着，家徒四壁的简陋生活条件反而把他们紧紧联系在一起，命运神奇地让他们的人生道路在这里相交。

伊恩加快了脚步，带着玛蒂朝山脚的一条小河走去。河的两旁是盛开的樱花树，他想起曾经和凯特手挽着手在河边漫步。但他并没有带着玛蒂重新去走那段路，而是继续沿着大道往前走，很快便走上了一条铺着砖石的步行道。几分钟之后，他们站在了山脚下的一片竹林边。

他指着面前的小路。"就是这里了，小袋鼠。这里就是你妈妈和我经常来散步的地方。"

"我们走吧。"

于是他们便出发了。这条小路是两千年前由僧侣们从大山中开凿出来的。那片竹林很快就不见了，取而代之的是一片枫树和松树林。阳光从茂密的树叶中洒落下来，照在长满青苔的树干上，小路旁一条小溪蜿蜒。空气中充满了潮湿的味道，他们好像是走进了一片即将下雨的云朵中。

玛蒂跟着爸爸，突然，她看到一束阳光照亮了前面的一段石头台阶，她停下脚步。台阶上面是若隐若现的森林，茂密葱绿，似乎在闪闪发光。“等一等，爸爸，”玛蒂说，拉开背包的拉链。“我要把这个给妈妈画下来。”

伊恩四处看了看，慢慢点着头，他也注意到了周围的美景，如果凯特也在这里，她一定会指给他看，就像玛蒂现在这样。“好吧，小袋鼠。”他回答。他知道女儿的身上将会永远留着她母亲的影子。

她看着他，皱起眉头。“你还好吗？”

“我看着你画。”

玛蒂坐在一棵倒伏的枯木上，打开画本。她用一支棕色铅笔画出小路，用三种不同的绿色画出森林，又用其他的颜色画出了阳光和小溪。在她的笔下，周边美景开始在画纸上显露出来。虽然她画的阳光太亮、太鲜艳，却给整幅画带来了一种不曾有的温暖感觉。

伊恩看着女儿小小的手指不断拿起又放下那些彩色铅笔。他走到她身边，把手搭在她肩上。“真漂亮，”他说，弯下腰吻了吻她的头。“妈妈一定会很喜欢的。”

“她会看到的，对不对？”

伊恩抬起头看着天空。“我不知道，小袋鼠。但你妈妈相信自己一定能看到。她比我们更接近……那个……终点……也是起点。也许她能理解我们无法理解的东西。如果她坚信，那么，我觉得我们也应该相信。”

“我相信。”

“我知道你相信。”他说，抽着鼻子，眼睛变得湿润。“我很高兴你相信。”

玛蒂画完画，把画本放进背包，站起来。“我们走吧。”

他们沿着小路上山。一个小时以后，他们爬到了山顶，从那里可以看到一望无际的京都景色。这座城市坐落在一片森林茂密的山谷中，周围群山环绕。虽然有些地区非常现代化，显得单调而难看，但另外一些地区却有很多古老的庙宇、神殿和花园。鸭川河从北流向南，河上有好几座桥，火车和汽车从桥上驶过。虽然隔了很远的距离，他们仍然能够看到火车向前飞奔，好像是一条条闪闪发亮的钢铁巨蛇，消失在隧道中或是高楼大厦的后面。

伊恩走到附近的一块空地，他还记得自己和凯特曾经在这里野餐，他们边喝酒边打发着下午的悠闲时光。他寻找着她存在过的痕迹，他坐在一块光滑的巨石上，石头上还有僧侣们刻下的日本文字。

“你知道这些字是什么意思吗？”玛蒂问。

“知道呀，宝贝。我有一次在书上看到过。我不会忘记的。意思是‘知足常乐’。”

玛蒂点点头，仔细看着周围的树林。“你觉得妈妈会喜欢哪一棵树？”

“你决定吧。”

她看来看去。虽然森林里有很多松树，但她更喜欢枫树，因为那些枫树刚刚长出新的叶子。它们经受了寒冬的考验，现在向着阳光伸展着树枝。玛蒂走到一棵朝着市区方向倾斜的大枫树下。“这一棵长得像许愿树吗？”

伊恩走到她身边。“如果它都不像，那我真不知道什么才像了。”

“你能把我抱起来吗，爸爸？”

“我和你一起爬上去吧。”

他把她举到最低的一个树枝上，让她抓紧树枝，爬了上去。等她爬上去以后，他纵身一跃，抓住树枝也爬了上去。她小心翼翼地往上爬，她以前只在纽约的中央公园爬过几次树。她没有朝下看，只是一个劲往上爬，尽量不去折断小树枝或是蹭掉树叶。最后，她离地有二十英尺高，坐在一根粗大的树枝上，伸出手去牵爸爸。伊恩坐在她身边，看着她的脸。

“你有绳子吗？”她问。

“要不你把画给我，我把它们系上吧？”

玛蒂照做了，她把两幅画和写有心愿的纸条递给伊恩。伊恩拿过那三张纸，把它们叠好，小心地卷起来。然后用一根绳子把纸卷捆了一圈。他指着一根手腕粗细、长出了新鲜绿叶的树枝问，“那里怎么样？”

“挺好，爸爸。她会看见的。”

伊恩把她的画和心愿都系在那根树枝上。他用了好几根绳子，这样纸条就不会被风吹跑了。他看着天空，不知道凯特到底能不能看见自己和玛蒂就坐在这棵树上俯瞰着下面的城市。如果她真的能看见他们，那应该就是现在。如果他真的想感受到她的存在，那也应该是现在。那种感受跟随着他走遍世界，陪伴着他爬上这座高山，现在又和他和玛蒂一起坐在这树枝上。

“我爱你，小袋鼠。”他轻声说，吻着玛蒂的后脑勺，但眼睛仍然看着天空。他尽力控制悲伤，但那种情绪太强烈了。在他最希望感受到凯特的存在的时候，却没能如愿。

伊恩想要相信凯特说过的话，想要相信许愿树的魔力，但无论怎么努力尝试，他还是没有办法相信。在经历了那么多的噩运之后，他还怎么能够相信会有这样美好的事情呢?

但他知道，玛蒂需要这样的信念，如果她没有信念，她就无法自由。所以他悄悄对玛蒂说，妈妈一定会非常喜欢她的画。无论她的心愿是什么，都一定会实现。

尼泊尔

攀登与坠落

旅行总是让伊恩很有俗世凡人的感觉，似乎和陌生人走在同一条小路上也就相当于和他们分享着自己的一部分，分享着人生的一段旅程。

“那些不会跳舞的人反而说地板是歪的。”

——尼泊尔谚语

五天以后，伊恩和玛蒂基本上把京都和周边地区都逛完了。他们去看了世界上最大的木质建筑——东大寺，还在鸭川河边野餐，看河里的鹤群捕食小虾。他们跟着穿着和服和木屐的女子走过鹅卵石小巷。他们每天都和陌生人说笑，走路去参观古老的寺庙，把新的旧的景观都画下来。对伊恩来说，京都的很多地方都不一样了。但是，又有那么多角落总是时时勾起他的回忆。他们走过一家著名的酒吧，当年，他和凯特的初吻就是在这家酒吧门外。他们还去了琵琶湖，凯特和他曾经在这里游泳、野营。不幸的是，这些苏醒的记忆把伊恩又拖进了那些他拼命想要逃离的黑洞。

他们比计划提前两天离开日本。虽然伊恩很喜欢这个国家，但他已经没有办法继续留在京都了。待在京都让他坐立难安，几欲疯狂。玛蒂就在他身边，他不能这么做。

他们计划中的下一站是尼泊尔，他和凯特曾在那里徒步旅行，也爬过山，但他对那里的记忆并不像对日本的记忆那样鲜活。他和凯特只在尼泊尔待了三周，虽然那三周的时间他们也过得非常愉快，但和喜马拉雅山的雄壮相比，他们所做的每件事情似乎都显得很模糊。伊恩不像回到日本那样害怕回到尼泊尔，但他还是很担心带玛蒂去这样一个贫穷的国家。考虑到她的年龄，这样做似乎是很不负责任的行为。

现在，他们坐在一架颇有些年头的飞机上，朝亚洲的中心地区飞去，玛蒂打开她的胶卷筒。她不知道里面会有什么，当她看见一枚镶着钻石的银戒指掉到膝盖上的时候，她惊讶极了。“这是什么？”她问，拿起那枚戒指。

伊恩笑了。“我知道这戒指是谁的。但还是让你妈妈告诉你吧。”

“什么？”

“看看她的信就知道了。”

玛蒂把戒指握在左手心，用右手打开了胶卷筒里的纸卷。

我非凡的小玛蒂：

现在你手上拿着的是你曾祖母的结婚戒指。她戴了三十九年。她去世以后，这枚戒指就传给了我的妈妈，然后又传给了我。现在，我要把它送给你。我知道，现在对你来说，戒指还有点大，可能戴不了，但总有一天会合适的。

你的曾祖母是一位了不起的女人，你的祖母也是。她们也许没有上过新闻报纸的头版头条，但她们都很出色。你知道吗，我的乖女儿，你的曾祖母在战争中做出过贡献。她在工厂里工作，负责给汽车上漆、修理汽车、在车身上画上白色的五角星。你的祖母一辈子都在从事志愿者的工作，帮助不幸的人。我本打算追随她的步伐，但这场病让我的这个想法破灭了。

玛蒂，总有一天，你也会拥有自己的结婚戒指。要仔细挑选，因为我希望你能一辈子都戴着它。在挑选丈夫的时候，要更加仔细。要慢慢挑。想象自己正闭着眼睛走路。爱情应该是慢慢品味的，不能操之过急。

你知道我为什么会爱上你爸爸吗？不是因为他长得帅，也不是因为他有权势，或是有钱。他长相普通，一贫如洗。但是，玛蒂，他的内心却是高尚的。他知道怎样让我开心。从我们第一次相遇开始，他就让我觉得非常开心。想想他是怎么逗我开怀大笑的吧。难道你还不知道他对我的爱有多深吗？

有一句很有名的爱情谚语，玛蒂。说的是，上帝给了我们每个人两条腿去走路，两只手去拿东西，两只眼睛去看，两只耳朵去听。但却只有一颗心。为什么？因为他把我们的另一颗心给了别人。我们需要找到这个人。我找到了你爸爸，你爸爸也找到了我。你也会一样。

我很想和你谈谈男孩子、谈谈爱情。但我不能。所以，我想让你好好保管这枚戒指。记住谁曾经戴过它，它又意味着什么。不要担心，有任何事情你都可以去找爸爸谈。他是一个超棒的聆听者，玛蒂，只要你需要他，只要你让他知道你愿意牵着他的手，他就一定会帮你。常去找他聊一聊吧。

你知道吗，你爸爸和我在尼泊尔的时候，我们会一边徒步旅行，一边给对方作诗。很多诗都很好玩，但也有一些是关于两颗心的。当你到了尼泊尔的时候，希望你能像我们当初一样，去爬爬山，开心地玩一玩。画一些漂亮的画，对着天空微笑。我会像往常一样看着你的。

我爱你。

妈妈

玛蒂把戒指放在胸口。一遍遍地读着妈妈的信，然后把它放进胶卷筒，小心地放进口袋。她没有哭。只是仔细研究着那枚戒指，想象着曾祖母往吉普车上画白色五角星的情形。“也许，爸爸，”她说，“我之所以喜欢画画，是因为我的曾祖母以前画过画。”

伊恩点点头。“我觉得画画……已经深入到了你的血液中。而且，你也继承了她的天赋。”

“你能不能帮我把这枚戒指用链子穿起来？我好把它戴在脖子上。”

“当然可以，宝贝。等我们回纽约了我就给你穿。你可以戴上它，我们一起去高级餐厅吃饭。”

“谢谢你，爸爸。”

“不用客气。”

“你要打开你的信吗？”

“你想让我打开吗？”

“我觉得你应该打开。在我们降落之前。”

伊恩看着窗外，他在寻找喜马拉雅山，但却只看到云层。他叹了一口气，打开胶卷筒，把那个小纸卷铺开。

我的爱：

你们应该已经到了加德满都。还记得我们一起爬山的情形吗？我们是那么累，简直是筋疲力尽，都快没有办法呼吸了。但喜马拉雅山就像是一圈围绕我们的白色城堡。我们站在世界的巅峰。真是太幸运了。

我很担心你们两个。我担心玛蒂，因为我知道她一定会很伤心。但我却帮不了她。我想提醒她，她很幸运，她还有你。但我做不到了。所以，你能帮我吗？让她知道，她不是孤独的，无论伤心，还是喜悦，她都不是独自一人。也许，让她看一看加德满都贫苦人们的生活对她会有好处。也许她能从那些人的痛苦担忧中学到一些东西，而这就是人生经历的一部分。我也不知道。我也失去了方向。我这一生中，从来没有像现在这样茫然若失。死亡的过程就像是被蒙上眼睛进入了一个迷宫。我没有办法承受。但让我感到宽慰的是，我知道你们会一起踏上这段旅途，这会让你们更加亲密。她是那么爱你，伊恩。她想让你为她自豪。记住，一定要把你的感受告诉她。

我希望我能和你们俩一起去名山大川游玩。伊恩，有时候你会忘记美就在你身边。我必须指给你看，而这也成了我生活中最大的乐趣。但你现在不能忘了这一点，因为我已经不在了。你必须要看到这个世界的美——喜马拉雅山的美、玛蒂铅笔画的美、你将会认识的人们身上的美。请你去发现美。

我还有几句话要告诉你：

在你身边

走在你身边，

我听见了扰动我灵魂的音乐，
看见了只应天上有的美景，
触到你，便知我的孤单都已消失。

走在你身边，
我笑过，哭过。
流过血，爱过，也梦过。
我仿佛活了一千个轮回，
每一个都像孩子的微笑般珍贵，
每一个都像我最初的记忆般深刻。

我的爱，你知道我现在的感受吗
当我走向下一段旅程？
我觉得痛苦而哀伤。
我感到遗憾。
我为未曾走过的路而伤心。

但如果远离这伤痛就意味着永远见不到你，那我还是宁愿承受。
因为与你相伴、走在路上是我做过的最棒的一件事。
我已经到达了这么多的高峰，
充满了光亮、惊奇和快乐。
那些时刻和记忆将永远铭记在我心中，
不仅仅是这一生，
也是下一生。

所以，请你，从高山上给我一个飞吻。

你要知道，我会守在你身旁——

以前，

现在，

永远。

凯特

加德满都还是伊恩记忆中的那个样子——一个朴实而迷人的城市，坐落在喜马拉雅山外围的小山之间。从山顶上看，整座城市就像是一堆三层砖瓦楼房的凌乱组合。从地面上看，市区内不同地方的对比却非常明显。五颜六色的人力车载着游客和当地人到处乱窜。每个小摊上都盖着蓝色的防雨布。深色肤色的人们穿着色彩斑斓的长袍和裙子，在狭窄的街道上匆匆来去。到处都是数不清的奶牛、猴子和鸽子。出于印度教信仰，很多尼泊尔人都认为牛是一种神圣的动物——所以它们可以毫无顾忌地到处闲逛。寺庙的周围聚集了很多猴子，它们在古老的屋顶跳上跳下，完全不去理会下面给它们拍照的游人。

市中心附近游人最密集的地方，成百上千的尼泊尔人沿街叫卖着货物。很多东西都是登山用品。几乎都是冒牌货，但质量还不错，所以似乎也没有人在意它们的真假。一排排仿冒的乐斯菲斯[①]羽

① The North Face，美国著名的户外运动品牌，包括户外服饰、技术装备、登山鞋以及眼镜等。

——译者注

绒服，成堆的哥伦比亚[①]睡袋，还有一盒盒的登山鞋。现在离登山的旺季尚早，很多小摊上顾客并不多，这也让摊主们的叫卖比往常更加卖力。

这座城市里的外国人大多很年轻，不是学生，就是来探险的。伊恩仔细打量着他们，发现他们都很健壮，皮肤被晒得黝黑。他知道，这些人都不是来观光的，而是来探索的。他们背着破旧的登山包，穿着短裤和无袖背心，露出了肌肉和文身。

伊恩和玛蒂在市中心手牵着手散步，他看着她小小的个子，质疑自己到底应不应该把她带到这样的地方来。他觉得很矛盾——一方面，他必须满足凯特的心愿，但另一方面，他又想保护玛蒂。如果她在这里生病了怎么办？他挠着已经长了一周的胡茬想着。如果自己出了什么事又该怎么办？

伊恩最害怕的是要是自己死了，就会留下玛蒂孤零零一个人。当然，在凯特过世以后，他已经修改了遗嘱，如果发生这样的情况，会由凯特的亲姐姐来照顾玛蒂。玛蒂还是会得到关爱。但无论她大姨如何努力让她开心，她还是会受到沉重的打击。

他们绕过一头正在睡觉的奶牛，伊恩看着玛蒂。她穿着棕色的米老鼠和米妮T恤衫，这让她脸上的小雀斑更加明显了。蓝色短裤下面是两条又细又长的腿，最近她似乎又长高了不少，她脚上穿着网球鞋，麻花辫有点松了，以前凯特总是能施展魔力，把它编得很紧。但无论伊恩怎么努力，他都没有办法把那三束头发编成凯特的技术水

① Columbia也是美国著名的户外运动品牌，最初以制造雨衣雨帽起家，现扩展到户外运动装、背包和运动鞋等全天候户外服饰，深得户外活动爱好者的拥戴。——译者注

平。玛蒂似乎也并不想学会自己编。

对伊恩来说，玛蒂看上去是那么天真幼小。凯特有什么权力要求她来尼泊尔走一趟呢？在凯特生命的最后阶段，她身体中有那么多药物，她的头脑怎么可能是清醒的呢？如果她是清醒的，她就不会要求他们到这个地方来，他们在这里孤立无援。

虽然伊恩和凯特很少吵架，但他们为数不多的争论大多是与冒险相关。凯特总是对他施加压力，有时实在很过分。她想去攀登高山，想像流浪汉那样去旅行，想在没有找到工作的时候就搬到纽约。他总是更加谨慎。他并不介意冒一点点险，但她的很多要求实在是太冒险了。如果只有他们两个人，冒点险也许还无所谓，但有了玛蒂，情况就不同了，凯特要他和玛蒂到尼泊尔来，可这个地方危险重重，医生又那么少，伊恩对此很是担忧。

他们走到加德满都市中心附近，街道越来越窄。成百上千条黑色的电线在房屋之间穿行，好像是一只巨大的蜘蛛在城市上面织了一张网。伊恩看着前面的一条小巷，看到几个小孩在垃圾堆上翻着。伊恩转身想走，但玛蒂拉了拉他的手。“什么事，小袋鼠？”他问，把她拉近了一些，因为按着喇叭的汽车已经开到了人行道上。

“这些小孩在干什么？”

“我也不知道。也许是在垃圾堆里找吃的东西。”

“找吃的？”

“是的，宝贝，”他答道，在她面前蹲了下来。“我觉得我们这一路还会看到很多这样的情形。这里有很多很穷的人。”

玛蒂又看了看那些小孩，摇摇头。“但为什么呢？”

“因为这个世界并不是到处都很美好。这些孩子可能没有父母。他们可能也没有家。他们做这些都是为了活下去。”

她咬着嘴唇，想象着孤单一人、举目无亲的感觉。“我们能帮他们吗，爸爸？”

“你想怎么帮他们呢？”

“我也不知道。但我就是想帮帮他们。”

伊恩点点头。凯特过世以后，他也很想去帮助别人，把财富散发出去。之前，为了工作，他疏远了家人。现在，他要把从工作中获得的财富用于善举。他牵着玛蒂的手，走进了那条臭气熏天的死胡同。三个小孩站在垃圾堆上——两个女孩和一个男孩——他们正在翻刚刚倒在上面的垃圾。他们的衣服又脏又破，但他们就像是一个个小机器人，用简洁熟练的动作翻开垃圾。伊恩猜他们和玛蒂差不多年纪，也许还要更小一些。

“你们好。”他说，站在垃圾堆旁。

深色皮肤的男孩子停下了手上的工作，从垃圾堆上爬下来。“你们迷路了吗？”

伊恩本想说不是，但又改变了想法，他努力不去盯着男孩子骨瘦如柴的身子，他那破旧的衬衫下面好像什么都没有，显得空荡荡的。“是迷路了，小朋友。我们在找……找泰美尔大街。我们想去登山者酒吧看看。”

“登山者酒吧？”男孩问，露出了一个微笑。

“你能不能带我们去？”

“我？”

“你们一起带我们去吧。你们三个一起。”

男孩子用尼泊尔语对两个女孩子说了几句话，女孩子笑起来，从垃圾堆上爬了下来。看到他们还能微笑，伊恩觉得很开心。他见过连微笑都已经不会的孩子。他继续牵着玛蒂的手，跟着三个孩子走回了泰美尔大街。他们左转弯，走在大街旁，街上堵满了破旧的汽车。男孩子回过头，朝伊恩和玛蒂走来。“这是你们第一次来加德满都？”他问，指着一堆牛粪要他们注意。

“我不是第一次来，”伊恩回答，“但我女儿，玛蒂是第一次来。”

玛蒂看着那个男孩子，笑了，但什么话也没有说。

“在街上要注意，不要踩到牛屎了，”男孩子说，“踩了一天都会倒霉的。”他嘴里假装发出汽车的喇叭声，从一辆破损的摩托车旁边走过去，摩托车上还坐着一个人。“你去爬山需要导游吗？我可以带你去。我可以帮你背包。”

“哦，不用担心。如果你能带我们去登山者酒吧，我们就很高兴了。”

“等你到了登山者酒吧，你们会更高兴的。”

“你能帮我一个忙吗，小朋友？”伊恩问那个男孩子，“你能不能给我女儿介绍一下登山者酒吧呢？”

“我从来也没有进去过。我有一次想进去来着，但是……但是没有进去成。”

“没关系。我想你肯定很了解它，我们就是随便聊聊。”

男孩子抓着手臂上一个大大的蚊子包。“他们说，那里有希拉里爵士[①]的签名。就在墙上。还有植村[②]的、塔北[③]的、罗伯·霍尔[④]的。都是攀登过珠穆朗玛峰的人。那里有一面墙专门给他们签名。甚至连吉米·卡特[⑤]都去过那个酒吧。但他的名字不在珠穆朗玛峰的那面墙上。吉米·卡特是坐飞机飞过珠穆朗玛峰的，不是爬上去的。”

伊恩看着玛蒂。“塔北是第一个爬上珠穆朗玛峰的女性。她还没有一米五高，但她却爬上了那么高的巅峰。”他摇着头，回想着他和凯特走在那条世界最高的山路上时，导游告诉过他们的故事。“她是日本人。”他补充道。

“她是从东京来的吗？”玛蒂问。

“不是，宝贝。是东京北边的一个小镇。她小的时候，别人都说她很瘦弱。她的身体真的非常弱。于是，她开始爬山锻炼。”

“他们现在还觉得她很瘦弱吗？”

“我想，她爬上了珠穆朗玛峰以后，人们当然就改变了对她的看法。”

她笑了，伊恩握紧她的手。

他们的三个小导游拐了一个弯，从一群背包客中间挤过去，指着一扇毫不起眼的大门说。“那就是登山者酒吧了，”男孩子说，“祝你们玩得愉快，可不要在山上迷路了。那时候，他们就要去救你，大

---

① 埃德蒙德·希拉里，1919~2008，新西兰著名登山家，世界上首次登顶珠穆朗玛峰的人。——译者注

② 植村直己，日本探险家，第一个登上珠穆朗玛峰的日本人。——译者注

③ 塔北淳子，日本女登山家，第一位登上珠穆朗玛峰的女性。——译者注

④ 罗伯·霍尔（Rob Hall，1961~1996），新西兰登山家，多次攀登珠穆朗玛峰，后在登山中丧生。——译者注

⑤ 吉米·卡特（James Earl Carter，Jr，1924~），美国第39任总统。——译者注

家就都会知道，你们就再也不能进这家酒吧的大门了。”

“等一下。”伊恩说，掏出钱包，拿出几张尼泊尔钞票。他给每个小孩两千卢比，大约相当于二十五美元。他们一看到这么多钱，眼睛都瞪圆了。“你们都是一流的小导游，”伊恩补充说，“谢谢你们给我们带路。”

男孩子四下看了看，飞快地把那钱攥在拳头里。“谢谢您，先生。”他一边说，一边摇着头，似乎还无法相信自己竟然碰到这样的好运。“我的这两位朋友也谢谢您。”

“那好，再见。”伊恩说。

“再见，先生。谢谢您。非常感谢。我会每天都为你们祈祷的，祈祷您和您女儿能够一辈子快乐长寿。”

伊恩看着孩子们兴奋地交谈着，匆匆离开了。“这个主意真不错，小袋鼠，”他说，开玩笑地去拉她的一根小辫子。“真是天才的想法。”

“我们帮助了他们，对不对，爸爸？”

“当然，宝贝。我们绝对帮助了他们。”

“我很开心。”

“我也是。”

他俯下身把她抱起来，紧紧抱着她。“你准备好去酒吧看一看吗？真正的酒吧。你想看看埃德蒙顿·希拉里和塔北的签名吗？”

“我能要一瓶雪碧吗？我渴了。”

“当然可以，宝贝。”他吻着她的脸，“我们要点两瓶雪碧。但在这之前，我能再问你一个小问题吗？”

“什么问题？”

“你来这里开心吗？你喜欢尼泊尔吗？”

玛蒂四下看了看。“我想看看那些高山。看看你和妈妈去过的地方。我想画点东西，然后再把它挂在一棵树上，给妈妈看。”

“好主意。”

“在很高的山上。找一棵很高的树。”

他吻了吻她的另一边脸，他爱她更甚于爱自己，他也想带她去看那些高山，但又担心她的身体受不了。“不要生病了，宝贝。也不要受伤。你只要继续像只小袋鼠一样活蹦乱跳，我们就一定能去很高的山，然后在山上找到一棵很高的树。”

坐汽车从加德满都出城时的状况和伊恩所担心的一模一样，毫无疑问，这也让玛蒂见识到了真正的危险。公车里挤了八九十个人。只有老人才有位子坐。其他人全站着，摩肩接踵，随着汽车的开行左右摇晃。车上满满当当，一车的人像是玛蒂包里捆成一束的彩色铅笔。伊恩只看了一眼拥挤的乘客，就决定不能让玛蒂挤在他们中间。她的个子还不及那些人的一半，而且绝大多数乘客都是男的。他可不想让她在这样的状况下，站一个小时去卡卡尼。那里是他们为期四天的徒步旅行的起点。

伊恩考虑再三，最后决定和三十多个游客一起坐到汽车顶上。车顶上焊接着两英尺高的金属栏杆，可以让坐在上面的乘客稍微有点安全感。伊恩第一个爬到车顶，把背包放在车顶前面，司机座位的正上方。然后把包都系到栏杆上，让玛蒂紧紧挨着包坐。他的背包里装着全部家当，大概有三英尺长、两英尺宽，里面大多是衣服。如果他们遇到了撞车，他想，那个背包就会像汽车上的安全气囊一样，保护她。而他则把她的小背包和自己放日常用品的袋子也绑在栏杆上，自己坐在袋子后面。

很多坐在车顶的乘客也效仿了伊恩的策略，很快，栏杆上就绑满了各种各样的背包、箱子，还有一包包的羊毛和一卷卷的地毯。很多人坐在车顶中间，躺在毯子上。汽车发动起来，空气中充满了柴油的味道，尼泊尔当地的乘客在车顶喝起了茶。外国人则有的拍照，有的试着让自己坐得更舒服一些。三个从西方国家来的女子坐在伊恩和玛蒂旁边，相互之间帮忙涂着防晒霜。最后，汽车终于出发了。

虽然伊恩还在为此行路上的安全担忧不已，玛蒂在他们离开加德满都的一路上都十分兴奋。她从来还没有在任何汽车的车顶上坐过，那种把飞奔的汽车坐在屁股底下的感觉让她很过瘾。从十五英尺的高度上往下看，加德满都的大街小巷都有了一种新的面貌。她告诉爸爸，她觉得自己就像一个探险家，简直是刀枪不入、所向披靡。汽车在城市的山间上下穿梭时，她一路都在笑。

汽车离开加德满都只花了二十分钟时间。现在，他们开始爬坡进入了一片低矮的山区，玛蒂调整了一下坐姿，按照爸爸的要求，紧紧抓着背包的带子。蜿蜒的山路开始往上，远远的山下有一条曲折的河流。路旁的树林茂密葱郁，完全不受任何限制地长满了整个山区。偶尔会有一小片空地，有人在路边摆着小摊。骑着电动车和摩托车的人们聚在小摊边，喝喝饮料，或抽根香烟。

路上的来往车辆全都奇奇怪怪、喷着黑烟。古老的公共汽车在下坡路上试着超过其他每一辆车，把小汽车、拖拉机和摩托车都挤到一边。所有的公共汽车无一例外都远远超载了，车顶上也都坐着人。有些车上主要是游客。但也有些车上是进出加德满都的尼泊尔当地人。

车开到一处，玛蒂朝远处望去，看到在山谷的最下面，有一辆翻下悬崖的汽车的残骸。她突然意识到自己坐的汽车也是紧挨着山路行驶，不禁害怕得抓紧了爸爸的手。

虽然沿途的景色很让玛蒂着迷，但她似乎对坐在身边的那三位女子更有兴趣。她们随意地坐在汽车顶上，随着汽车的摇晃有节奏的摆动着，像是在骑马。她们穿着短裤和无袖上衣，还戴着各种各样的戒指和项链。有两个满头金发，把头发绑在脑后扎成了一个马尾。另一个则是满头小辫子，每次公车开过坑坑洼洼的地方时，那些小辫子都会跳起来。

玛蒂假装看着周边的景色，实际却在打量着那三位女子。她们看上去一点也不害怕，也没有任何不自在，这让玛蒂很惊讶。她们身上到处都是蚊子咬的包，但她们几乎没怎么挠。三个人都戴着大大的墨镜，一边说笑，一边研究着地图，谈论着她们在尼泊尔的经历。玛蒂仔细听着，试着在过往车辆时不时响起的喇叭声中跟上她们谈话的节奏。

玛蒂不知道她们之中有没有人经历过父亲或母亲的离世。她们看上去那么开心、那么自信、那么坚强。虽然玛蒂尽量控制自己，但她还是很嫉妒她们的笑声。就算近在咫尺的悬崖真的让她们担心，她们也丝毫没有表现出来。就算她们曾经爱过的人已经离世，她们仍然保持了年轻向上的心态。她们的状态就是玛蒂想要达到的状态。

最后，汽车急速开下一座大山，满头小辫的女子看到玛蒂正在盯着自己。“嗨，你好，”她说，“你喜欢坐在这上面吗？”

玛蒂看了看爸爸，心想他也许会帮自己做出回答。但他只是笑了笑，于是她回答说，“我觉得自己像只小鸟。”

“小鸟？为什么？”

“嗯，因为我们正在飞过这些大山。”

女子笑了，她洁白的牙齿和黑色的皮肤形成了鲜明对比。“我叫莱斯莉。你叫什么？”

“玛蒂。”

“你从哪儿来，玛蒂？”

“纽约。”

“真的吗？那你离家很远啊，对不对？”

玛蒂点点头。“我能……我能问你一个问题吗？”

“随便问。”

“把头发编成你那样疼吗？”

莱斯莉使劲摇摇头，好像一只刚从湖里爬上岸、甩干身上水的小狗。“看到没有？一点也不痛。只有在梳头发的时候有点痛。”

“那你妈妈，她没有意见吗？”

“你知道吗，她其实还挺喜欢我这个发型的。”莱斯莉回答，朝玛蒂坐了过来。

“我也很喜欢。”

公车开过一个转角，莱斯莉往前一扑，抓住了伊恩放日常用品的袋子。“对不起。”她说。

“没关系，”他微笑着回答，“谢谢你陪我女儿聊天。我觉得她老是听我唠唠叨叨，都已经听烦了。”

这位陌生女子伸出她的手。“我叫莱斯莉。”

“我叫伊恩。真的很高兴认识你。”

莱斯莉看着玛蒂。“你们怎么会来尼泊尔的？”

“我想来……给我妈妈画画。还要去爬山。”

“哦，那你来对地方了。我已经来这儿十四个月了，我见了很多高山，我都不知道以后如果见不到了我该怎么办。”

玛蒂点点头，还想和莱斯莉继续聊天。“你是在这里上学吗？”

“上学？不是，我是和平队[①] 的。我的朋友们也都是。我驻扎在一个名叫博克拉的城市。蒂芙妮在山区里的一个村子工作。布莱克在加德满都。”

“那你们……你在这里做什么呢？”

“我们在这里帮助当地的尼泊尔人。我教英语，蒂芙妮帮助当地农民发展可持续农业，布莱克负责一个引起人们对艾滋病进行关注的宣传项目。我们一开始都在加德满都接受培训，从那以后，我们就是好朋友了。”

“你喜欢住在尼泊尔吗？”

“我喜欢，非常喜欢，但也不喜欢。这完全取决于你问这个问题的时间。在博克拉，我简直像是住在动物园里。我的公寓里到处都是臭虫和壁虎。成百上千只。而且，我也很想念我的家人。你知道吗，尼泊尔人有时候也挺让人无奈的。真的很无奈。但无论如何，来到这里是我这辈子做过的最棒的一个决定。弥补了我很多错误的决定。”

玛蒂看着莱斯莉的项链，汽车在蜿蜒的山路间穿行，那条项链前后晃动。玛蒂惊讶地发现，坐在莱斯莉后面的一位尼泊尔女人开始给

① Peace Corps，是1961年美国政府成立的一个志愿服务组织，在多个国家进行活动，其宗旨在于促进世界和平与友谊，为愿意接受帮助的国家和地区提供训练有素的志愿者。
——译者注

她哭个不停的孩子喂奶，她把襁褓中的孩子抱到涨大的胸前。玛蒂低下头。“你想你的家人……但你还是喜欢这里？为什么？”

“稍等一下，”莱斯莉回答，转过身对她的两个朋友说了几句话，又转回来对玛蒂说。“等你爬到了山上，你就会知道为什么了。你们是打算走湿婆普里的那条步行道吗？”

“我也不知道。我们是吗，爸爸？”

伊恩一直在听着她们对话的每一个字，这时他也朝前俯过身来。“是的，宝贝。”

莱斯莉点点头。“想和我们一起走吗？有时候，团队行动会更好，你知道的。万一发生什么事，也好有个照应。而且更安全。”

“你觉得呢，小袋鼠？”伊恩问，抓住她的手臂，前面出现了一条弯路。“你想和这些大姐姐们一起走吗？”

玛蒂抬起头看着爸爸，她不想伤害他的感情。“你觉得行就行，我想应该还不错。”

“那么，我宣布，我找到旅行同伴了。”

莱斯莉让她的朋友们都过来，相互介绍了一下。蒂芙妮个子瘦小，身材有点像男孩子。布莱克则是大骨架，很高，腿上还放着一个装吉他的箱子。她们都随着山路的蜿蜒盘旋左右摇晃，像是强风吹拂下的棕榈树。

汽车开到山顶。远处，雄壮巍峨、白雪覆盖的珠穆朗玛峰直冲天际。玛蒂看了一眼那些山峰，被它们的气势所震撼。虽然她笑着和蒂芙妮、布莱克打招呼，她的眼睛却总是盯着那些山峰，她在想，不知道妈妈会不会在那上面，在其中一座高山的山顶。妈妈知道她认识新朋友了吗？她知道她马上就能爬到高山顶上，这样她们就能感受到彼此了吗?

玛蒂希望妈妈知道所有这些问题的答案。她希望妈妈能够看到自己，尤其是现在，在她正在努力让自己变得勇敢一点的时候，虽然爸爸和三位新朋友就在身边，她还是觉得很孤单，内心的每个部分都害怕起来。

伊恩躺在黑暗之中，看着他们租住的这个小房间。清晨的第一道光线照射进来，照亮了被漆成白色的石壁。对面墙上贴着一张退色的画，画上一群穿着橘红色长袍的僧侣正在打量一尊佛祖的铜像。水泥地板上铺着一张磨损的、用作装饰的地毯。除此之外，房间里再也没有别的装饰了。

伊恩翻身朝向右边，和玛蒂面朝一个方向，玛蒂就睡在一英尺外。他把在加德满都买的两个睡袋拼在一起，合成一个超级大睡袋，这样他们就可以睡在一起了。这几个月以来，伊恩都在考虑是不是应该和女儿睡在一张床上。他知道，一般人都会觉得女儿年纪大了，不应该再和爸爸睡在一张床上。但这些人没有亲眼目睹自己的宝贝女儿失去母亲的痛苦，如果和他睡在一起，能够让玛蒂在夜晚不再哭泣、不再害怕，那么他很高兴和她一起睡。而且，说老实话，他也很喜欢他们一起度过这样的夜晚。他常常会躺在床上念书给她听，或是给她编故事。当她把头靠在他胸前，进入梦乡的时候，他的悲伤仿佛也暂时消失了。

玛蒂嘟囔着什么，仍然是半睡半醒，本能地伸出手找他。“嘘。”他轻声说，靠近她，搂住她的肩膀。他以为她会重新进入梦乡，她却转过身对着他，睁开了眼睛。有那么几秒钟时间，她只是四处看，显然有点迷糊了。“不用担心，宝贝，”他吻了吻她鼻子上的一个小雀斑，“我们在尼泊尔，还记得吗？”

“爸爸，”她点点头，开口说话了，“你的嘴巴好臭。”

“哦，对不起。我们要不要现在起床去刷个牙？我的牙可要好好刷刷了。”

“我的一颗牙好像有一点点松了。”

“真的吗？你觉得小牙仙[①]能在这里找到你吗？”

玛蒂抓抓头。“她不可能找到我，因为她根本就是假的。我两年前就知道了。”

“两年前？没有吧，没有那么久。一年，最多。”

“就是有那么久。爸爸。至少都有那么久。”

他伸了伸腿，很喜欢睡袋这种冰冰凉凉的布料。“不管怎么说，我不同意你的看法。就是关于牙仙这件事。”

“你是什么意思？”

“以前，你妈妈和我总是把一美元的钞票放在你枕头下面，然后把你掉的牙齿拿走。我们只不过是没有翅膀，但这并不意味着我们就不是仙子。有好几次，你妈妈甚至还在地板上撒了一些亮粉，留下了魔法灰尘。所以说，如果连她都不是牙仙，那我真不知道谁还可以当牙仙了。”

玛蒂笑了。“你觉得莱斯莉醒来了吗？我们去和她一起吃早餐吧。”

“你挺喜欢这位大姐姐的，是不是？”

---

① 牙仙是英美国家小朋友之间的传说。只要小朋友把掉了的牙齿放在枕头下面，牙仙就会给小朋友一点零用钱。——译者注

“她人很好。而且我喜欢她的头发。”

他把玛蒂的头发绕在自己手指上。“你也想扎那样的头发吗？”

“你让我扎吗？”

他坐起来，把睡袋从胸前拉开。“嗯，虽然我并不是很喜欢满头小辫子，但我希望你可以打扮成你喜欢的任何样子。只要你开心就好。你知道吗，当我离开澳大利亚的时候，我的爸爸和妈妈也并不高兴。而且我们也争论过。还吵得很厉害。直到现在，他们还是对这件事情很恼火。但我是不会干扰你自己的意愿的。”

“但是，你不喜欢她的头发吗？”

伊恩笑了。“我觉得她长得很漂亮，小袋鼠。所以，我也喜欢她的头发。”他伸手去拿牙刷，“现在，我们是不是应该赶紧洗漱，吃点东西，准备去爬山了？”

那些一直以来让伊恩魂牵梦萦的高峰就巍峨地耸立在他们面前。他以前爬过一次喜马拉雅山，是凯特带他去的，他们走上了这条世界上海拔最高的山路。那一天的情形还清晰地留在他的脑海中。他记得自己一边唱着进行曲打发时间，一边朝高山上前进，他们爬得越来越高，空气也越来越稀薄，似乎连肺里都已经没有了空气。到了后来，他们已经没有办法唱歌，甚至都没有办法说话了。于是，他们站在一起，虽然说不出话，但他们的影子融合在一起。他们站在高耸入云的山峰之上，整个世界都在脚下远去了。

这次和玛蒂走的路线却和他上次登山的路线完全不同。现在，凯特已经不在了，他是在追随她的步伐。这里的群山也和珠穆朗玛峰周围光秃秃的山峰不同。他现在所看到的世界是葱郁茂密的一片，好像是一个无边无际的大暖房。道路两边全是形状各异、大小不同的阔叶树，环绕着一大片山谷。岩石的周围和小溪的旁边，到处都是一簇簇的杜鹃花，姹紫嫣红。伊恩知道，如果不是莱斯莉和布莱克走在玛蒂的旁边，玛蒂一定会停下来，把这里的美景画下来。蒂芙妮一个人走在伊恩后面，在这个队伍的最后。她们三个人都背着大大的背包，拿着手杖，伊恩觉得，这手杖一定伴随着她们走过了很多路。蒂芙妮和布莱克扎着头巾。布莱克把她装吉他的箱子捆在背包上。玛蒂穿着褐色的登山装，还是伊恩在加德满都给她买的。他自己则穿着短裤、T恤衫，戴着一顶绿色的尼龙网格帽。

玛蒂已经和莱斯莉、布莱克走了将近一个小时，而且完全能够跟上她们的步伐。伊恩虽然还不太习惯在玛蒂身边保持沉默，但他却很高兴。自从凯特过世以后，他就经常担心玛蒂和女性相处的时间太少了。他知道怎么做一个好父亲，也尽量努力去做一个好父亲，但有些事情是他没有办法教她的。她越是长大，他也就越是担心自己无法给她一个完整的童年。看到她这么喜欢和莱斯莉聊天，反而让他放心了。

蒂芙妮就走在他后面，有时也会走到他旁边，但伊恩却没有怎么和她聊天。她看上去有点孤傲，和前一天他们刚刚见面的时候不同。伊恩觉得，她一定是有什么烦心事，但他并不想去问她。他只是在她身旁默默地走着，有时候也会看看她的脸。她的脸部线条很柔和，头巾下面还可以看到被阳光晒得有点退色的头发。

玛蒂走在莱斯莉和布莱克身边，有说有笑，伊恩觉得和蒂芙妮这样一言不发地走着似乎有点尴尬。她的个子看上去比她背的包还要小。她走到横在路上的一根大树干前，伊恩伸出手，牵着她走过了这个障碍。“这里真美，对不对？”他问，闻着山间野花的芬芳。

她点点头，拄着手杖的动作规律而娴熟。“这里的景色一直都很美。”

“莱斯莉说你住在山区。是真的吗？”

“已经住了一年多了。”

“感觉怎么样？”

远处，一个小男孩坐在一幢石屋的屋顶，她朝他挥挥手。“感觉还不错。尼泊尔人都很善良。他们住在一片美丽的土地上。但他们的生活却很艰难。真的非常艰难。在我住的村子，还是冬天。我住的房子屋顶上原来堆着六英尺厚的柴火，已经快用光了。”

“哎呀。”

“什么？”

“对不起。我只是很惊讶。”

蒂芙妮的嘴角露出一抹微笑。“正是这个地方的美丽导致了它的贫困。我刚刚到这儿的时候，一个当地人就是这么跟我说的。他说的是对的。但生活的贫困会带来很多麻烦事。”

“比如什么呢？”

蒂芙妮抬头看着他，整理了一下头巾。“几个月前，我村子里的一个女人结婚了，她是我的朋友。但她家里人并没有给她买嫁妆。于是她丈夫……她丈夫把她弄死了。用汽油烧的。我……当时就在她身边，看着她被活活烧死。这些大山有多美，山里人的陋习就有多可怕。”

伊恩又看了看她的脸，心想，她也和玛蒂一样，还太小了，不应该承受这样的负担。“对不起，”他说，“这真是很可怕。”

“以前是。现在也是。”

“那你想过回家吗？”

“我们当初一起来的一群人中已经有一多半回家了。很多人都接受不了……一些事情。几周前，一个从亚特兰大来的女孩被脱光了衣服，绑在树上，她大声尖叫。她父母来把她带回家了。”

“但你还是待在这里？”

“是的。我留下来了。这很……很难，但我觉得我应该留下。除非我的计划完成，否则我是不会离开的。”

她的手杖掉了，伊恩把它捡起来，这可不是件容易的事，因为他还背着一个沉重的大包。“你做的事情，”他说，“你们大家做的这件事情是很有意义的。我像你这么大的时候，在日本教英语，赚取高收入。”

“这件事也挺有意义的啊。”

“话是没错，但我并没有去拯救这个世界。”

“我也没有。我做的远远不够。”

一群牦牛向他们走来——这种动物很像水牛。三个衣衫褴褛的男孩子拿着竹竿，赶着这群牦牛。最大的一只牦牛全身长着棕色的粗毛，弯弯的牛角巨大无比，从脖子往下是胖胖的肚皮，像一个巨大的柚子。肚皮随着牦牛的脚步有节奏地晃动着。

伊恩朝那几个男孩子点点头。“你们好。”他说，双手合十，朝他们微微鞠了一躬。

男孩子们笑着也向他回了礼。他们走了以后，蒂芙妮对伊恩说：“你的合十礼挺标准的。你是怎么学会的？我还以为你是第一次来加德满都呢。"

"我以前来过。十五年前，我妻子和我爬过安娜普纳的登山道。"

"真的吗？"

"那时候我还年轻，腿脚还受得了。不过我怀疑现在已经不行了。估计得请个搬运工，把我抬上去。"

"那你妻子呢？她在纽约没有来吗？"

伊恩抬头看了看天，又看了看玛蒂。"她去年冬天过世了。一场暴风雪把她带走了。"

蒂芙妮紧紧抓住他的手臂。"对不起。我不知道该说些什么。对不起。"

他继续往前走，看着远处的群山，想着不知道凯特能不能看见他们。"我能问你一件事情吗？"他说。

"当然了。"

他靠近她，悄悄说，"你觉得我女儿看上去开心吗？我试过，真的非常努力地尝试让她开心一点，让她重新点燃希望。但我做得并不好。"

"这是你来这儿的原因吗？让她开心一些？"

"她妈妈想让她来。想让我们一起来。但我却不敢肯定。这对十岁的小孩来说，还是很不容易的。"

"看看她。她看上去很开心。"

伊恩看到玛蒂正在和莱斯莉、布莱克聊天。"我觉得……她妈妈去世以后……她太想要快点长大了。但我并不想。"

蒂芙妮点点头，一滴汗珠从她的脸上流下来。"我看到我朋友去世的那一幕时，我立刻就长大了。我看到她被火活活烧死。所以我明白你的意思。有时候，我真希望自己没有看到那一幕。但有时候，我又觉得，在她过世的时候，我能陪在她身边也是好的。”

“那我应该怎么办？”

“我们追上她们吧。要不一起来玩个游戏？做点好玩的事情，打发打发时间？”

“游戏。可以啊。谢谢你，蒂芙妮。真的很高兴认识你。”

“我也很高兴认识你。”

伊恩加快脚步，努力回忆着他和凯特一起爬山时都会怎样来打发时间。他向莱斯莉和布莱克打了个招呼，牵着玛蒂的手，决心要让她露出小孩子应有的天真笑容。“要不我教你们一个游戏吧？”他问那两个人，“这是你们美国人发明的，不过我也一样喜欢。”

“什么游戏？”莱斯莉问，遵守承诺，四处给玛蒂寻找适合做手杖的树枝。

“进行曲游戏。用来打发时间的，再笨的人也能学会，这个游戏很适合我。你们只需要重复我说的每一句话就行了。”

玛蒂抬头看着他。“不要让我丢脸了，爸爸。”

“怎么丢脸了？像是我们在东京碰到小学生的那一次？”

“爸爸！”

“不要担心，小袋鼠。那你就不玩。女士们，现在我们可以开始了吗？”

莱斯莉笑了。“我们试试吧。”

伊恩走到队伍最前面。“记住，重复我说的话。大家一起来。要抬头挺胸，昂首阔步，把手杖都挥舞起来。假装我们是一群士兵，好不好？”

“遵命，长官。”布莱克说，放慢了脚步，好让玛蒂能够走到她爸爸身后。

伊恩夸张地深吸了一口气。“我也不知道，但有人是这么告诉我的！”他大声喊，试着让自己的声音和动作看上去都像是一个士兵。

“我也不知道，但有人是这么告诉我的！”

“他说我的笑话都太老套了！”

“他说我的笑话都太老套了！”

“我的小玛蒂，是她告诉我的！”

“我的小玛蒂，是她告诉我的！”

“她这是在骗我呢！”

“她这是在骗我呢！”

“你听见她说她喜欢莱斯莉的头发了吗？”

“你听见她说她喜欢莱斯莉的头发了吗？”

“有一天她们也许会是一样的发型！”

“有一天她们也许会是一样的发型！”

“谁现在来接着玩这个游戏吧！”

“谁现在来接着玩这个游戏吧！”

“我喊累了，我的肺活量没那么大了！”

“我喊累了，我的肺活量没那么大了！”

伊恩还想听到玛蒂的笑声，于是便假装自己已经没有任何力气。他大口喘着气，跌跌撞撞地走着，转着圈，他抓住她，在地上打了个滚。玛蒂咯咯直笑，躺在他身上，这也立马让他想起来，在他如此想要闭上眼睛、永远安息的时候，为什么自己还要继续前行。他紧紧地抱着她，挠她痒痒——她的笑声就是对他祈祷的回答，是他脑海一片黑暗中明亮的星星。很快，他就和她一起开怀大笑，一起在泥地上打滚了，他忘记了伤痛。他的小女儿要他停手，因为她已经笑得话都说不出来了，但没有什么比她的笑声更能让他感到快乐。

旅店里的餐厅看上去像是一个世纪以前修的。墙壁和地板都是用水泥糊在一起的粗糙石块。天花板原本应该是白色，现在已经被油烟熏黑了，屋顶粗重的横梁从房间的一头延伸到另一头。远处的角落有一个岩石砌成的巨大壁炉，里面生着一堆火，让整间房子都充满了温暖和光明。房间正中是一张古老的木桌，桌上摆着蜡烛，还有伊恩和玛蒂的晚餐。他们是唯一在这餐厅里用餐的客人。莱斯莉、布莱克和蒂芙妮选择了街对面的另一家旅店，因为那里的房间只需要两美元一晚，而这里却要四美元。

玛蒂看着面前的食物，有点不知所措。她点的是手抓饭，这是尼泊尔最普遍的一种食物，是用小扁豆、洋葱、红辣椒、番茄、姜、香菜、姜黄炖成的辣汤，配上米饭。她本来想点批萨，菜单上也有，但她爸爸却肯定地说，入乡就要随俗，尝一尝地道的当地美食总比吃西餐好。而且这里的批萨估计就是扁面饼上撒点面条酱和奶酪。

“我们明天还要走多远？”她问，喝了一勺汤，内心多么希望点的是批萨。

伊恩从一个满是划痕的矿泉水瓶子里喝了一口水。“比我们今天走的路程要稍微远点，我觉得。也会爬得更高一些。”

“有多高？”

“哦，对你来说就是跳几下，小袋鼠。海拔应该再往上一千英尺，旅游手册上是这么说的。”

玛蒂好不容易把碗里的抓饭吃了一半，旅店的老板又端来了两个锅——她是一位看上去比自己的真实年龄起码老了十岁的妇女——她用勺子把更多的米饭和汤舀到他们碗里。“你是个大姑娘了，”她说，她的英语就像这餐厅的石墙一样粗糙，“得多吃一点，才能爬得更高。”

“谢谢你。”

那女人穿着颜色鲜艳的长袍，把头发挽成一个小圆髻，微笑着说：“我也有个女儿像你一样。我有三个女儿。现在她们都长大了。都有了自己的小孩。很多小孩。”

“有多少？”

老板笑了，她嘴里缺了好几颗牙。“十五个，”她一边说，一边转动着眼睛，“之前，我还帮着女儿们带小孩。但有一天，我丈夫去山里砍柴。那天发生了一场大雪崩。我丈夫再也没有回来。所以，我现在一个人在他的这家旅店里工作。”

玛蒂点点头，不知道该说些什么好。“你的汤很好喝。谢谢你。”

“在尼泊尔，我们都是吃抓饭的。早饭、中饭和晚饭都是。”

“真的吗？吃那么多抓饭？”

“吃了抓饭长得结实。”

“我……觉得自己挺结实的。”

那女人又笑了，她拍着玛蒂的肩膀。“你再多吃点。晚上好好睡一觉。”

伊恩和玛蒂吃完饭，付了钱，回到了房间。这家旅店是一幢长方形的建筑，餐厅在一边，另一边是六个房间。石砖墙壁的门厅很干净，木地板由于无数过往住客的踩踏已经变得非常光滑了。伊恩走过公用洗手间，走到左手边的最后一扇门前，把钥匙插进了门把下面的锁孔。房间很小，很朴素。他们又把两个睡袋拼在一起，把那个紫色的大袋铺在了床上。

“我们要不要看一会儿书，宝贝？”伊恩问，从包里拿出两个手电筒。

“好呀。”

“你先换衣服。我站在外面。”

“好的。”

伊恩走到走廊，仍然能闻到厨房里飘来的烟味。他不知道这个女人在丈夫去世以后，是怎么弄来柴火的。她是不是要自己去捡？她大概是买不起的。也许是她的某个女婿来帮忙。他希望是这样。

伊恩回到房间，他换睡衣的时候，玛蒂就藏在睡袋里，闭上眼睛。然后他用瓶装水刷了牙，再把水小心地吐到面巾纸上，扔到已经生锈的垃圾桶里。他拿起一份在加德满都买的过期的《新闻周刊》，躺在玛蒂身边，拧开了手电筒。玛蒂早把她的手电筒打开了，她在看哈利·波特系列书的第五本，这是一本大部头，一边爬山一边看书可不容易。

“我们英勇的主人公这些日子有没有遇到麻烦？”伊恩问。

“他过了一个非常无聊的暑假，现在，他回到了霍格沃兹魔法学校，一切本应该很好，他却和朋友吵了起来。”

“和他的朋友吵架？为什么？”

“没有人相信伏地魔又回来了。”

“但是哈利相信？”

“当然了。”

伊恩笑了，他很高兴看到玛蒂对这一系列书着迷，有时候，他们也会一起看。“不会太可怕吧？”

“还好。”她说着，把书半合上，“要不等会你给我讲一个故事吧。开心的故事。”

“没问题，宝贝。你什么时候想听就告诉我一声。”

伊恩翻着手上的杂志，从读者来信翻到编辑寄语、政治漫画，又看一篇关于海平面上升的文章。他时不时瞥一眼房间里唯一的窗户，夜色偷偷吞没了整个世界。现在，凯特已经不在了，黑夜带给他完全不同的感受。夜晚，他更加思念她。以前，在玛蒂出生之后，夜晚是他们一家三口团聚的时光。如果他不用加班，他就会哄玛蒂睡着，然后和凯特一起喝杯红酒，一起说说各自一天中快乐的、悲伤的事情。有时候，他查看电子邮件，她就在他身边处理账单。即便是一言不发，他们也会待在一起，感受着彼此的存在，享受着这种存在所带来的安慰。

玛蒂把书放到一边。“爸爸，现在你能给我讲个故事吗？我看书看累了。”

“遵命，大副。”他回答道，把手电筒关上。几秒钟之后，她也把手电筒关了，整个房间一片漆黑。“感觉像是把眼睛闭上了，”他说，“也许这就是当蝙蝠的感觉。”

“可是你不会飞。而且你没有雷达感应。”

“是没有，宝贝。现在还没有。不过我正在努力。”

“为什么他们这里没有电？”

“我想，再过几年他们这里一定会通电的。我想，我们走到这里来的那条路总有一天会穿过整个山谷。到那时，他们就会有电灯、电视机，还会有其他那些乱七八糟的电器。”

“你更喜欢这样，一片漆黑，是不是？这比看电视要好？”

他把睡袋往上拉了拉，小心地不让睡袋遮到她的脸。“有时候，我们应该记住自己的根，”他回答，感觉到她的脚丫从他的小腿边擦过去，“但电视机不会让我们记住这一点。”

“是这样的。”

“你知道吗，你妈妈就不买电视机。她小的时候家里就没有电视机。所以她看了很多书，读了很多诗。这也是她为什么这么喜欢诗歌的原因。她总是喜欢观察事物，然后描述自己的感受。”

“她很擅长这个。”

“她的妈妈是一位老师，这对她也很有帮助。我想，她们经常一起学习。”

“就像我和妈妈一样。”

他温柔地拉了拉她的耳垂。“你的脚趾冷得像冰块一样。”

“它们都冻僵了。”

“你真的不想睡在自己的睡袋里吗？”他笑着问。

“才不想呢。”

“所以，我把两个睡袋背上山，现在还要当你的电热毯？”

“你能给我讲个故事吗？很好玩的故事？”

“想听什么呢？动物？公主？小女孩？”

“就讲关于小女孩的。像我一样的小女孩。”

“像你一样的小女孩？用冻僵的脚丫子来折磨老爸的小女孩？”

“爸爸！”

“好吧，宝贝。稍微等一等。让我先想想。我需要在这一片黑暗中开动我的雷达了。”

玛蒂的爸爸想着他的故事，玛蒂则继续在这个超大号的睡袋里活动脚丫，试着让它们暖和起来。远处某个地方，有人弹起了吉他。玛蒂觉得是布莱克，她又想起了自己在美国时学校里的朋友，不知道他们这时正在干吗。不知道为什么，她对他们的想念并不像自己曾经以为的那么强烈。她内心有一个部分并不想见到他们。因为他们看起来都是那么开心。他们的妈妈都还活在这个世界上。

伊恩转过身对她说。“音乐真好听，对不对？”

“是很好听。布莱克人也很好。”

“准备好听故事了吗？”

“好了，船长。”

“好吧，很久很久以前，有一个十岁的小姑娘，无论她走到哪里，都随身带着一个画本。”

“她是我吗？”

“不，不是你。但她很像你。在有些方面，非常像你。但她的脾气没有你这么差。”

“她在哪些方面像我呢？”

“嗯，她在这个世界上最喜欢的事就是画画。所以，她走到哪里都带着画本，她经常在一些奇怪的地方停下来，坐在角落里，画一只流浪狗，或是走过一整片树林，寻找一棵适合她画在笔下的树。她的画本有一百页那么厚，几乎每一页上都画着一些漂亮的东西，这是她从内心创造出来的。有些画她画着她的亲人、老师、同学。她在他们身上都画了一颗心，还给他们画上大大的笑容。”

他停了一会，聆听着吉他乐声的高低起伏。“有一天，她出门散步，爬到了高山上。她爸爸和她一起。他们爬得越来越高、越来越高，穿过了云层，他们在寻找彩虹，寻找着她能够画在笔下的东西。最后，他们终于找到了。一片葱绿的山谷，到处都是吃着草的小鹿，小女孩打开背包，热切地想把这片美景画到纸上。但这时，她发现，她把画本忘在家里了。她带来了一些彩色粉笔，但没有带纸。”

“哦，不是吧，”玛蒂说，把睡袋扯到了下巴上，“她怎么会把纸忘了呢？她一定很着急。”

“她是很着急。老实说，她急得团团转。她爸爸也很着急。他很想看她画画。她的损失就是她爸爸的损失。”

“那她怎么办呢？”

“一个艺术家应该怎么办呢？她灵机一动，小袋鼠。她把眼泪擦干，拿起粉笔，走到附近的山崖上，这些山崖上都是砂岩。像是一块块巨大的红色黑板。于是，她拿起粉笔，把那片山谷和小鹿都画了下来。她画了整整一个下午。她以前还从来没有画过这么大、这么美的画。画完以后，她知道，她已经完成了自己的第一幅大作。画本里的任何一幅画都比不上这个。她在山崖上画的那幅画……就好像是一首被音乐家赋予了生命的乐曲。它就像是获得了自由……而不是被人创作出来的。于是，她那一天的遗忘变成了一种收获，变成了一种意想不到的惊喜。就像是在城市里找到了一根蓝鸟的羽毛。”

玛蒂朝爸爸靠过来，她的脚已经没有那么凉了。“那下雨了怎么办？雨水不是会把她的画冲掉吗？”

伊恩抓抓头。“她也想过这一点，但她并不介意，我觉得，因为她已经创造了一个很美好的东西，而美是不会轻易消失的。她的画、她的粉笔会被雨水冲走，流进大地。这样，她的画就会成为大地的一部分。永远成为它的一部分。”

“接着又发生了什么？”

“她继续爬山、画画。有时候，她会带着画本，有时候不带。她知道，她的画本就是自己的一部分，而且会永远成为自己的一部分。但她也在岩石上、在山崖上、在水泥上作画。这些画都是她最喜欢的，因为它们让她有了一种自由的感觉。很多年以后，她出名了，成了一位真正的艺术家。人们从世界各地来看她的作品，这些作品都放在最好的艺术馆里。虽然她在帆布和画纸上创作的作品也能让人们看过之后会心一笑，还给她带来了丰厚的报酬，她还是继续在户外、在大自然中作画，在那里，只有她爱的人才能看到她创作的美。她会画出非常漂亮的作品，然后雨水会把它们冲走。这样的情况周而复始地发生着，一遍、一遍，又一遍。”

“她很开心，对不对，爸爸？”

“是的，宝贝，她很开心。但当然也不是每一天都那么开心。没有人会每天开心。她并不是一只摇着尾巴的小狗。但她的生活很美好。而且她一直都在画，甚至很老的时候，双手都已经开始颤抖了，她还是在画。她所爱的人，无论是还在世的，或是已经去天堂的，都很喜欢她的画，就好像她爸爸对她第一次在岩石上画的画一样喜欢。”

玛蒂笑了，把头放在他伸出的手臂上。“也许我也能找些粉笔来，爸爸，”她说，声音温柔而轻缓，“到那个时候，我就可以在岩石上画画了，像她一样。”

“只要你愿意就可以。只要你愿意。”

“做个好梦，爸爸。我爱你。”

“我也爱你，小袋鼠。我对你的爱就像那个小女孩对她粉笔的爱一样深。”

玛蒂闭上眼睛，想象着故事中的小女孩，不知道在岩石上画画，然后坐下来，看着雨水从天而降，把自己的作品冲刷干净会是什么样的感觉。

似乎是在回应玛蒂的想法，第二天，很早便开始下雨了，整个山谷笼罩在一片迷雾中，她醒来的时候觉得自己是在一片云朵里。吃过早饭以后，她和伊恩收拾好行李，穿上紫色的雨衣，走进了大自然的怀抱。莱斯莉、布莱克和蒂芙妮已经在泥泞小路的对面等他们了。她们都穿着超大号的雨衣，把她们的背包也一并遮住。莱斯莉拿着一把红色的雨伞。

“早上好，女士们，”伊恩说，脱下旅游帽向她们行了个礼。“准备好去走一走了吗？”

莱斯莉站在伞下微笑。“晚上睡得好吗？”

“嗯，我们走路都已经走累了，睡得像死猪一样。小袋鼠还打呼噜了。”

“爸爸。”

“也有可能打呼噜的人是我。或是趴在小袋鼠床下的雪豹。不管了，我们现在出发吧？”

莱斯莉让玛蒂先走。“我们跟在你后面。”

玛蒂笑了笑，跟她们打了招呼，上路了。她握着曾祖母的那枚戒指，把它套在大拇指上，来回转动着。她很高兴天下雨了，因为这样，她就不用试着隐藏眼泪了。她梦见自己和妈妈在中央公园踢足球，这让她猛然从梦中惊醒。在梦中，和在现实生活中一样，妈妈总是让她赢，即便是玛蒂一直以来就不擅长运动。在梦中，玛蒂是那么开心，她和妈妈一起大笑，她很喜欢妈妈陪伴左右的感觉。当玛蒂睁开眼睛以后，她才发现这只是一场梦，她很伤心。阳光、中央公园和妈妈通通都消失不见，取而代之的是寂静与失望。爸爸注意到了她的情绪，也问过她，但玛蒂并不想多说。有时候，保持沉默、试着去忘记这个梦，继续往前走要更加容易一些。

因为以前爸爸周六总是要上班，所以玛蒂和妈妈经常去中央公园散步、踢足球，或是在草坪上玩耍，看着日子一天天流过。妈妈看书，玛蒂画画，她画桥、画云、画树叶。她从来没想过这些日子很快会结束。有时候，她一边画画，一边和妈妈聊天。玛蒂一直都知道，妈妈会真正聆听自己的话，不像很多大人只是装出在听的样子。妈妈问的问题并不是为了打破沉默或打发时间，而是为了真正了解她。她们什么都聊，从玛蒂想要一个妹妹的愿望，到学校里的各种问题，再到伟大的艺术家是怎样观察世界的。有时候，妈妈也会告诉玛蒂她自己的秘密——虽然她不能再生小孩了，但她还是很想再有一个孩子。玛蒂和妈妈第一次谈到想从另一个国家领养一个小女孩，虽然爸爸也很支持，但如果是他，他可能一开始并不会积极提出这个建议。

现在，蒂芙妮和布莱克走在玛蒂身边，她们讨论着加德满都这个城市，而玛蒂则看着山路，想象着妈妈也曾经爬上过这样的高山。每一天，她都很想念妈妈，在做过关于妈妈的梦以后，她会特别思念她——她醒过来，意识到妈妈已经不在了，而且无论玛蒂有多么爱她，有多么想躺在她身边，她还是不会再回来了。

迷雾渐渐散去，玛蒂看到远处的高山，葱葱郁郁，延绵起伏。她很想把它们画下来，但又不想把画本弄湿，或是拖慢大家的步伐。所以，她只是努力记住那些高山的样子，想过后再把它们画下来。她不知道从这么高的地方往下看会是什么样的感觉。你能看见我吗，妈妈？她一边想，一边朝天上望。我昨天晚上梦到你了。我们在踢足球，你和以前一样，总是让我赢。哦，妈妈，我很想你。我知道，爸爸也很想你。我们都很想你，我们都很爱你，我希望你能回到我们身边。请回到我们身边吧。拜托。我不想孤单一人。爸爸已经努力让我开心了，有时候，我也会笑起来，但我们还是很孤单。

天色变暗了，远处的山峰也模糊起来。玛蒂继续往前走，用鼻子呼吸，感受着潮湿的空气进入身体的感觉。伊恩和莱斯莉走在她后面三十来步远的地方，他注意到玛蒂的情绪——他想帮她，但这个时候，他又不知道该怎么帮她。“我能问你一点事情吗？”他悄悄对莱斯莉说，雨已经小了，莱斯莉正在收伞。

她把雨伞挂在背包的侧面，转过身对他说：“尽管问。”

“你还是个小女孩的时候……都在想些什么……像玛蒂这么大的时候？你应该还记得吧？”

“你知道吗，我觉得我当时没有太多的想法。就是……就是和朋友玩，然后上学念书。”

“你还记得自己伤心的时候吗？”

“不太记得了。我记得被朋友、被兄弟作弄。但那和伤心不同。”

伊恩点点头，看着玛蒂一言不发地走在蒂芙妮和布莱克身边。“有时候，我担心玛蒂想得太多。”他说，擦去额头上的汗水。“我只想她做一个小女孩，做一些小女孩通常会做的事。”

“昨天她就很像个小女孩，就是你们躺在地上，你挠她痒的时候。”

“我也这么觉得。但是，她昨天晚上做了一个梦，关于她妈妈的一个美梦，现在我觉得一切又回到了原点，就像以前一样。她很伤心。她想妈妈。但我又无法给她她所需要的一切。差远了。”

莱斯莉的手杖夹在两块岩石中间，她停下脚步，把它扯了出来。“你知道吗，你根本不用担心，因为她有些日子会笑，有些日子会伤心。如果她完全不笑，那你才应该担心呢。”

他闻到木柴燃烧的味道，到处看哪里有烟雾。“你能不能帮我做一件事呢？”

“什么事？”

“你能不能和她谈谈？她昨天晚上睡觉之前还问起你来。她喜欢你。”

莱斯莉点点头。“她很可爱。是个非常可爱的小姑娘。”

“也许你能让她笑一笑。”

“当然没问题。不过你可别忘了。她也许很喜欢我，但很明显，她最崇拜的人还是你。”

伊恩谢了她，看着她往前走去。他和凯特在周游世界的过程中，经常会遇到这样的人——虽然都是陌生人，但他们之间却很快就能喜欢彼此，并相信彼此。不知道为什么，一起徒步旅行或一起搭乘公车总是能让人们紧紧联系起来，也许是因为在这样的环境下，复杂的大千世界被压缩了，让陌生人一起去分享同一个空间或同一段冒险。凯特和他经常会想起，比起他们在曼哈顿的邻居，他们和那些来自瑞典或南非的同行者反而更有共同语言。旅行总是让伊恩很有俗世凡人的感觉，似乎和陌生人走在同一条小路上也就相当于和他们分享着自己的一部分，分享着人生的一段旅程。

山路来到了一片高地，伊恩听到了流水的声音。他虽然没有看见河流，但知道附近一定有一条。潮湿的空气似乎变得更加湿润了。他继续往前走，很高兴看到玛蒂和莱斯莉正在聊天，玛蒂似乎走得更快了。

伊恩又走了十分钟，他时而看看山路，时而看看前方的珠穆朗玛峰，巍峨的山峰透过云层和迷雾显露了出来，伊恩发现，那三个女生和玛蒂都停下了脚步。他看见道路的前方是一座三英尺宽的吊桥，桥下就是河流。两根粗粗的铁索固定在桥头的岩石水泥柱里。桥面是用木板搭的，桥身的侧面就像是用短铁链连起来的栅栏。

“真漂亮。”他小声说。

桥下的河水浑浊而汹涌，还有水流不断从附近的高山上汇入。坦克车大小的巨石减缓了水流疯狂奔涌的速度，河流大约有一百来步宽。河岸边满是苔藓和藤蔓，这让伊恩觉得仿佛有一张绿色的地毯铺在整片地区。他还从来没有见过如此多的绿色。

“我们走吧？”他问，朝玛蒂伸出手，抓住了她的手，那三个女生已经走上前了。

“回来的时候我能画一下这里吗？”她问，从桥的这一头看到那一头。

“当然可以，宝贝。我会看着你画的。”

“这安全吗？”

“怎么，你不喜欢游泳吗？”

“那也不要在这条河里游。”

他踏上潮湿的木板，牵着她往前走，感觉脚下的桥正在微微摆动。“有没有夺宝奇兵[①]的那种感觉？”

“我没看过那电影。还记得吗？你觉得电影结局有点可怕，不适合我看。”

“哦，对了。也没什么。反正那电影挺无聊的。”

“爸爸！”

走到桥中央，他停下来，指着桥下的一块巨石，河水冲击着石块，将水花和泡沫溅到空气中。“你觉得能把那个画下来吗，小袋鼠？”

“画河水可能有点难。它流得太快了。不过我可以试试。”

“也许你能替我画一张。”

“你还想要我的画吗？”

“我可是很贪心的，你知道。就像库克船长总是希望找到更多的岛屿一样。”

她笑了，走上前，带着他走。很快他们就走完了剩下的路程，踏上了坚实的地面。他们沿着山路又走了几分钟，走到一些从山崖上开凿出来的台阶前。玛蒂松开伊恩的手，跟着三个女生走上台阶，这些台阶很平很滑，那是在无数游客的踩踏下磨出来的。伊恩转过身，还想再看一眼河水。就在这时，玛蒂突然摔了下来，她的靴子上全是稀

① 《夺宝奇兵》是由乔治·卢卡斯编剧，史蒂文·斯皮尔伯格导演，哈里森·福特主演的一系列探险电影，曾获多项奥斯卡奖。——译者注

泥，在台阶上滑了一下，结果她往前一扑，右边膝盖正好磕到了石头上。她一路哭着，从台阶上滚了下来。伊恩大声叫着她的名字，在她摔到台阶最下面之前，接住了她。

玛蒂试着不哭，但她的膝盖已经全是血和淤青，像是被榔头狠狠砸过。伊恩躺在地上，把她抱在胸前。她哭个不停，他则吻着她的额头和脸上的泪珠。她拍着他，希望得到他的关心，但又不敢去看自己的膝盖，也不想让他碰自己的膝盖。

伊恩继续抱着她，莱斯莉赶紧走下来。她一句话也没有说，打开背包，把急救包拿了出来，她拿出一大块创口贴、一瓶阿司匹林，还有一些抗生素药膏，看到玛蒂还没有准备好，莱斯莉把自己的伞撑开，举在两父女的头上。“你是一个勇敢的小姑娘。”她说，看着伊恩吻着玛蒂的头顶。

“好疼，爸爸，”玛蒂哭着往他怀里拱。“好疼，好疼。”

“我知道，宝贝。我知道。”他紧紧抱住她，朝她的膝盖上吹气，因为以前玛蒂受伤了凯特就是这么做的。“这太不公平了啦，”他说，“你的小膝盖怎么可能打赢那块大石头呢。”

“不要开玩笑了。”

“对不起，宝贝。我只是想转移一下你的注意力。你想让莱斯莉帮你包扎一下吗？”

“不，不要。不要碰它。”

“别担心。慢慢来，小袋鼠。你就……就听听河水的声音好了。”

“拜托不要碰它。”

伊恩继续抱着玛蒂，直到她最后点点头，莱斯莉才小心地把药膏涂在她的伤口上，贴了一块创口贴。蒂芙妮和布莱克也在一旁帮忙，她们举着莱斯莉的伞，帮玛蒂遮雨。“这里离下一个村子还有多远？”伊恩问，看着前方。

布莱克蹲下来。“可能还有一两英里。不远了。”

“那我背着你，小袋鼠，我们去找家旅店，”伊恩说，“这下你可不能用那只腿来蹦蹦跳跳了。至少现在还不行。或者我们可以转过头，沿着原路返回，然后……”

“不行！我们不能往回走。不行。”

“你确定吗，宝贝？你全身冰冷，还淋湿了。你的膝盖又……”

“我们不能停下来！妈妈让我们爬到山顶上。她正在那里等我们呢。”

“但是你受伤了。”

“不行！她在等着呢。”

伊恩叹了一口气，看着布莱克。“还有一两英里？”

“过桥以后就不远了。旅游手册上是这么说的。”

莱斯莉把背包的拉链拉开。“我们都帮你背一点东西，减轻你的负担。”

“你们肯定吗？”伊恩问。

“当然。当然。”

花了十分钟时间，伊恩和玛蒂背包里的大部分东西都转移到这三个和平队志愿者的包里。伊恩谢过她们，又吻了吻玛蒂的额头，把她抱起来。“这就跟之前一样了。”他说，努力挤出一个微笑，但一看到女儿受的伤，他又痛心疾首。

“之前？”玛蒂问，忍住眼泪，看到他们还在继续往前走，才放下心来。

伊恩跟着那三个女生走上石板台阶，每走一步都万分小心。“你还是个很小的婴儿时，你总是在楼下就睡着了。有时候，是躺在毯子上，有时候，是在沙发上你妈妈抱着你。然后我就会把你抱上楼，就像我现在这么抱着你一样。”

“妈妈不抱我上楼吗？”

“有时候她也会抱呀。但一般都是我。这样我在抱你上楼的时候，就可以偷偷多吻你几下了。你知道吗，没有什么比吻一个睡梦中的小婴儿更好玩的事了。”

玛蒂擦掉脸上的泪水，一想到自己在这么多人面前哭得稀里哗啦就有点不好意思。“为什么很好玩呢？”

“恩，宝贝，当那个婴儿就是你的孩子时，你吻着她，你会感觉到一种平静。无论那一天你过得怎样，也无论发生了什么倒霉的事，你都会发现，全世界对你来说最重要的东西就在你的怀里，你紧紧地抱着她，这是一种很强烈的感受。”

“你会抱着我上床睡觉？每天都这样？”

“差不多，小袋鼠。即使是我回家很晚的时候。你妈妈很贴心。她总是让我来做这件事情，因为她知道我很喜欢这么做。”

玛蒂低下头，发现他已经抱着自己走完了台阶的一半。“不要把我给弄掉了，爸爸。”

“绝对不会的，宝贝。”伊恩回答，他很高兴看到她不再哭了，但还是很担心，因为她的膝盖好像肿起来了。他不知道她第二天还能不能走路。他们只能在某个地方待几天，跟三个女生道别，但玛蒂看上去是那么崇拜她们。

那天的情况和伊恩所担心的一样。他抱着玛蒂走到前面的村子，等他们走到的时候，她的膝盖已经完全肿了起来，疼痛难忍。幸好，她的脚还能动，所以他想，也许她的腿并没有摔断。他猜测，她可能就是膝盖骨有严重的瘀伤，要休息好几天才能重新上路了。

伊恩找了村子里最好的一家旅店，但这里也不过就是麦田边上的几间石屋和一幢两层楼的小房。房间和他们之前住过的房间差不多——装饰简陋、冰冰冷冷。伊恩把两张床推到一起，把他们的睡袋连起来，然后把玛蒂放在床上。莱斯莉、布莱克和蒂芙妮也尽量帮忙。莱斯莉把玛蒂的伤口轻轻擦干净，换了一块新的创口贴，又给了她半片阿司匹林。布莱克拿起吉他，弹起了玛蒂想听的歌。

时间已经过了中午，伊恩知道，如果那三个女生还想按时完成整个行程，她们就应该出发继续往前走了。他不想她们离开，因为他知道，她们的离开一定会让玛蒂伤心，但他又无法开口挽留。

“女士们，你们该出发了，”他说，从玛蒂旁边的床沿上站起来。“如果你们想在天黑之前赶到下一个村子，你们现在就得赶紧出发了。”

蒂芙妮看着玛蒂。“你确定自己没事吗？我不想丢下你。”

“别担心，”伊恩回答，嘴巴里酸酸的。“你们太好了。真的，太好了。我们会没事的。对不对，小袋鼠？”

“是的。”

莱斯莉弯下腰，对玛蒂说，“吃了阿司匹林好些没有？”

“好一点了。谢谢你。”

“我不想离开你，”莱斯莉说，整理着玛蒂的枕头。“但是，如果我们不出发，那就完不成我们的行程了。你知道的，我们到时候必须回去工作了。”

伊恩把手放在莱斯莉肩上。“不要担心我们。能够认识你们是我们的幸运。”

莱斯莉从背包里拿出一个数码相机，递给伊恩。“你能不能给我和玛蒂拍一张照片？我到时候用电子邮件传给你。”

“没问题。”伊恩回答，等三个女生都围绕在他女儿身边以后，他把镜头对准了她们。他照了好几张，他注意到玛蒂是在努力挤出微笑，她笑得很勉强。和这三位和平队的工作人员相比，她显得那么瘦小。她不应该和她们一起在尼泊尔这间阴暗的房子里，而应该和她的朋友们一起待在美国的家里。伊恩把相机交回给莱斯莉，告诉了她自己的电子邮件地址。他开始后悔把玛蒂带到山上，虽然这是凯特提出的要求，但他还是很懊恼。

她们又逗留了几分钟，才互道告别，她们拥抱了玛蒂和伊恩，走出了房间。玛蒂哭了起来。她把睡袋拉到下巴上，转过身，背对着爸爸。她喜欢和这些女生一起前行，她不想和她们分别。

玛蒂的痛苦让伊恩的心都颤抖了起来。突然，他不想再待在尼泊尔了。他很生气凯特让他们来到这里，让他们踏上这段不可能完成的行程。“我觉得我们应该回家了，”他悄悄说，坐在床边解鞋带。“这段行程实在是太困难了。对你。对我。都一样。”

“什么？”

“如果你今天真的滚下山了怎么办？如果你把腿摔断了，或是从公共汽车顶上摔下来了怎么办？你根本就不应该来这儿。你还太小了。你在学校缺了很多课。”

“但我一直都在看书啊。我一直都在学习。我保证过的。”

他摇摇头。“这是不对的，小袋鼠。你太小了，不应该来这儿。”

“那个日本女人也很瘦小。但她却爬上了珠穆朗玛峰。”

“她可比你大多了。”

他向玛蒂伸出手，但玛蒂却避开了。“但妈妈希望我能来。”

“妈妈当时病了。病得很严重。她没有想清楚。”

“不是，她想得很清楚。”

“没有，她没有想清楚。”

她的眼泪开始往下流，她把他的手推开。“我不害怕。”

“我知道，宝贝。我知道。”

“而且我也不小了。如果我还太小，妈妈就不会要我来了。”

“她没有——”

“不是的！”

“冷静点，玛蒂。”

“这不是由你决定的！”

“什么？”

“妈妈生病以后你替妈妈决定了一切。但还是没有用。所以，这件事不由你决定。”

伊恩朝她靠过去。“我已经尽力了。就像现在，我已经尽了最大的努力了。”

“你让那些医生把管子插到她身上！她一点也不想！”

“我……我觉得它们能帮到她。你还不明白吗？医生告诉我，给她插上管子就能帮她治病。”

“它们没有帮到！你不听妈妈的话，现在，你又不听我的话！”

“我在听啊。不过这些可不是我想听到的。”

“你根本没听！”

伊恩揉揉额头，试着让情绪平复下来。“你知道吗，小袋鼠，我听你说的话比听我自己说的话还要多。如果我没有听你的话，我们根本就不会来这儿。那些管子……我想那么做是因为我以为我们能够救你妈妈。那你希望我什么都不做吗？我是想给她一个与病魔抗争的机会。”

“她并不想抗争！”

“你又不知道。”

“不，我知道！她不想要那些管子！而我也不想回家！”

伊恩看着门口，希望他们现在还走在路上，希望玛蒂没有摔这一跤。他的肚子很痛，他从口袋里拿出一瓶抗酸药。“我明白，你不想回家。”他一边说，一边嚼着药片，紧张地搓着手指。“但是，我还是觉得我们应该返回了。这趟旅行太艰难了。对我们两个人都是如此。”

“我不回去，爸爸！我没觉得困难。”

“但你受伤了。你又冷，还哭个不停。这怎么好呢？”

玛蒂摇摇头，用两只手绞着睡袋。“我就不回去！除非我们走完了。妈妈让我们走完，我要听她的话。就算你不听她的话，我也要听。”

“我一直都很听她的话。也很听你的话。”

“才不是，你根本没听。”

“玛蒂。”

“你没听。”

“我——”

“你上班的时候怎么听得到我们的话？你从来都不在家。只有妈妈在家。她会听我的话。我知道我说什么，她都听得见。什么都听得见！”

伊恩闭上眼睛，他很想大叫，但还是保持了沉默，他觉得自己被困在一个窄小冰冷的房间里。“我已经努力了。也许我犯了错误，很多错误，但我尽力了。”

“那你应该照她的话做。”

“我来这里了，对不对？虽然当时我并不想来。”

“你来是来了，但是——”

“你知道的，小袋鼠，这对我也很困难。和你一样，我也觉得很意外。”

“我是不会回去的。”

“为什么？为什么你这么害怕回去。我们住在一个可爱的国家，一个可爱的地方。我们有能为我们做任何事的好朋友。你不想你们足球队的同学吗？不想学校里的美术老师吗？不想我们一起走路去看电影、吃爆米花吗？”

她把睡袋拉过来，遮住头。“我不想回去是因为我知道妈妈在这里。我不要离开她。我永远也不要再离开她了。”

两天以后，雨小了，玛蒂的膝盖也消了肿，没有那么僵硬了，他们离开了那间小石屋。他们打发这两天时间的方式就是学习课本、看看《哈利·波特》，再就是写明信片。这么多年以来，玛蒂都会给伊恩的父母，也就是她的爷爷奶奶寄明信片，她想继续保持这样的传统。玛蒂只见过他们一次，那是他们以前来纽约的时候，她也很喜欢收到他们寄来的明信片，她可以从上面看到澳大利亚的不同地方，爸爸曾经向她保证，总有一天会带着她好好看一看那个国家。

她的外公外婆都已经过世了，所以，玛蒂并没有很多可以寄明信片的对象——主要是她的阿姨、叔叔、朋友，还有几个老师。她会在写明信片的字里行间画上一些日本和尼泊尔的景点，把她这段旅程最美好的记忆都栩栩如生地画到纸上。有好几张卡片上，她都在自己的话旁边画上了一辆子弹头的列车。有些卡片上则是高耸的山峰。

玛蒂也会画爸爸来打发时间，画爸爸靠在门框边的样子。她会把他的胡茬画得很夸张，但这个样子是她和妈妈喜欢看到的——是爸爸很开心的表情，长长的胡茬说明他不用去工作。

虽然伊恩提出想要回家的念头让玛蒂非常生气，但她的愤怒并没有持续很久。他们最终一致同意继续完成这段旅程，也用各自的方式表达了歉意。玛蒂尽量不去抱怨膝盖的伤痛。她不想他担心，因为她知道，她的情绪好坏会直接影响到他的情绪。如果她躺在那里，为膝盖哭个不停，他也会一样痛苦。

虽然伊恩在内心相信这趟旅行对玛蒂来说太艰难了，但他能够理解她为什么这么想要继续走下去，她必须继续走下去。虽然雨已经停了，但他的担忧并没有随着雨水一同消失。他觉得凯特在强迫着自己，强迫自己朝一个他不愿意的方向走，他痛恨这样的感觉。自从凯特过世以后，这是他第一次整整一天都没有看过她的照片。

伊恩必须控制情绪，这种压力让他很烦恼，但他还是要努力装出没事的样子。玛蒂仔细地观察着他，他不能让她看到自己的绝望。如果玛蒂知道他只差那么一点点就要崩溃了，那她在这过去几个月里的小小进步也会随着消失。

伊恩还记得在凯特去世的前一天，他们一起聊天，他们说到他要怎么一个人把玛蒂带大。他很害怕。如果他没有办法带给玛蒂快乐和希望怎么办？如果他让她失望，就像他让凯特失望了，那该怎么办？他那么努力地工作，养活家人，但那些在办公室里加班加点的夜晚却只是伤害到了他的家人。如果他能多花些时间待在家里，也许他就能帮凯特更多的忙；也许她就不会生病了。也许，就像玛蒂认为的那样，他不应该强迫凯特与病魔抗争。他对她的爱迫使他给她施加压力，但他的爱也误导了他，因为她听了他的话，承受了原本不该承受的病痛，但最终还是去世了。正因为如此，他不想强迫玛蒂来爬这些高山，或是成为学校最出色的学生，或是成为有违她天性的某个人物。他只想她开心满足，如果还有可能的话。

现在，伊恩和玛蒂慢慢往山上爬，这里的一切是那么青葱，好像是托尔金《指环王》中的一幕，他跟在她后面，走在狭窄的山路上，看着远近一片片的花海。鸢尾花、兰花、木兰花长满了这片原始的山谷。在珠穆朗玛峰的影子下，隐约可以看到一群群牦牛和一片片稻田。那些稻田都是浅绿色的，似乎正在阳光下蓬勃生长。稻田的周围是竹片做成的栏杆，从山谷一直延绵到山脚，把田野分割成一处处梯田，一直往上延伸了几百英尺，直到珠穆朗玛峰的山脊变得陡峭，不再适于耕作。山脊和稻田一样青葱，不过山间的绿色要更深一些。伊恩试着把这里的大山和美国的高楼大厦做比较，但很快就意识到，这样的比较完全无法进行。这些大山比曼哈顿的任何摩天大楼都高多了。

伊恩低下头，看着玛蒂。她穿着牛仔裤和一件紫色T恤衫，T恤衫上还有一个大大的笑脸。她的头发扎成了长长的辫子，扎得很紧，这是他的功劳。她走起路来似乎并没有膝盖受伤的后遗症，这让他很高兴。“你知道吗，小袋鼠，”他说，“我可不喜欢和你吵架。”

玛蒂的手杖停在半空。“我知道，爸爸。”

“而我们吵架的时候，我也并不是要烦你。我努力做的一切都是为了你好。”

“这趟旅行就是为了我好。”

“为什么？为什么你要这么说？万一我们两个人受伤了或者生病了怎么办？”

“像妈妈那样？”

“对。像妈妈那样。”

“但那样的情况是不会发生的。你向我保证过，那样的情况再也不会发生了。”

伊恩看着右边，一道瀑布从远处山间的石缝里奔流而下。“对不起，宝贝。你是对的。那样的情况再也不会发生了，我保证。但我觉得，小心总是没有错的。”

“我很小心。”

“我知道。”

“那么我们就不要再谈这个事情了，好吗？”

他叹了一口气，继续往前走。他指着瀑布说，“那儿真漂亮。你想停下来把它画下来吗？”

“不了，谢谢。”

他们继续往前走，不发一言。伊恩看着前面，他知道，如果天气继续保持晴朗，他们很快就能看到珠穆朗玛峰了。“我有个惊喜给你。”他说，调整着旅行帽，好遮住刺眼的阳光。

“什么？”

“实际上，是两个惊喜。”

她用手杖戳了他一下。“是什么，爸爸？”

“等我们爬到山顶就知道了。”

山路的两旁长着一丛丛野生大麻，小路向左转了个弯，来到一处垂直的山崖前，从岩石上开凿出一溜台阶。几百级的石头台阶通往山上的一处岩缝。台阶下面站着一个尼泊尔小女孩，她和玛蒂差不多年纪，穿着一条破旧的蓝色裙子。背上背着一捆巨大的柴火。一根粗布条捆着整堆柴火，布条的一端系在她额头上。女孩双手抓住额头旁边的布条，确保背上的柴火不会掉下去。她靠在台阶最下面的一块石头上，看着面前的高山，又看了看伊恩和玛蒂。

“你好。”伊恩对那个女孩说，双手合十，微微鞠了一躬。

她微笑着说：“您好。”

玛蒂仔细打量着那个女孩，发现她的衣服又脏又破。满头黑黑的长发乱七八糟、散乱蓬松。“你好。”玛蒂开口了，她觉得有点尴尬，因为自己不但没有背什么东西，穿的衣服还这么干净漂亮。

“你好。”女孩依然笑着回答，牢牢拽着那根布条，满头大汗。

“爸爸，”玛蒂问，“你能不能帮她背一下？我觉得她背着这么多东西，肯定爬不上去。”

伊恩很高兴听到女儿提出这样的要求。虽然他的背包也不轻，但他觉得还是能背上那捆柴火的。“我能帮你背上去吗？”他指着柴火，问那个女孩子。“我帮你背到台阶的最上面，然后再给你。”

女孩子皱起眉头。“听不懂。我不会说英语。”

“我帮你背柴火好不好？我会把那个布条系在额头上，就像你这样。我会把它背上台阶。”

玛蒂看着女孩子，她似乎仍然很疑惑。玛蒂便朝她走过去，做出一个拿过柴火、放在她爸爸背上的动作。“他来帮你背。”她慢慢说。

小女孩点点头，睁大了眼睛。玛蒂看见她的膝盖在微微发抖，可能是由于柴火太重的缘故。玛蒂不想再浪费时间了，她帮着小女孩把系在头上的布条解下来，把那捆柴火放在地上。柴火的重量出乎玛蒂的意料，她知道，自己是绝对没有办法背动的。“你能背上去吗，爸爸？”她问，“要不我帮你拿背包吧。”

“如果你的腿没有受伤，我就会让你试一试。但现在不行，不用担心，宝贝。只要帮我把那根布条系在我的大头上就行了。”

伊恩跪在地上，玛蒂和小女孩举起那捆柴火，把它放在他的背包上面。女孩子拿起布条，把它系在他额头上，这样他的脖子就可以不用承受太大的压力，就和她自己的做法一样。

“小心点，爸爸。”他站起来的时候玛蒂对他说。她尽量帮他举着那捆柴火，小女孩也在帮忙。

“哎哟，这还挺重的。”伊恩说，重担之下，他全身都绷得紧紧的。他把布条绑在额头上，背上的重担让他咬紧了牙关。他身体向前倾，跨上了第一级台阶。

“你还是不要背了。”玛蒂说，从后面帮他顶着背包。

“别胡说，小袋鼠。我们不要再唠唠叨叨了，赶紧把这个给背上去。”

“但是，爸爸。”

“赶紧加油。我要和你比赛。”

那些石头台阶很宽很高。伊恩小心翼翼地盯着地面，因为他知道两个小姑娘就走在他后面。虽然他跟玛蒂说不要紧，但他还是很担心，因为背上沉重的负担一路上都在把他往后拽。他继续咬紧牙，一步步往上爬，幸好台阶都是干的。他一边努力爬着，一边想着这个小女孩，不知道她为什么没有去上学。虽然这里的村民一般都很穷，但在农闲的季节，小孩子们还是可以去学校上课的。伊恩觉得奇怪，这个女孩却在大白天背着一捆柴火。也许她父母生病了，需要帮助。

“还有二十级台阶，爸爸。”玛蒂在他身后说。

“只有这么一点了？”他回答道，汗水从额头滴到了石阶上。

“你的膝盖在发抖。”

“你是需要戴眼镜了吧，宝贝。我可是壮得像一头桉树牛。”

“一头什么？”

“一种生活在澳大利亚内陆的牛。它们生活在丛林深处。”

“你看上去又不壮。”

“桉树牛看上去也不壮。但你最好不要去惹它们。”

“只有十级了。”

“谢天谢地。”

“你还说自己壮得像头牛呢。”

“那是在我爬这十级台阶之前，小袋鼠。时过境迁啦。”

“爸爸！”

伊恩终于爬到了台阶的最上面。他往前走了几步，跪在地上，把额头上的布条解下来。两个女孩子帮着把那捆柴火从他背上拿下来，放到一边。他转了转头，觉得脖子格外轻松。“你还要背着那个走多远？”他问那个女孩。

她笑着耸耸肩。“听不懂。”

“你是要去那加阔特吗？”

“那加阔特。是的。我去那加阔特。”

他查了一下旅游手册，那加阔特村只有不到一英里。“那好，我们那加阔特见。”

“等一等，爸爸。”玛蒂说着，走到他前面，拉开他的背包。她小心地翻着里面的东西，拿出一把蓝色的梳子，梳子背面画着一匹马。她看着那把梳子，想起在旅行之前和爸爸一起把它买下时的情形。“送给你，”她说，把梳子递给小女孩。“我觉得你需要这个。”

女孩用脏兮兮的小手接过梳子。“我？”她问，指着自己。

“是的。送给你的。这样你的头发就不会缠得乱七八糟了。”

“我？”

玛蒂笑了，女孩子想把梳子还给她，她却把手藏到背后。“再见。我们那加阔特见。”

“再见。”女孩子微笑着回答。她深深地鞠了一躬，又盯着梳子背后的马看。

玛蒂又说了一句再见，便跟在爸爸后面继续爬山，山路延伸到山顶的一处岩缝中。他们一言不发地走着，时不时回过头看一看脚下的山谷，看那个女孩出发了没有。过了几分钟，她也在他们后面动身出发了，慢慢往前走着。从上面看山谷比从下面看还要葱郁。

“你为什么要把梳子送给她，小袋鼠？”伊恩问，他觉得背上的背包前所未有的轻。“我知道你很喜欢那把梳子。”

“你看见她的头发了吗？她需要一把梳子。”

“好吧，你让她开心。做得很好。”

“你这么想？”

“当然了，大副。我是这么想的。”

山谷越来越开阔。一直以来阻挡了他们视线的高山这时也被抛在后面，他们可以看到远处的那加阔特小镇。镇上大概有几百幢石头小屋，周边全是层层梯田。在那加阔特后面几英里的地方，白雪覆盖的喜马拉雅山高耸入云。其中，一座三角锥形状的高峰傲然挺立。

伊恩把背包拿下来，放在地上，走到旁边的一块巨石边，靠在上面。“你看到那座山了吗？”他问，指着最高的那座山峰。

“那个大的？”

“那就是珠穆朗玛峰。”

“真的吗？”

“你做到了，小袋鼠。你爬上了一座高山的山顶，还看到了珠穆朗玛峰。”

她笑着环顾四周。“哇塞。”

“想看看我给你的第二个惊喜吗？”

“是什么？”

他走回去，打开背包，拉开里面一个袋子的拉链，拿出一卷红色的布。他把那卷布打开，两根细木棍的中间用钓鱼线连接着。伊恩转动木棍，直到它们形成一个十字形。然后他把那块布系到了棍子的两端。

“风筝？”玛蒂笑着问，“你是从哪儿找来的？”

“加德满都，宝贝。你躺在床上数羊的时候，我让一个小家伙帮我找来的。你想试一试吗？”

“说不定我们可以把它放到和珠穆朗玛峰一样高。”

“比珠穆朗玛峰还要高。”他拍拍她的头，把一卷线系到风筝上。风很大，伊恩觉得要把风筝放起来没有任何问题。“你先拿着，小袋鼠。等我说放的时候，就把它放到空中。”

“要用力放吗？”

“只要让它飘起来就行了。我觉得你根本不用太使劲。”

“好的。”

伊恩拿着线，从玛蒂身边走开，站在一块开阔的平地上。他走进强劲的山风中，在离她大约一百英尺的地方才停下来。风不断吹着她手中的风筝。“放了吧！”他说，把手中的线拉紧，她把风筝朝上扔出去。他慢慢走回来，把线高举过头顶。有那么一刻，风筝歪歪斜斜地飘着，他生怕它会掉下来。但强劲的风势还是把风筝带了起来。伊恩高声喊着，边后退，边把头顶的线放长。

玛蒂跑了起来，她也很想放飞风筝。但她突然停了下来。她看见爸爸的身后就是村庄，就是珠穆朗玛峰。蓝色的天空、红色的风筝、世界上最高的山峰，还有爸爸，所有这一切混杂在一起，呈现在她的眼前，她知道，她必须把这一幕画下来给妈妈看。她一句话也没有说，跑回去打开背包，拿出了画本。很快，她就画了起来，用各种颜色的铅笔重现了这一幕。她手指移动得比以往都要快。她害怕风会停下来，而风筝就会掉下来了。这样的情况并没有发生。很快，她的手指上就染上了蓝色、红色和棕色的颜色。她边画边微笑，看着纸上自己的作品。她见到的是一幅美丽的场景，是她爬到这么高的山上亲眼所见的美景。

画完以后，她拿出一支黑色铅笔，在画的下面写道：

你能看见我们吗，妈妈？我们在爬山。我们爬上来看到了珠穆朗玛峰。它真美。就像是天空中的一座冰山。我们还帮助了一个小女孩。我们帮她背柴火，让她开心地笑了。我们在尝试，妈妈。我们在努力。你能跟我们打个招呼吗？我们都很爱你。两天前下雨的那天，我很伤心。但是现在，虽然我很想你，但我很开心。我站在高山的顶上，爸爸正在放一个红色的风筝。他现在正在对我挥手。他想让我也去放风筝。所以，我现在要去了。你只要记得我有多么爱你就好了。我希望你在天堂能够开心。

玛蒂

她转过身，找到了一棵她早就看到的大树。尽管她的膝盖还有点疼，她还是朝那棵树飞奔过去。她从那个背着柴火的小女孩身边跑过，大声和她打着招呼。那棵树比周围所有的树都要高大。尼泊尔人一定也把它当做一棵神树，因为树上系满了各种颜色、用来祈祷的小旗子。玛蒂对这些朝拜用的小旗子并不了解，不过爸爸告诉过她——尼泊尔人把自己所祈祷的心愿写在这些小旗子上，然后把它们系在高处，这样，风就会把他们的心愿带到天上。玛蒂一看到那棵系着旗子的树，马上就知道了它就是许愿树。

她把那张画卷起来，塞进裤子前面的口袋，爬上了那棵许愿树，她小心地不去碰到挂在树上的旗子。她并没有爬到比这些旗子还高的地方，因为她觉得这么做好像不大合适。她找到两根树枝之间的一个缝，把画在树干上摊平。确定画已经牢牢夹在树枝上了，她才从树上爬下来，她很开心，能把这么漂亮的一幅画留给妈妈。

玛蒂朝爸爸跑去，因为空气稀薄，她大口大口地喘着气。她跑到他身边，伊恩笑了，她伸出手，从他手里拿过风筝线。风筝拉动线的力量让她出乎意料。“它想再飞得高一点。”她踮起脚尖，让风筝飞得再高一些。

“你能怪它吗，宝贝？”

“当然不能。我也想它飞得再高一些。”

他笑了。“你在树上放了什么？”

“那是一棵许愿树。我给妈妈留了一幅画。画的是你在放风筝。”

他摸着她的脸。“那太好了，小袋鼠。实在是太好了。”

一阵大风吹过来，她倒吸了一口气。“帮我一下，爸爸。”

他弯下腰，握住她的手，帮她一起扯着风筝线。“我很为你骄傲，小袋鼠，你知道吗？我觉得再也没有什么能够让我更骄傲了。我很少对你这么说，对不起。我知道你妈妈一直都这么跟你说。她比我好多了。她是对的。她是对的，但我做得还不够好，我真的很为你骄傲。”

玛蒂笑了，朝他靠过来。“你已经尽力了，爸爸。以前你不是每天都把我抱上楼吗。即使是你很累的时候。”

“抱你上楼是我每天最开心的事。”

“我也一样。”

伊恩吻了吻她的笑脸，把她举起来，这样她和那个风筝就更高了。他伸直手臂，把她举得高高的，好让她更靠近珠穆朗玛峰，更靠近妈妈，更靠近他想让她去感受的所有美好的事物。

泰国

微笑之国

人们把泰国叫做微笑之国是有原因的。我觉得那里的人是我遇到的最开心的一群人。泰国人也许没有崭新的鞋子、豪华的住宅，或是整洁的牙齿，但他们是开心的。

“找外婆借钱给她买糖。”

——泰国俗语

伊恩：

你还记得我们一起在泰国度过的时光吗？那三个星期是我一生中最快乐的日子。你把我载在那辆旧摩托车后面，一起骑车逛遍了整个国家。我们去看了古老的神庙。我们和鲨鱼一起游泳。我们在那个没有名字的海滩上亲热。这就是我们——永远都是。也正是在那个时候，我知道了，我是真的爱你，我不需要和我的朋友、我的家人，甚至是我自己对话。我只需要你。

你能不能带玛蒂去看看你带我看过的地方呢？她是那么喜欢大自然，尽管我们住在曼哈顿，所能接触到的自然少之又少。带她去中国南海游个泳。找一块空旷的海滩玩飞盘。喝一碗辣辣的浓汤，一起说笑。你可以打开她的内心世界。虽然泰国很多人都在承受苦难，但他们都是爱玩的人。让玛蒂看一看他们的艰辛，也看一看他们的快乐。她能从他们身上学到很多。你也是。

正是在泰国，我开始相信人生轮回。泰国人都很信这一点——他们无论走到哪里，似乎都能看到自己的祖先。所以，当你在泰国的时候，不要忘了，我离你并不遥远。

这里是一首小诗，希望你在天堂般的泰国能够喜欢。

在你心里

我就是你的一个部分，
怎么可能会离开你？

太阳会离开天空吗？
或者它只是跑开去照亮了另一片天空？

暴风雨结束，狂风会消失吗？
或者它只是离开去吹往另一个地方？

只因为我无法触到你，
并不意味着我无法和你在一起。

只因为你看不到我的微笑，
并不意味着我不能和你一起微笑。

我就在你心里，伊恩，
就好像大海就在玛蒂的眼里。
就好像明亮的阳光照射在天空里。

死亡不会让我放弃。
我没有放弃自己的权力；
爱你，
和你在一起，
在你身边、在远方看着你。

所以，当你站在海滩上，
当你感觉到照在背后的阳光时，
想着我。
我们的思想和爱情就会在那一刻交融。

凯特

伊恩把那张纸卷起来，闭上眼睛，感受着脸上的阳光。玛蒂打开胶卷筒，也读起了妈妈留给她的信。

我亲爱的玛蒂：

你还记得吗？在我生病之前，我告诉过你该怎么潜水。你爸爸现在带你去的地方就是一个你可以潜水，还可以看到很多漂亮东西的地方。就像是在一个温暖的大浴缸里游泳，玛蒂。你会在水下发现一个全新的世界，一个把画纸用完也无法画完的世界。把一片面包扔到海里，看看会发生什么。看看水面以下。你一定会很惊讶的。

人们把泰国叫做微笑之国是有原因的。我觉得那里的人是我遇到的最开心的一群人。泰国人也许没有崭新的鞋子、豪华的住宅，或是整洁的牙齿，但他们是开心的，玛蒂。就像你以前一样。就像你以后也会的一样。

你会在泰国看到很多佛祖雕像。你知道佛祖是怎么说快乐的吗？他说：“一支蜡烛可以点燃成千上万支蜡烛，所以蜡烛的一生不会是短暂的。与人分享快乐，那么快乐就永远不会减少。”

在你的生命中，有些人也会点亮你的蜡烛，玛蒂。我知道，你也会拿着你的蜡烛，再用它去点亮别人。你会再次欢乐起来，你会分享那种欢乐。我的宝贝女儿，当你到了泰国的时候，试着开心一点，自由一点。在沙滩上为我画一幅画，不要忘了，我就在天上看着你。

我爱你。

妈妈

玛蒂把妈妈的信又看了一遍，然后把那张小纸条卷起来，放入胶卷筒。她往后靠在椅背上，看着楼下的大海。她坐在旅店的屋顶泳池旁边，可以一览无余地看到安达曼海——一汪细长的海水，湛蓝透明，旁边是巨大的白色沙滩。沙滩上撑着成百上千把红的蓝的遮阳伞，伞下挤着成千上万的当地人和游客。虽然海滩至少有一英里长，但似乎到处都是人。

“她写了些什么，宝贝？”伊恩问，看着玛蒂，他脱下T恤衫，好多晒些阳光。

玛蒂把胶卷筒放进口袋。“她想让我开心一点。她说，佛祖说过，快乐应该是与人分享的。”

他点点头，想起了凯特的诗，不知道她说的到底对不对，但希望她说的是对的。“等你看到佛祖雕像的时候，小袋鼠，你就会看到，他总是在微笑。即便是他的生活并不容易。”

“妈妈又跟你说了什么？”

“她说，她一直都和我们在一起。她要看着我们在海里游泳。”

“我们去游泳吗？现在去？”

伊恩看了看楼下，他都快要认不出普吉岛了，以前和凯特在一起的时候，他对这里是那么熟悉。泥巴小路、水牛、没有开发的海滩、稻草小屋都不见了。取而代之的是车水马龙的大街、人潮拥挤的酒吧、烟摊和高耸入云的酒店。在这里，人们找到了天堂，也失去了天堂。就在十五年的时间里。他们曾经在这里听海涛拍岸，如今空气中却全是汽车喇叭的噪音，有时候，风还会吹来远处垃圾场塑料燃烧的味道。也许，伊恩能够欣赏这个新的普吉岛，他所熟悉的那个普吉岛的变形。但不是今天，今天他并没有这样的心情。无论他怎么尝试，他都没法在这里感觉到凯特的存在，他们一起分享过的那个世界已经消失得无影无踪了。

他转过身，看着漂亮的泳池、池边的长椅，还有玻璃桌上人们没有喝完的饮料。但至少，他们背后的高山看上去还没有改变，依然青翠葱郁，巍然挺立，倒映在下面的海浪之中。“我觉得，我们应该去一个别的岛。”他摇着头说。

“为什么？”

“看看那些街道。那个角落里简直就是个乱七八糟的大杂烩。”

“你是说那家麦当劳？”

“还有星巴克。天哪。他们简直是……是在糟蹋这座小岛。”

玛蒂抓着脚踝附近一个被虫子叮的包。“这里以前是什么样子？”

他摇摇头，递给她一副太阳眼镜。“你应该把太阳眼镜戴上。”

“以前是什么样子嘛？”

“嗯，以前，你妈妈和我总是喜欢待在海滩旁边的一间小竹屋里。那里只有一条路，我们会在晚上骑着摩托车出来玩。也许还能看到一两辆出租车，但再也没有别的车了。我会把摩托车的灯关掉，在星光下的大街上飞奔。”伊恩把手伸到放日用品的包里，递给玛蒂一管止痒的药膏。“这……这不能怪泰国人。他们也和其他人一样，只想多赚些钱。但是，我还是觉得我们应该离开这里。有一些小岛离这里很远，我希望那里还会和以前一样。”

“如果它们不一样了怎么办？”

“老实说，那我也就没辙了。就像昨天晚上一样，那个小男孩不是把我们刚洗好的衣服都抢走了吗。不过我们越是深入那外面的大海，我们也就越会远离这里的一切疯狂。”

“这不是他的错。他一定是饿了。他很需要钱。”

“我知道，宝贝。我知道。”

玛蒂把止痒药膏涂在虫子咬的地方，她知道，爸爸宁愿给那个男孩子一些钱或是一些活干，也不愿意看到他去偷别人的衣服。看到这样的情形让他觉得很无助。

当爸爸看着远方的时候，玛蒂却在想着妈妈写给自己的话，用一支蜡烛去点燃另一支蜡烛。“我们走吧，爸爸，”她站起来说，“我们另外再去找一个小岛吧。”

玛蒂和伊恩搭轮船从普吉岛开往皮皮岛，开船五分钟之后，玛蒂想起了她在尼泊尔坐在汽车顶上的那次经历。虽然轮船比汽车大多了，但大多数乘客仍然选择坐在轮船的上层。下层的一百多个座位几乎全是空的，要么就堆满了啤酒箱、装在盒子里的电视机、瓶装水、宠物用品，还有各种不容易变质的食物。

轮船的上层漆着白漆，但没有座位，人们坐在自己的背包上面，或是用它们来当枕头。人群中有几个泰国当地人，但绝大多数乘客都是来自北欧、日本、韩国、以色列、英国和澳大利亚这些国家。很多游客只穿了件泳装，戴着太阳镜。有人在喝啤酒，有人在拍照片，有人在看书。虽然有不少乘客在听iPod，但旁人也听不到，所以并不吵。似乎游客们都在遵循着对彼此的尊重，来自世界各个角落的人们暂时把个人的爱好放到一边，共同享受着在船顶航行的愉快经历。

普吉岛渐渐远去，玛蒂仔细打量起其他乘客来。她发现，她是这里面最小的，而她爸爸是最老的。有时候她很难猜出别人的年纪，但她周围的绝大多数人大概都才刚刚从大学毕业。他们似乎都有自己的小团体——三五成群，一起说笑，一起喝啤酒，相互给对方的背上涂防晒霜。玛蒂惊讶地看到，这群人里女生的数量几乎和男生一样多。有些女生穿着短裤和无袖背心。有些就穿着比基尼，尽情地享受着阳光。

玛蒂仔细打量着这些女孩子。她看着她们说说笑笑，发现她们之间的关系真的很好。那些女孩子有着不同的肤色，但她们却像姐妹一样——从同一个碗里吃东西，趴在对方肩上看数码相机里的照片，看别人写的明信片。突然之间，玛蒂很嫉妒她们的友谊。她一直觉得，自己最亲近的人就是妈妈，比任何朋友都要亲近，但现在妈妈不在了，她也没有了像那些女孩子一样可以去分享一切的伙伴。

玛蒂继续看着那些女孩子说笑，自己越来越失落。她很想为了妈妈快乐起来，为了爸爸勇敢起来，但现在，她一样也做不到。她觉得很孤独，虽然她知道爸爸很爱自己。但如果他也死了怎么办？她看着他额头上的皱纹，问自己。妈妈生病的时候，她的皱纹好像也加深了，后来，玛蒂经常观察爸爸的脸，想看看他脸上的压力纹和笑纹是不是也多了。

她转过身，背对着爸爸，看着远方的一个小岛，那个小岛仿佛是从海底升起的一样。显得格外孤单，周围一个岛屿也没有。虽然那个小岛很漂亮，但她完全没有想拿出画本的冲动。她从背包里拿出了曾祖母的那枚结婚戒指，套在食指上。

旁边有一个女孩，躺在甲板上，把头枕在她朋友的肚子上，她朋友的肚皮露在外面，还弄了文身。那个朋友不知用什么语言说了几句话，玛蒂没有听懂，那女孩却笑了起来。玛蒂抽了抽鼻子，转过身对爸爸说："我们能不能去喝点东西？"她看到船上几乎每个人手里都拿着一个易拉罐或是一个瓶子。"除了水以外。我喝水都喝烦了。"

"好呀，大副。我马上就回来。"

"要不买瓶雪碧吧。"她说，看着他站起身，从坐在他周围的人群中走出去。她发现，虽然爸爸年纪大了，走起路来却比很多年轻的游客还要灵活。那些人也许光着膀子，露出了肌肉，但爸爸和他们不同，他走路的样子就好像他以前走过一百个这样的甲板。玛蒂不知道妈妈在这样的甲板上会是什么样子。如果我把头枕在她的肚子上，她会怎么做呢？她会摸摸我的头发吗？她会和我聊一聊我的画吗？

玛蒂还在问自己这些问题，爸爸已经回来了，拿着两听橙子口味的芬达。“你没有买啤酒吗？”他在她身边坐下时她问道。

他笑了。“我可以和你一起喝芬达，还想什么啤酒呢？”

“别人都在喝啤酒。”

“在我们靠岸之前，他们都会喝醉，然后睡着了。”

“哦。”

他朝她靠过来，碰了个杯。“你能帮我做一件事吗，宝贝？”他轻声问。

“什么事？”

“不要那么急着长大。如果你那么快就长大了，我会很想念你小时候的模样的。”

“爸爸。”

“你画画的时候从来不着急，是不是？”

“对。”

“嗯，生活就像是你的画。你会看到最美丽的事物，你会做最好玩的事情，但你都要慢慢来。”

“我是在慢慢来。”

伊恩喝了一口芬达，整理了一下绕在下巴上的太阳帽绳子。“小袋鼠，我最大的遗憾就是做事都太急进了。你妈妈的生活节奏就比我的好。”

玛蒂点点头，并不想谈起妈妈。她把曾祖母的戒指放到一边，看着前方，她看见远方逐渐出现了一些小岛。一开始，这些小岛就像是从海水里升起的小鱼鳍。但随着轮船往前开去，那些小岛似乎在慢慢变大，像是在开花一样。各种颜色和各种形状都出现了，仿佛有一道清晨的阳光照入了黑暗的笼罩之中。

那些石灰岩的小岛和玛蒂之前看到过的任何地方都不同。它们从海底笔直地升起来，岛上到处都是一千英尺以上的悬崖。它们的颜色是阴沉的，就像暴风雨快要来临的天空，但又夹带着浅红色的沉积岩，有些地方还长着膝盖高的灌木。悬崖下面是拍岸的海浪，还有一些巨大的岩洞。不知是什么原因，玛蒂搞不明白，为什么小岛周围的海水要比深海的海水浅那么多。她不确定自己以前到底有没有见过如此美丽的蓝色。它看上去仿佛是在闪闪发光——简直就像是霓虹灯一样。

有一个岛比周围的小岛都要大。这个岛的中心部分地势很低，靠海有一片很大的沙滩，另一边则是很多高大的悬崖峭壁。几幢两层楼高的旅店从棕榈树丛中露出来。

“我们要去当一回库克船长，爬到那些悬崖顶上，”伊恩指着悬崖说，“从那么高的地方往下看，皮皮岛就像一只蝴蝶。沙滩就是它的身体，悬崖就是它的翅膀。”

“我们能不能马上爬到那上面去呢？”

“很快，宝贝。不过我们最好从早上开始爬。明天日出之前，我们就出发。”

轮船停靠在一个水泥砌成的码头。伊恩并不认识这个码头，他想起了几年前横扫过皮皮岛的海啸，成千上万的当地人和游客因此丧命。他低下头，闭上双眼，为所有丧生的人和他们的家人朋友祈祷。他本来还想多闭一会眼，但他又不想玛蒂来问自己到底在想什么。于是，他又抬起头，看着面前的岛屿越来越大。虽然他上一次来到这里已经是十五年前，但时光的流逝并没有抹去美好的记忆，皮皮岛的景色仍然让他充满了惊奇，这里就好像是童话故事里的人间仙境一般。

周围的游客都开始收拾行李。一个啤酒瓶子从船顶滚过去，滚到了船沿边。伊恩正要朝瓶子走过去，玛蒂却抢先一步，就在它还有一步远就要掉进海里的时候，把它捡了起来。她拿着瓶子朝他走回来，把它塞进他背包侧面的袋子里。他朝她笑了笑。

大家陆续下船，伊恩和玛蒂走下楼梯，走过堆在座位上的东西，走上了码头。十几个泰国人拿着广告牌，上面都是各家旅店的招牌。伊恩已经在网上预订了旅店，他带着玛蒂直接往前走，从这些泰国人身边走了过去。

走出码头的出口，呈现在眼前的是一个不同的世界。各种奇怪的商店、餐馆、按摩店、酒吧和小超市都挤在只有三四个街区大小的地方。没有街道，只有一些小路，刚刚够行李车的宽度。各种热带树木都很高大，很多是榕树，它们给饱经风霜的房屋遮蔽着阳光。榕树的树干——有一张大床那么宽——上面裹着红色、蓝色和黄色的彩带，已经很破旧了。

“这边走，宝贝。”伊恩说，向右转弯走过好几家潜水店。然后是六七家面朝海滩的餐厅。餐厅外面的木船上放着冰块，摆着一排排的红甲鱼、金枪鱼、长梭鱼、鲭鱼、鱿鱼、小鲨鱼、螃蟹、对虾、龙虾、扇贝。吃饭的人选好海鲜，把它们放在不锈钢的秤上秤出重量，算出价格。

电线架在离地十英尺的地方，从一家商店延伸到另一家商店，从一家餐厅延伸到另一家餐厅。有些路上铺着砖头，有些路上只有沙子。来自世界各地的游客走在同样的小路上，有些人背着大大的背包，有些人穿着泳装。当地的泰国人沿街叫卖推销着各种潜水一日游，还有按摩、晚餐优惠和月圆狂欢夜的活动。

伊恩和玛蒂走过一家丝绸商店，又走过一家酒吧，酒吧里三台电视机同时播放着欧洲的足球比赛。很多小猫要么是在追虫子，要么坐在阴凉的地方。道路两旁都是鸢尾花、兰花和三角梅，还有一些小小的白花，像是盛开的焰火。一丛丛的竹林像是从巨人头顶长出的头发。很多树枝上还挂着精美的小笼子，里面有各种颜色鲜艳的鸟儿。

空气感觉很沉重——潮湿、炎热，充满了植物的味道。桉树和桉树之间挂着吊床。孩子们骑着带辅助小轮的自行车。街上没有汽车，也没有摩托车或是其他由引擎发动的机车，这让这里保持了一种静谧的感觉。小岛巨大的两翼延伸出去，一直延伸到天上散落的云彩之中。

玛蒂惊讶地看着四周。她完全不知所措。这是她第二次在旅行的过程中，感觉自己就像是掉进了兔子洞的爱丽丝。她跟着爸爸左转，朝小岛的中心地区走去。很快，他们就走到了一排排小木屋中间，很多木屋有着高高的、弯曲的屋顶，这些屋顶在屋檐部分又平整地舒展开。绝大多数小屋看上去都很粗糙。也许是因为它们已经经受过了太多暴风雨的原因。

当地人的穿着打扮也让玛蒂觉得惊讶。绝大多数人就穿着简单的短裤和T恤，但穆斯林的女人却穿着长袍，戴着头巾。她之前听到有人说过穆斯林的坏话，但面前的这些人却都在朝她微笑，用泰语向她问好。她也回应了他们的问候，继续向前走，感觉脚步越来越轻快。

虽然玛蒂已经不像以前那样经常去牵爸爸的手了，但这个时候她却伸出手去，握住了他的手指。“爸爸？”

“什么事，宝贝？”

“我喜欢这个地方。”

“我也喜欢。”

她发现地上有一条巨大的、五颜六色的毛毛虫，她尽量不去踩到它。“妈妈让我在沙滩上给她画一幅画。”

“是吗？”

“这里有没人的海滩吗，一个人也没有的？我想给她画一幅很大的画。”

伊恩点点头，他很高兴她能主动伸出手来牵着自己。“明天我就带你去看一些景点，小袋鼠。那些地方一定能让你开心。然后，我要带你去世界上最漂亮的海滩。只有我们两个人。”他右转弯朝一排新一些的木屋走去。“但是，你要怎么把那么大的东西画下来呢？你走在上面不是会留下脚印吗？”

“我要用我的脚，爸爸。那就是我画画的方法。”

“用你的脚？”

“你会明白的。”

他调整了一下背包，把背带换了个位置，肩膀上原来背包的地方已经非常酸痛了。“我要和你订个协议。”

“什么协议？”

“我们去旅店办完手续，把我们在飞机上已经开始写的明信片写完，做两个小时的数学作业，然后去海滩上吃晚餐。”

“两个小时？但是，爸爸，你说过我们要去当库克船长的。”

“我们会去的。但你以为库克船长什么数学都不会，就能够航行世界吗？”

“他——”

“对了，还有，我敢肯定，小哈利·波特先生也一定是懂数学的。”

她耸耸肩，看着头顶的山崖。“只写一个小时作业可以吗？”

“还是学两个小时，然后去海滩上吃晚餐和甜点吧！这样我们就正好可以看到日落了。”

“那我学习的时候，你能帮我把辫子整一整吗？像妈妈以前那样？”

“当然可以，小袋鼠。我很乐意。”

她跳过一个小水坑。“你觉得做家庭作业会让我长得快一点吗？”

他笑了，她跳过第二个小水坑的时候，他牵着她的手把她带起来。

“做家庭作业只是让你做好长大成人的准备，这样，等到你开始长出白头发的时候，你才能有快乐的生活。”

“你觉得大人们有快乐吗？在家里的时候，你一天到晚忙的都是电子邮件和谈生意的电话，我觉得一点也不好玩。无聊，无聊，无聊。”

“你无聊的老爸会让你知道什么才叫好玩。”伊恩笑着回答，他继续牵着她的手，加快了步伐，想要跳过路中间一个巨大的水坑。他穿着凉鞋，结果还没跳过水坑就落到了地上，两人的腿上都溅到了脏水。他把水朝她踢过去，玛蒂咯咯直笑。也开始反击，结果他的短裤和T恤都弄脏了。几个路过的泰国人看到他们也笑了，这让玛蒂踢得起劲了。有那么一瞬间，她忘记了家庭作业，忘记了妈妈，也忘记了悲伤。

露天的餐厅离大海还有几百英尺，在海滩的边上。餐厅里的一切，从天花板，到电风扇，到桌子和地板，都是用竹子做成的。餐桌上铺着绿色的绸子，摆着装满辣椒酱、胡椒粉和盐的小瓶子。塑料纸巾盒里放着小纸巾。天花板的横梁上还装饰着圣诞节的小彩灯。背景音乐放的是美国热门的流行歌曲，服务员来回穿梭，端着一盘盘冒着热气的海鲜，放在来自世界各地的游客面前。大家都穿着短裤、T恤衫和凉鞋，喝着啤酒或是水果冰沙。鸟儿在旁边的一棵榕树上唧唧喳喳，蚊香冒出的烟飘到空中。壁虎趴在天花板上，一动不动，直到蚂蚁毫无防备地靠近它们。

餐厅前面的沙滩上，游客和当地人一起享受着傍晚的清凉。二十来个泰国男孩子和几个外国人在一片空旷的沙滩上踢着足球。两个泰国人来来回回扔着飞盘，中间隔的距离几乎有一个足球场的长度。他们玩飞盘的架势让人感觉那飞盘就是他们身上的一部分，他们可以轻而易举地把它扔出去，然后再接到它。沙滩的两边是岛上的悬崖，有几百英尺高，形状像是巨大的蝴蝶翅膀。那些山崖几乎都是垂直的，从沙滩和海水中拔地而起，宛若梦境中才会出现的场景。太阳已经向远方的地平线降落了，地平线成为两种蓝色之间一道细微的间隔，分开了大海与天空。

伊恩和玛蒂坐在餐厅中央。餐桌上摆着一条很大的烤红鲷鱼。鱼鳍、鱼鳞和鱼眼都因为烧烤的火焰而变黑了，鱼肉却还是嫩白鲜滑。伊恩把撒满柠檬香草和辣椒的鱼皮拨开，又往鱼肉上挤了一个柠檬的汁。“小袋鼠，你能把胡椒粉递给我吗？”他问，深深地吸了一口气，享受着鱼肉的香味和潮湿的空气。

“遵命，船长。”

伊恩往鱼肉上撒了点胡椒粉和盐，他笑着切开鱼，把一块鱼肉放到她的盘子里，又给她舀了一勺热气腾腾的白米饭和一些烤芦笋。“真是难以相信，所有这些还不到我们在美国吃一顿麦当劳的花费。”

“这里也有快乐儿童餐吗？”玛蒂笑着问。

伊恩喝了一小口啤酒，想起以前他和凯特经常会把啤酒瓶上湿的标签撕下来，贴到书的封面上。他吃了一口鱼，鱼肉辣中带甜。他正在想不知道鱼里面还放了些什么作料时，突然看到餐厅角落里坐着一个白人男人和一个大概十六七岁的泰国女孩。女孩子穿着黄色T恤衫和白色短裤，披着齐肩的黑发。无论怎么看，她都非常漂亮，面容柔和，令人心动。伊恩一开始还在想，这个男人和这个女孩子坐得这么近，实在是有些奇怪。后来，他看到那男人的手在桌子底下摸着她的大腿。

伊恩的心跳加快。他以前在曼谷和泰国的其他一些大城市里也看到过类似的情形，但从来还没有在皮皮岛这样的地方见过。这个男人头发已经花白，看上去已经五十好几了，可能来泰国就是想找十来岁的女孩子寻寻乐子。每一年，都有成千上万的人抱着这样的想法来到泰国。上一次，伊恩和凯特来到这里的时候，凯特就和这样的人交谈过，当时，那个人左拥右抱，挽着两个年轻女孩子。伊恩突然记起了一切。上一次，他并没有像凯特那样义愤填膺，但这一次，当他仔细打量着穿着黄色T恤衫的女孩子时，他想起了玛蒂。很有可能这个女孩子的父母只是泰国北方的贫苦农民，他们上了人口贩子的当。这些人往往给小孩子的父母一点点钱，保证会替他们的女儿在酒店或餐厅找到一份好工作。然后，他们把这些女孩子用卡车送到曼谷，强迫她们卖淫。很少有人能够再回到家里。

伊恩继续看着那个女孩子，想起了玛蒂在失去母亲后的悲伤。年纪还这么小的时候就被带走，离开了父母，会有什么样的感受？被迫卖春是怎样的心情？他问着自己这些问题，肚子又开始抽痛。

伊恩从口袋里拿出抗酸药，大口嚼着药片，他一边回答着玛蒂的问题，一边看着她身后的那个女孩子。他额头上开始冒汗，汗水打湿了T恤。他又想到了玛蒂，想象着有人把她从他身边偷走，也强迫她过上那种生活。这个想法让他怒火中烧，他的肚子越来越痛。

那个白人男人点了一大杯啤酒，继续摸着女孩子的大腿。伊恩的心跳越来越快。他喝着啤酒，稳定着情绪。玛蒂察觉到他的心不在焉，觉得有点生气，但这样的时候，他根本无暇去顾及她的感受。他觉得必须帮帮那个女孩。

伊恩把剩下的鱼吃完，付了账。玛蒂准备离开，但他却没有打算走，他从背包里拿出一盒扑克牌，问她想不想和他来一局21点的游戏。她虽然有点生气，但还是点点头，开始洗牌。他一边玩牌，一边盯着那个女孩子，玛蒂把他打得落花流水。他又吃了第二片、第三片抗酸药，擦干额头上的汗水。

二十分钟以后，那个男人递给女孩子一串钥匙。她从餐桌边站起身，开始走出餐厅。那男人又打开了一瓶啤酒，这时，伊恩的心在猛烈地撞击着胸口。“我们走，小袋鼠。”他悄悄说。

“什么？”

“我的肚子很不舒服。我们得走了。”

“但是，爸爸，我还没有——”

“快点，宝贝。”伊恩说着，把扑克牌堆到一起，装进背包。他牵着玛蒂的手，带着她走出餐厅，跟在那个女孩子后面。女孩子并没有朝海滩边的小旅馆走去，而是朝岛的中间，那里都是一些更加破旧的小木屋。女孩子走路的时候低着头，似乎对周边的美景毫不在意。

伊恩回头看了看，确保那个男人没有出现。他见周围没有一个人，便加快了脚步，朝那个女孩走去，仍然紧紧牵着玛蒂的手。就在这个泰国女孩走过一个岔路口的时候，他追上了她。“请跟我走，”他说，做了个手势，让她右转朝海边走。

“什么？”

“拜托了。请跟着我和我女儿走吧。”

那个女孩子看着玛蒂，玛蒂却来回看着伊恩和她。除了伊恩，另外两个人都是一头雾水。

“拜托了，”伊恩又说，“跟我走吧。只要一会儿。”

女孩子点点头，右转弯离开了她原本要走的路。他们走了三十英尺左右，又转了一个弯。

“爸爸，你这是在做什么？”玛蒂拽着他的手问。

“相信我，宝贝。请你一定要相信我。我做的事也是你妈妈一定会做的。”

三个人又往前走了几分钟，伊恩带着女孩走进了 片小木屋中。他的心跳得那么厉害，好像把他身上的力气都用光了。他知道自己的行为很鲁莽，甚至可能引来麻烦，让玛蒂受到伤害。但他觉得自己必须帮助这个女孩。如果那个男人找到了他们，伊恩就必须得把他摆平。他并不怕他。实际上，如果只有他们两人一对一，他一点都不介意和他对峙。但玛蒂在这里，她不应该看到、也不应该听到这样的争吵。

伊恩转过身对着女孩，他能感觉到时间的紧迫。“你想你的父母吗？”他问，盯着她的双眼。

“你说什么，先生？”

“你的父母？你想回到他们身边吗？”

女孩子摇摇头。“我没有钱。”

“那我给你钱呢？给你很多钱。你愿意回到他们身边吗？”

女孩子的眼里涌出泪水。“回到他们身边？”

“现在就回去。你愿意跳上一艘船，离开这座岛吗？然后坐上火车，回到你的家人身边。”

女孩子还想说些什么，但什么也说不出来，她的眼泪滴到地上。不过她点点头，伊恩把手伸进背包，拉开里面的一个口袋，拿出了三百美金的钞票和一些大面值的泰国钞票。他把钱递给女孩子，她还在哭，但是且哭且笑。伊恩从头上把自由女神像的棒球帽取下来，戴在女孩子头上。“你去海滩那边的码头，”他说，“离你们吃饭的地方越远越好。雇一艘船带你去另一个岛上。然后等到明天，坐上去普吉岛的轮船。到了那里，再辗转回去应该就不难了。坐汽车或火车应该都可以。”

“为什么……你为什么要帮助我？”

伊恩笑了，这是他自从看到她以后的第一次笑。“因为我希望你能和家人在一起。我自己有个漂亮的女儿。我希望你爸爸也能和女儿团圆。”

女孩子咬紧嘴唇。“你觉得……觉得他还会爱我吗？”

伊恩把手放在她肩上。“他一定还会爱你的。”

“谢谢你。谢谢你，先生。”

“你叫什么名字？”

“洁迪。”

“很高兴认识你，洁迪。真的很荣幸。你现在赶紧走吧。避开那个杂种……不好意思……那个男人可能走的地方。找一艘船，开始回到父母身边的旅程吧。”

女孩子看着玛蒂。“你真幸运，”她微笑着说，擦去泪水。“你的爸爸，他很善良。”

玛蒂还是没有明白到底发生了什么事，但她点点头。“谢谢你。”

“再见。”

伊恩和玛蒂也向她道别，看着她急匆匆跑开。几秒钟之后，她就消失不见了，玛蒂转过身对爸爸说：“爸爸，她为什么没有和父母在一起？她为什么要哭？”

他蹲下来，直视着玛蒂的眼睛。“她是在替那个男人工作。她是……他的导游。她没有钱回家。所以我们要给她一些钱。一两天之后，她就会和家人团聚了。”

“那你为什么要担心那个男人会找来呢？”

“嗯，他是她的老板。但我让她离开他，让她直接回家。所以，他有可能会发火。但其实也没什么好担心的，宝贝。她已经走了，而他永远也不会知道到底发生了什么事情。我猜，他只好自己找路回曼谷了。”

“我希望他会迷路。”

“我也希望，宝贝。我也希望。”

“爸爸，我们是不是该回到海滩？看看她到底走了没有。”

伊恩想了想这时回沙滩是否安全。“要不来场足球比赛怎么样？”

“和那些男孩们一起吗？”

“正是。”

“然后我们可以帮洁迪望风？”

“我就是这样想的。”

玛蒂握紧他的手，带着他朝海滩走回去。她仍然没有完全明白到底发生了什么事，但她知道他们是在帮助洁迪。这样的想法让她觉得很温暖。

伊恩知道，无论他给洁迪多少钱，也无论他给她怎样的建议，都没有办法真正帮到她。她的父亲必须直视她的双眼，抛开她的过往经历和邻居的闲言碎语，欢迎她的回归。他必须看到她的可贵，而不去理会他人的偏见。

伊恩和玛蒂走了几分钟，走到海滩。那些男孩子还在和几个外国人踢足球。他们大多没有穿鞋，也没有穿上衣。有一个红头发的女孩子也混在男孩子中间，给队友们传出漂亮的球。他们铲球的时候，摔在沙滩上，绊倒了对手，发出尖叫。两根竹竿上挂着一张渔网，那就是他们的球门。他们经常把球踢到海水里，这显然超出了球场一侧的界线。

一个穿着短裤的泰国男孩踢进了一球，兴奋地翻了个跟斗，然后和他的朋友们一起大笑。就在他们休息的时候，伊恩问他和玛蒂能不能也加入。男孩子们都鼓起掌来，分出两个人到了对方队伍。玛蒂和伊恩脱下凉鞋，很快就跟在球后面跑起来了，一边还要努力记住到底哪些人才是自己的队友。一开始，他们对玛蒂还很客气，但他们很快就发现玛蒂的传球和防守都很厉害，于是他们也开始用尽全力对付她了。他们对伊恩也没有丝毫客气。只要伊恩一碰到球，他们就猛追他，从他前面夹击，把他绊倒在沙滩上。虽然伊恩已经好几年没有踢过足球了，但他的球技还是不错的，他展现着荒废已久的技术，一边踢球，一边体验着浑身轻飘飘的感觉。他的肚子也不痛了。他和玛蒂一起开怀大笑，一起在沙滩上追逐着那个不断跳动的白球。他和她撞到一起，感觉到她对他的冲击，而她则咯咯笑着，试着把他绊倒。

伊恩时不时会朝远方的十几艘小船望上一眼，它们看上去就像是漂浮在平静水面上的棕色香蕉。他看见玛蒂也在朝那个方向望，他真是为她感到骄傲极了。过了大概十五、二十分钟，就在他开始为洁迪越来越担心，不知道她发生了什么事情的时候，他突然看见她了，她戴着他那顶绿黑相间的棒球帽，和一个泰国男人朝一艘小船走去。船就停靠在海边，那个人帮她跳上了船。

这时，足球飞到了海水里，伊恩用手肘碰了碰玛蒂，朝远方小船的方向点点头。她看见他的动作，脸上露出了一个微笑。他们看着洁迪在船头坐下。船长走到船尾，开动了马达，把船倒退着开进了翻滚的海水。洁迪看着缓缓落下的夕阳。她也许在看着家的方向，未来的方向。无论她看着哪里，她都不会再回头，不会再看过去了。

伊恩握着玛蒂的手，紧紧地握着。小船越开越快，四周溅起水花，随着温柔的海浪上下起伏。它好像是在直接朝夕阳开去，这时，太阳已经快要落到地平线，正把它的灵魂洒向整个海洋和天际。

伊恩用另一只手朝正在消失的小船挥了挥，玛蒂也和他一起挥手。有人把足球又踢回了沙滩。球赛又重新开始了。但伊恩只是牵着玛蒂的手，和她一动不动地站着，看着那艘船和那个女孩子消失在茫茫夜色中，消失在一个没有光亮、但充满希望的世界中。

凯特躺在病床上看着他。原本活泼湛蓝的双眼现在布满血丝、泪水涟涟。他已经认不出这双眼睛了，也不知道为什么它们会变成这个样子。它们不是妻子的双眼，不是那个他深爱女人的双眼。不是，他现在所看到的这双眼睛是属于陌生人的，是属于一个在沙漠里跋涉、最后倒在树荫下的人的。

她的身体状况和她的眼睛一样。她原本健康好动。双腿和胳膊都很有劲，皮肤光滑，几乎没有任何赘肉。但现在，她好像是枯萎了，像是那种在树枝上长过了头的水果。由于严重的消瘦，她的皮肤褶皱。她的腿和胳膊看上去就像是老太太的。甚至是她的头发，也由于身体的衰落而开始掉了，枕头上、床单上到处都是。

只有她的头脑没有受到影响。她的记忆还在，她那种在任何状况下都能集中精神的能力也还在。有时候，她并没有按照他所期待的那样，努力地抗击病魔，但这样的一场抗争已经快到尽头了，她已经筋疲力尽，哪怕是对女儿的爱也没有办法促使她继续战斗了。

伊恩靠过去，吻了吻她脸颊上的一个雀斑，玛蒂也继承了同样的雀斑。凯特努力想要微笑，但似乎连她的嘴唇也失去了力量。当伊恩看着她想要努力微笑，但又失败的时候，他的眼泪又涌了出来。无论他有多么爱她，也无论他们之间的联系是多么强烈，她还是要离开他了，他无能为力。

“等到……我走了以后，”她说，她长长的睫毛下面眼泪流个不停，“要全心全力地去爱她。”

他觉得一阵眩晕，好像没有接受任何训练就去跑了一次长跑比赛。他点点头，转过身，看到玛蒂正在旁边的沙发上睡觉。已经快到半夜了，一个小时之前，玛蒂终于闭上眼睛睡着了。她是躺在凯特的怀里，边哭边睡着的，伊恩后来才把她抱到沙发上。当他把她从妈妈身边抱起来的时候，他痛苦极了，因为他知道，她的妈妈很快就要离开她了，她以后成长的过程中就只剩下了一个亲人，还是她不那么喜欢的那一个。

“我想……我想，我快要死了。”凯特用微弱得几乎听不见的声音说。

“不会的，亲爱。不要这么说。请你别这么说。”

“我不能……我睁不开眼睛了。说话也很……困难。”

“不会的，”他结结巴巴地说，“不会的。你只是太累了。”

“我什么都感觉不到了。”

他的眼泪滴到了她脸上，他小心地把它们擦掉。“是那些药……药力太强了。所以你才什么都感觉不到。”

“我要走了。”

“不是的，不是的。不可能。”

“我爱你。”

他的呼吸急促起来，觉得整个病房都开始扭曲，他的思维和视线开始模糊了。“我去找个医生来。”

“不用了。”

“不用？”

“我希望……你能快乐。”

“不可能了。”

她的眉头皱起来，眼泪流个不停。“你一定要。为了玛蒂。为了你自己。”

“请你不要离开我。”

“向我保证……保证你会让她快乐。无论发生了什么。向我保证，伊恩。拜托了。”

“我保证不——”

“拜托了。”

他点点头，把头靠在她胸口。“我保证。”

“她很伤心……伤心得太久了。”凯特停了一下，努力吸了一口气，想要为了家人再坚强一些。“也许……也许你可以再结婚，给她一个小妹妹。她一直都很想要个妹妹。”

“我不想谈这些。”

“这……对她好……对你也好。”

“不。”

她点点头，也许是在对自己，也许是在对他。“你能……给我讲个故事吗？”

“故事？”

“讲讲你当时向我求婚的事吧。”

伊恩闭上眼睛，求婚那一天的回忆像个大袋子捂在他头上，让他窒息。他集中思绪，把注意力放在了眼前的任务上。“我们……我们当时已经在印度尼西亚待了一周，”他轻声说，抚摸着她的脸庞。“在吉列群岛。我们……”

“接着说，伊恩。拜托了。”

“我得去找个医生。”

“请你不要停下来。”

他感受着两人之间的温暖，害怕那随时可能到来的冰凉。“我们住在那间挂着摇摇晃晃的吊扇的木屋里。就在海滩上。那里真像是天堂。”

“我记得。”

“那天早上……你累了，正在看书。我去潜水，潜到了珊瑚礁附近。我带着氧气面罩和吸气管，还偷偷地带了一瓶酒和一枚戒指。我游到一处海水平静的地方，那是在珊瑚礁和海岸之间的一处海底沙地。”

“然后呢？”

他摇摇头，很想把时钟拨回到那一天，想把那一天再过上一千遍。“我把戒指和一个秤砣系到酒瓶上。我潜到水下大概三米深的地方，把酒瓶放在水底。然后……然后我拿一些石块和珊瑚片，在海底的沙子上拼出了‘嫁给我吧’几个字”。

“我还记得……和你一起游泳，手牵着手。”

“我也记得。”

“我那么开心……看到你做的一切。我从来没有……那么开心过。”

伊恩吻着她的眼睛，她的嘴唇。“不要走，宝贝。不要离开我。请你不要离开我。我们……我们可以再去那片珊瑚礁玩。就像我们之前计划的那样。”

“我不会离开的。但这和以前不同了。我的身体……不行了。但好像有其他什么地方……正在打开。”

“哦，凯特。不要……不要是现在。我还需要时间。更多更多的时间。”

她想去吻他，但动不了。“你能不能……把玛蒂抱到我身边来？拜托了？但是不要……不要吵醒她。我不想让她……看到我这个样子。”

伊恩挣扎着站起来。他抱起玛蒂，把她放在凯特身边。他举起凯特的手臂，让她抱着玛蒂。凯特的眼里涌出更多泪水，沿着脸颊流个不停。伊恩一边抚摸着她的脸，一边用手擦去那些泪珠。他靠在床边，一手摸着凯特，一手摸着玛蒂。他多么想让一家人永远在一起，不要分开，但他却能感觉到凯特在他身边越来越虚弱了。“不要走，”他悄悄说，“请你不要走。”

“我不会走的。”

他的眼泪越来越多，最后，他终于承认，她快要走了。他明白了，这是他们相处的最后时刻。他在想，怎样才能让她人生的最后一段更加开心一些。“你一点也不用担心小袋鼠，”他说，抚摸着凯特的脸、她的头发、她的双手。“我会尽我所能，给她一切。而她也一定会笑的。开心地笑。”

“没有人……能像你一样，让她笑起来。”

“她会的。也许不是下一周……也不是下一个月。但我们会挺过去的，我保证。”

“我爱你。”她说，努力握紧他的手。

她闭上眼睛。“我太累了，我的爱人。”她轻声说，他在悄悄哭泣，各种监控仪器的滴滴声惊动了她。“你能……能再给我讲个故事吗？讲讲玛蒂出生那一天的事吧？”

他点点头，看着睡梦中的女儿，仿佛在她的脸上看到了凯特的影子。他并没有给凯特讲玛蒂出生时的故事，而是告诉她，他在女儿身上看到了什么，他看到太多太多的美好。他在玛蒂的脸上看见了凯特的眼睛、凯特的嘴巴、凯特的鼻子、凯特的雀斑。更神奇的是，凯特把自己最美好的品德也传给了玛蒂，让她成为了一个慷慨、勇敢、充满爱心和艺术气质的小女孩。

伊恩继续轻声诉说，凯特的呼吸却越来越微弱。她的脸上时不时浮现出一丝微笑。这时，伊恩就会吻着她的笑容，希望能用双唇留住它们，但它们最终还是消失了。他说起玛蒂出生时的情形，他们第一次的全家旅行，还有他对她们母女俩的爱。他给凯特讲述着一个来自澳大利亚内陆的男孩子和一个来自美国曼哈顿的女孩子是如何相爱、并且心灵相通的故事。他们刚开始在一起生活时，没有钱，没有权，也不懂人生的智慧，但他们并不需要这些东西。他们一无所有，只要拥有彼此，就很满足。其他的一切都不重要，他说，只要他们的爱还能让他们写出美丽的诗篇，能让他们谈论起如何创造一个小生命，能让他们感受到彼此的痛苦，那就足够了。

他很幸运能够找到她，他说，压抑着眼泪。她从很远的地方来到他身边，他永远也不会让她离开。

伊恩从梦中醒来，悄悄走进浴室，他坐在马桶上，哭了起来。这时，清晨的阳光渐渐驱散了夜晚的黑暗，给世界带来了光明，但并没有给他带来光明。他回想着自己的梦，第一次明白了为什么凯特没有让他和玛蒂去印度尼西亚。他是在那里向她求婚的，当然，她不愿意让他再回到那里。那只会让人伤心，有些回忆最好还是不去触碰。

伊恩用毛巾狠狠擦着脸，试着让自己平静下来。就和以前一样，在他深深悲痛的时候，他总是会提醒自己多想想玛蒂。他对她的爱是让他继续前进的动力，让他能够度过寒冷，迎来温暖。当他打开浴室的门，重新走进卧室的时候，他看到了玛蒂的脸。她是那么漂亮——仿佛是她妈妈的再生，又像是一个完美无缺、独一无二的小人。

伊恩重新爬到床上，躺在她身边。他轻轻吻了吻她的额头，努力不让肚子的疼痛把脸扭曲起来。随着日子的流逝，那种疼痛也越来越严重了。

我真的很爱很爱你，小袋鼠，他想。你让我继续向前，其他任何人都做不到这一点。我会遵守我对你妈妈的承诺。让你开心、充实。让你快乐、欢笑。我不知道我到底怎样才能做到，但我一定会做到。你只需要甜甜地睡着，做一个好梦，梦到那些能让你欢笑的东西。

那艘船从船头到船尾大概三十英尺，是用长长的木板做成的。船头的曲线夸张地向上翘起，似乎在随时准备迎接前面的惊涛骇浪。船头上挂着塑料花做成的花环。船上有长长的木凳子。已经生锈的铁杆上撑着一个遮雨棚，但只遮到船的一小部分。船尾是一个巨大的马达，由简单的油门杆和方向杆运行。马达后面有一根大约十五英尺长的杆子，几乎和水面平行地放着。杆子后面是一个推进器。这样的马达和推进器设计可以让船开进很浅的水域中。

伊恩看着船上仅有的两件破旧的救生衣，但他并不担心。玛蒂水性很好，而且他们不会到深海去。他们都坐在船头。红、白、蓝三色相间的泰国国旗就在他们身边迎风飘扬。每当青绿色的海浪涌来，船身也会随之上下起伏。他们的导游叫阿拉克，他站在船尾，正在操纵方向杆，好让船绕开珊瑚礁和皮皮岛的外围礁石。他们现在靠近了小岛巨大的蝴蝶两翼的其中一侧。海浪拍击着石灰岩的悬崖，发出的声音仿佛是远方传来的焰火声。

他们朝悬崖靠近的时候，玛蒂仔细研究着岩石的结构，想要等会儿把它们画下来。

“你和妈妈以前来这里潜过水吗？”她玩着自己的长辫子，问道。

“是的，小袋鼠。我认得这里。”

“这里有鲨鱼吗？”

“鲨鱼？”

“爸爸，你知道的。你和妈妈以前给我讲过很多皮皮岛上的鲨鱼的故事。”

伊恩点点头，对她的记忆力感到很惊讶，但又希望她的记忆力没有那么好。“那些鲨鱼，宝贝，在比这个岛还要更远的地方，那个地方叫鲨鱼礁。”

“我们能去吗？我想看看鲨鱼。”

“不行，我觉得这可不是什么好主意。”

“但你说它们只是一些尾巴黑黑的大鱼。它们不会袭击人的。”

“别闹了，其他地方还有很多可以潜水的地方，那里的礁石也都很漂亮。”

“但那里才是最好的。拜托了，爸爸。我不害怕。真的，一点也不害怕。”

他看着远方，真希望之前没有给她讲过那么多亚洲旅行的故事。“我知道你不害怕，小袋鼠。但这并不意味着我们就要去和一群鲨鱼一起游泳。”

“我想把它们画下来。”

伊恩做了个手势，让导游把船速慢下来。阿拉克放慢油门，马达的声音也变小了。“鲨鱼礁那里安全吗？”伊恩问，“玛蒂去安全吗？”

这个泰国人穿着一件被太阳晒得退色的U2① 演唱会T恤衫，点点头。“鲨鱼礁还是挺安全的。鲨鱼从来没有袭击过人。从来没有。它们怕我们。只有你不动的时候，它们才敢过来。如果你一动，它们就游走了。”

“你和它们一起游过？”

“以前去过。几乎每天都去。”

“以前？现在怎么不去了？”

看上去三十出头的阿拉克把引擎关掉，走到伊恩和玛蒂身边。“也许有一天我还会回到大海中。但不是现在。”

“为什么？”玛蒂问。

“因为海啸，”他回答道，把玛蒂鼻子上多余的防晒霜擦掉。“你的防晒霜涂太多了……到时候潜水面罩上会起雾的。”

玛蒂坐在木凳上扭了一下。“但为什么是海啸？”

“那次海啸中，我的妻子、孩子都死了。”他回过头，看着皮皮岛。“现在我有了一个新的家庭，”他笑着说，“又有了孩子。但我还没有做好重新去海里游泳的准备。也许等到我儿子准备好的时候，我也就准备好了。”

伊恩点点头，他知道那次海啸摧毁了整个皮皮岛，岛上三分之一的居民都因此丧生。“我很抱歉，兄弟，关于你妻子和孩子。”

阿拉克的笑容消失了。“两波海浪涌上皮皮岛。从两个方向来

① U2是英国的演唱组合，是20世纪80、90年代英国最走红的摇滚乐队。
——译者注

的。在海浪袭来之前，海水开始下降，所有的小孩都跑出去玩。他们跑得太远了。我当时在海上，开着自己的旧船。我们的船也翻了，只好游回来。船上有两个人也死了。足有五米高的海浪啊……三天之后，我在另一个岛上找到了我妻子的尸体。但我的孩子，却再也没找到。”他停顿了一下，小心地把玛蒂耳朵上多余的防晒霜抹掉。“我们要重新建皮皮岛，现在仍在重建中。”

“我后来又结婚了。就在去年。我们刚刚生了个男孩。他让我高兴极了，我的生活又重新开始了。我觉得……也许我原来的儿子……就在这个儿子的身体里面。他们的微笑都是一模一样的，一模一样。我觉得我原来的儿子又回到我身边了。你知道吗，这就是佛祖说的轮回。我觉得佛祖是对的。”

伊恩仔细打量着阿拉克，他相信这个男子比自己要更加坚强。“你觉得你的儿子又回来了，我也替你开心。”

“我也是。”玛蒂点点头。

阿拉克拍拍她的肩膀。“我的女儿，她还没有回来。但我希望她很快也能回来。我妻子又怀孕了，所以，也许我的女儿会跟在她哥哥后面回来。”

玛蒂点点头。“我觉得她会的。”

“谢谢你，”他笑着说，“现在，要不我带你们去鲨鱼礁吧？我保证，不会有什么问题的。完全不用担心。”

伊恩看看玛蒂，又看看阿拉克。“谢谢你，兄弟。那我们就去看看吧。”

阿拉克回过头开动引擎，玛蒂在他后面坐下来。很快他们又在蔚蓝色的海水中劈波斩浪了，船朝远处的一处海滩驶去。玛蒂看了一眼阿拉克，很高兴他们选择了他和他的船。虽然他关于海啸的故事让她觉得很伤心，但得知他有了新的家人，过着快乐的新生活，还计划着有一天要和儿子一起来游泳，又让她感到了温暖。

只几分钟就到了鲨鱼礁。这片地区离海岸可能只有几百步之遥，一块巨大的礁石耸立在海面以上几百英尺的高度，远离海浪的侵袭。海面之上的礁石是暗灰色的，斑斑点点。玛蒂从船沿边看出去，惊讶地发现她竟然能一眼看到海底。海水几乎是完全透明的。

“你确定要去吗，宝贝？”伊恩拿着她的潜水管和面罩问。

玛蒂的心跳开始加快，但她还是点点头。“当然要去，船长。”

伊恩帮她把脚蹼和其他装备穿戴好。他看着阿拉克，他也到船头来帮忙。

阿拉克冲他点点头。“不要担心，朋友。她什么事都不会有的。等你们下水以后，靠近礁石。等着，千万不要动，然后鲨鱼就会游过来了。”

伊恩朝玛蒂笑笑，摇摇头，自己先下水了。他朝水底望去，惊讶地看到各种各样的鱼就在身边。他看着大约十英尺下面的海底，寻找着鲨鱼的踪迹，但什么也没有看到。阿拉克帮助玛蒂翻过船沿，把她轻轻放进海水里。“你真的不害怕吗，小袋鼠？”伊恩问道，随时准备帮她回到船上。

“牵着我的手，爸爸，我们一起游到礁石那里。”

“不要把我一个人留在那里。否则我会尿裤子的。”

玛蒂紧紧抓住他的手，他们一起从船边游开，朝礁石游去。海水格外宁静清澈，让她想起了在游泳池里游泳的感觉。但这里又和游泳池不同，这里的水没有消毒液那种死气沉沉的味道。在她下面的每一处水域，都被各种各样的生物主宰着。海草来回飘动。像是烤箱大小的蛤蜊半张着壳，露出里面紫色的肉。海底长出一堆堆的珊瑚，上面满是海胆、银莲花和扇子形状的东西，和海草一起飘动。但最多的还是成百上千种来回穿梭的鱼。她不知道它们的名字，但它们有各种形状、大小和颜色。很多鱼的颜色艳丽如画，鱼鳞和鱼鳍仿佛彩虹般鲜艳多姿。有些鱼则有很长的灰色身体，还有尖尖的牙齿。其他则很像玛蒂在牙科诊所里见到的观赏鱼，但要大得多，也鲜艳得多。

他们游到礁石附近的一片沙滩，伊恩停下来，玛蒂也停了下来。她继续看着那些漂亮的鱼，也到处寻找着鲨鱼的踪影。一开始，她看到的所有鱼都没有她的胳膊长，但从远处的海底，出现了一些灰色的阴影。那正是鲨鱼游了过来，它们游的姿势是那么优雅惬意，但玛蒂的心都快要从嗓子眼跳出来了。她看到的四条鲨鱼样子看上去都差不多，只是大小略有不同。它们全身都是灰色的，除了背上鳍的顶端是黑的。其中有三条鲨鱼比她还要小，但有一条就大多了，她看着它们游过来，不由得紧紧抓住了爸爸的手。

那条大鲨鱼游到他们旁边，大概比他们低十英尺，距离二十英尺远，它游泳的姿势像是在冰上滑行。玛蒂还从来没有见过如此优雅的动作。鲨鱼总是在不断运动，它尾巴上的鳍前后摆动，它的身体离海底只有一英寸高。虽然这只鲨鱼的长度和她爸爸的身高差不多，但玛蒂渐渐感到没有那么害怕了。它好像对她一点兴趣也没有。

玛蒂继续用潜水管呼吸，她多么希望妈妈能够看到她。妈妈曾经那么努力地教会了她用呼吸管和面罩潜水，而玛蒂敢肯定，妈妈一定会为自己感到自豪的。因为她现在和鲨鱼一起游泳，而且她也不害怕，只是稍微躲在了爸爸身后一点点。

不断有鲨鱼游来又游走，丝毫不受海浪的影响，但潮水却渐渐把玛蒂往海洋更深的地方带去。她发现，小一点的鲨鱼反而游得更快。大一点的则更悠闲，好像对什么都不在乎的样子。它们绕着圈游来游去，好像从来都没有抬头看。和她总是保持着一定距离，没有一条像最开始那条大鲨鱼游得那么近。

玛蒂又想起了妈妈，突然很想念她。她希望能告诉妈妈一切关于鲨鱼的经历，告诉她自己只有一丁点害怕，告诉她自己已经能用潜水管轻松地呼吸了。她希望爸爸妈妈能在身边，让他们各牵着自己的一只手。然后她就会开心地大笑，跟着最大的那条鲨鱼，在这个美丽的世界里畅游。

她想起了阿拉克的话——海啸来的时候，夺走了他的家人。她不明白为什么海啸只会影响到某一些家庭，而另一些家庭则安然无恙，为什么她要失去妈妈，而她的朋友们只会抱怨得不到最新的iPod。这太不公平了，她想。我失去了妈妈，而我连说一声再见的机会都没有。

她拉了拉爸爸的手，指着船的方向。他点点头，转过身，朝那个方向游去。她最后看了一眼鲨鱼，船越来越近了。阿拉克在船舷边放了一个铁梯，她把脚蹼脱下来扔到船上，摇摇晃晃地跟在爸爸后面爬上了梯子。

“真漂亮！”爸爸露出了一个个大大的、纯真的笑容。

“我知道！”玛蒂回答，她也试着表现得开心一点，因为这是他希望看到的。

“它们就在海底闲晃，像一群在酒吧里晃悠的醉鬼。”

“你看见那条大的了吗？鱼鳍上还有疤的那一条？”

“光只是看见它？我觉得它都快要亲到我嘴上了。”

玛蒂看着海水，却找不到那些鲨鱼了。“谢谢你，爸爸。谢谢你带我来看你和妈妈看过的地方。”

“不客气，小袋鼠。这是我的荣幸。”

她揉揉眼睛，眼睛由于咸咸的海水和自己的泪水还在痛。“我们能去沙滩吗？那里好漂亮，一个人也没有。我想去给妈妈画一幅画。”

他把太阳眼镜放到她手里。“把太阳眼睛戴上，宝贝。最好还是戴上。”

“但是，爸爸，我们能去那片沙滩吗？”

他更加仔细地打量着她，想知道她现在的心情到底是怎样。“来，”他说着，拍拍旁边的长条木凳。“来和船长坐坐。”

“好的。”

伊恩抱着她，转过身对阿拉克说。“很多年以前，我和妻子也来过这里，当时，我们去了另一个岛上的海滩。那里很漂亮，几乎每个方向都能看到陡峭的山崖。”

“我知道那个海滩。”

“你能带我们去吗？”

阿拉克笑着点点头，又回去发动马达了。

伊恩继续抱着玛蒂，船开始加速。虽然天气很热，但海风还是让她全身起了鸡皮疙瘩，他拿来一条毛巾把她裹上。“你在想妈妈吗？”他问，发现她的目光都开始变得茫然了。

“是的。”

“你知道的，伤心也没有关系，小袋鼠。即便我们在一个很漂亮的地方，即便我们很开心地在和鲨鱼游泳，也会突然感到伤心。有时候，我也会出现这样的状况。

“生活很艰难，宝贝，充满了起起落落。我们现在是在低潮，但我们会挺过去。还记得亚纪子说过的关于四季的那些话吗？我们现在是在生命的冬季。我觉得她说得很对。总有一天，冰雪都会消融的。”

“我努力开心起来，真的努力了。但我还是不开心。”

“我知道，”他回答，她的眼泪又让他的肚子开始痛起来。“你很伤心，小袋鼠。你的心永远也不会完全愈合。永远也不会。但有一天，你也会有自己的家庭，自己的爱人。而……今天的这些伤痛会让你更加珍惜明天的爱。”他吻了吻她的头顶，这时，一个海浪冲到船头。

“我今天早上听见你在哭。”她握住他的手说。

“哦。对不起。”

“没关系。”

他闭上眼睛，希望自己能够再坚强一些，他知道自己的伤痛不会帮助到她。“有两件事让我撑过了这一切，宝贝。”

“什么事？”

“嗯，第一件当然是你。我很爱你……这填满了我内心的空洞。每一天，都让我越来越充实。”

她点点头，把头靠在他肩上。“还有一件呢？”

“帮助别人。你妈妈……为了让我能够全心工作，把你照顾得那么好。我从来不用担心你们两个。所以我才赚了那么多钱。但现在，我并不因为这个而感到自豪，如果我能回到过去，我一定不会再那样。但无论如何，这些钱能够让我……让我们去帮助别人。这才能让我赎罪，以前我疏远了你们，这是我的错。疏远了你，也疏远了你妈妈。”

“你到底是什么意思呀？”

“我的意思就是说，正因为你，因为像我们昨天做的那些事情，去帮助那个女孩，我才能继续生活下去。现在，她大概已经走了一半的路程，马上就要到家了，我很为她开心。”

玛蒂点点头，也很为那个女孩子高兴，但又在为自己悲伤。“但是，要是你出了什么事怎么办，爸爸？那我就是孤零零的一个人了。”

他也和她有着相同的担心，他经常担心自己的健康，不知道自己的肚子为什么会经常痛。我永远也没有办法离开你，他告诉自己。除非等到你很大，有了自己的家庭以后。“我没事，小袋鼠，”他说，“我是从丛林里来的，像牛一样壮。”

“不是的，你不是。”

“我刚刚才和一群鲨鱼游过泳，不是吗？”

“你不能死，爸爸。你千万不能死。”

“我不会死的，小袋鼠，”他说着，紧紧抱住她。他吻着她的额头，把她转过身来，好看着她的眼睛。“你知道吗？你就像是我们后面的这个小伙子。你曾经有过不愉快的经历，很不愉快，但最终你会好起来的。你会高兴起来的，就像他一样。”

玛蒂看着阿拉克，心想，他看上去确实很开心。他站在船尾，操纵着小船朝一个岛驶去，那个岛看上去就像是一堆石灰岩悬崖聚集在一起而形成的。他们越靠越近，玛蒂看见悬崖中的一道裂缝，形成一个狭窄的通道。阿拉克把方向杆推到一边，小船开始右转，朝那条直通小岛深处的青绿色峡湾开去。他们开过了两侧高耸的悬崖，前方出现一个大湖。湖水的最远端是延绵几百英尺的白色沙滩。沙滩后面是长满了热带树木的一片森林，但树林中还有更多更高的悬崖。

自从妈妈去世以后，玛蒂经常听人说起天堂，说那里是多么美。如果说妈妈真的是去了另一个地方安息，玛蒂希望那里能像这个沙滩一样漂亮。她能够听见丛林中鸟儿相互呼唤的叫声。开满鲜花的藤蔓缠绕着大树。湖面就像镜子一样透明清澈。

阿拉克关掉马达，船悄悄地滑上了沙滩。玛蒂从船头跳到深深的沙滩上。她仔细研究着那片沙滩，沙滩很平整，几乎没有任何杂物。

“这看上去就像是一棵巨大的许愿树。”爸爸在她身后说。

玛蒂的脸上露出一抹微笑。“这里很完美。”

“要不我们准备一下，宝贝？”

“好主意。”

他们两人把沙滩上的树叶、树枝和被太阳晒得退色的珊瑚岩捡掉。几分钟之后，他们就把一大片沙滩都清理干净了。然后，玛蒂跪了下来，向后挪动，用手轻轻地把沙滩抚平。伊恩也在旁边帮助她，他不知道她要画什么，但他并不想问。他们停下来的时候，已经把一大块篮球场大小的沙滩都抹平了。

玛蒂站起来，仔细地看着这片沙滩，她在考虑，到底是像她跟爸爸说过的那样，用脚在沙滩上画好呢，还是用一个小木棍来画好。她最终决定用脚作画。“爸爸，”她问，“你能不能帮我找一些珊瑚来，越多越好？就是沙滩上的那种。”

“我找来了以后应该怎么办呢？”

“沿着我走过的地方，把那些珊瑚碎片撒在你后面。”

玛蒂想象着即将要创作的画。她决定，首先要在沙滩上画出海浪，应该画成大蟒蛇的形状。她画完了海浪，又小心地走回到那些波浪线的中间，朝小岛的方向，用脚画出了一艘船。然后她右转，继续用脚在沙滩上拖着，画出了船顶，给小船加上了篷子和马达。她不知道要怎么把人画上去，于是便决定让这艘船先空着。

爸爸沿着她的脚印撒下了一些白色的珊瑚石。玛蒂从自己的画中跳出来，走到最前面。她又画了起来，在她的脚下，出现了一封巨大的、有点奇形怪状的信。她时不时停下来，把沙子抹平，又重新开始画那封信，过了好一会，她才在信上写道，“我们爱你，妈妈。请给我们指明方向吧。”

玛蒂完成了沙滩上的画，帮助爸爸把更多的珊瑚石撒到她的脚印里面。阿拉克也来帮忙找珊瑚石，然后把它们都堆在她的画旁边。他们三个人把有她脚印的地方都用珊瑚石填满，最后，整幅画和信上的字都成了白色。

玛蒂往后退了几步，看着自己的创造，心里五味杂陈。这是自己画过的最漂亮的一幅画，妈妈看到这样一幅栩栩如生的画，一定也会为她感到骄傲。她多么希望能够感受到妈妈的存在，能够知道妈妈看到了这艘船和这些字。只要知道妈妈能看到这幅画，她就觉得仿佛找到了光明。

“真漂亮！要不我们照张相吧？”他问，从背包里拿出一个小型数码相机。

“不要。这画是给妈妈的。我只想她一个人看到。”

他把相机放回去。“我敢百分之百肯定，她现在一定正看着你的画。”

“我也希望如此。”

“这真漂亮，小袋鼠。真的很美。”

“谢谢。”

他抬起头看着天空，北方的天际出现了一些乌云。“我不是想催你，但我觉得我们应该赶快离开了。”

玛蒂走到船边，爬上船。她坐在靠船头的长凳上。阿拉克告诉她，他很喜欢她的画，而她则谢谢他的帮忙。他一笑，露出嘴里歪歪斜斜的牙齿。“你的儿子回来了，我也为你感到高兴。”她说，朝自己画在沙滩上的船望了最后一眼。

阿拉克耸耸肩。“我还是很想念我原来的儿子。很想他。但现在我的心，不像以前那样空虚了。”

“你觉得你在海啸中去世的妻子和孩子现在能够看见你吗？”

“我信佛教，所以我相信佛祖的话，他说每个人都要经历很多次生命。”

“很多次生命？”

“每个人都会有很多次的出生和死亡。像是太阳每天升起和落下。海啸把我的家人从我身边带走。很长一段时间里，我也想随他们而去。但后来，我又有了儿子，能拥有他我感觉很幸运。我在他的微笑里看见了我原来的儿子，所以我也不像以前那样悲伤了。”

玛蒂看见爸爸也在认真听着阿拉克的话。“谢谢你带我们来这儿。”她说。

“不客气。”

她看着他走到船尾，开动马达。很快他们就来到了宽阔的海面上，朝皮皮岛开回去，这时的皮皮岛已经被雨雾和乌云笼罩。虽然阿拉克说了一番关于重生的话，但玛蒂还是害怕，这是她在旅行中第一次感到害怕。她觉得自己是那么孤独，那么渺小。妈妈并没有回到她身边。

玛蒂想象那次海啸中高涨的海水，让阿拉克的家人因此丧生。现在的海浪也把她坐的小船推得高高的，把她往前推，让她跌入了黑暗之中。她望着天空，寻找着妈妈存在的痕迹，寻找着一些东西。但整个世界好像都已经变黑了。

她伸出手，紧紧牵着爸爸。他一定察觉到了她的害怕，但什么话也没有说，只是又把她抱起来，放在自己膝盖上。他吻着她的后脑勺，抱着她往后靠着，躲在船的顶棚下面。

他抱着她，小船继续乘风破浪，开进了高涌的海浪，开进了阴暗的天空，开进了冰冷的雨水和一个充满疑惑的世界。

印度

时间脸颊上的一滴泪

现在，我写着这封信，想着我们手牵手一起在泰姬陵漫步的情形，我们走在一位失去了爱妻的国王的足迹后面，走在成百上千万曾经爱过、失去过、又再次拥有爱的游客们的足迹后面。

“你出生的时候，你哭泣，而世人欢喜。不要虚度你的人生，这样，你死去的时候，世人会为你哭泣，而你会欢喜。”

——印度谚语

“我有个惊喜要给你。”伊恩拍着玛蒂的膝盖说。

“什么？”

“你马上就要成为一位公主了，小袋鼠。想象一下。”

“我没听明白。”

“从窗户往外看。你就会明白的。”

玛蒂照做了——她从他们坐的破旧出租车望出去，仔细看着窗外印度南部的乡村风景。在见识了班加罗尔市的混乱之后，她完全没有料到印度乡村的景色竟然能如此开阔。

按照行程，他们只在印度待两周，于是，他们决定坐火车和飞机去看一看印度最大的几个城市。很多旅行者一般都不会去班加罗尔，但伊恩以前公司里有四名员工都住在那里。这些印度员工工作非常认真，伊恩觉得怎么也得去向他们表达一下自己的感谢，于是便在两天之前和他们碰了个面。

现在，伊恩和玛蒂坐在这辆旧出租车的破皮椅上，看着窗外迈索尔市郊延绵的群山，这里离班加罗尔坐火车有三个钟头的路程。山上没有什么很高大茂密的树木，但仍然青葱。他们经过的大部分地区都被开垦成了田地，种着水稻或小麦。一群群的牛在地里牵着犁，或是在街道上拉着木车。车上装满了鼓鼓的麻袋、一捆捆的干草，或是坐着衣衫褴褛的工人，和公共汽车、卡车、黄包车、小轿车还有行人一起走在马路上。

他们的出租车司机个子很小，很不耐烦。一旦有什么东西挡了他的路，他就会对着它们拼命按喇叭，还会小声咒骂。对玛蒂和伊恩来说，倒霉的是，每次他按喇叭，大概都会有四分之一的几率那喇叭会卡住，鸣个不停，他只好一边开车，一边狠狠去捶喇叭。他用右手拳头砸着喇叭，骂骂咧咧，擦去额头上的汗珠。有时候，那喇叭也会安静下来，但更多的时候，它会一直响个不停，司机只好把车停下，把车前盖掀起来，把里面的线路暂时断开。虽然这样做每次都要浪费好几分钟，但几乎每开过一辆车，他还是要按按喇叭。

很快，玛蒂就能预测出他会对谁鸣喇叭了。他会安静地开过三个骑自行车的印度教僧侣。但是，却会对一个农民和他牵着的水牛愤怒地猛按喇叭，还有破破烂烂的救护车、一群小学生、穿着莎丽正在捡掉到路上苹果的女孩子、用不同的汽车零件组装而成的三轮摩托车，也逃不过他喇叭的催促。

他一边按着喇叭，一边捶着方向盘，时不时还要停下车捣鼓半天，让喇叭的尖叫声停下来，玛蒂看着这一幕，不禁笑了。她不知道为什么他就不能安安静静地开车。显然，又是停车又是重新发动更加浪费时间，不如稍等片刻，让行人先过。而且，如果他不是每隔一两分钟就要去捶喇叭，心情也一定会好很多。但玛蒂发现，这里绝大多数司机都和他一样，很喜欢鸣喇叭。他们似乎对车喇叭有种爱恨交织的感情。

出租车继续顺着迈索尔市郊的山坡缓缓往上爬。司机已经从大道上开下来，开上了一条几乎没有任何车辆的小路，这条路的路况很好。很快，无边无际的农田就不见了，取而代之的是漂亮的花园。这些花园都经过了精心修剪，呈现出不同的几何造型，长方形的清澈池塘周围种满了一排排的柏树。

玛蒂看着前方，眼前出现了一幢美丽的白色建筑。两层楼的房子上面有一个灰色的圆顶，从房子的中央竖起。圆顶的两侧是一排延伸开去的柱子，从地面一直到屋顶。玛蒂以前去过美国的国会大厦，她觉得这里和那里还挺像。

“我们这是在哪？”她问，这时，出租车已经在一处环形路的遮阳棚下突然停下了。

伊恩谢过司机，给了他几张印度卢比，这是他们之前商量好的价钱。“你妈妈和我是无意中发现这个地方的，”他回答，“现在，我希望你能喜欢这里。”

一个穿着绿色西装的男人向他们问好，打开了一扇巨大的门。玛蒂走进这幢建筑，呈现在她眼前的是一个全新的世界，她不由停住了脚步。她还从来没有见过如此奢华的地方。这里的墙壁和地板都是白色大理石，还点缀着用各种宝石做成的马赛克。镀金的巨大相框里是一些画，画里包裹头巾的人们正在向英国士兵开枪。银色和金色的大水晶吊灯从拱形的天花板上垂下来。巨大的陶瓷花瓶中插着刚刚摘下的紫色鸢尾花。

伊恩领着玛蒂往前走。“以前在迈索尔有一个国王，”他说，“这里是他的夏季行宫。现在，这是一家酒店。”

“酒店？”

“对啊，宝贝。我们就在这里吃中饭。那个房间可是以前国王和王后用餐的地方。所以今天早上，我才要你穿上最漂亮的衣服。”

玛蒂低头看着自己的红色裙子——裙子已经很小了——她有点后悔，因为早上她还因为不愿意穿这条裙子，和他吵了一架。“但我又不知道——”

“没关系的，小袋鼠。我一点也没有要怪你。好了，我们可以去用餐了吗？”他问，伸出胳膊。

她笑了。“当然可以，爸爸。”

“不行，宝贝。你现在说话必须得像个来这里用膳的公主。”

“那你就是国王喽？”

“是的，我的长公主。我就是你的父王。现在，我再问你一遍，我们能去用餐了吗？”

“是的。我们去用膳吧。”

他们走过一条长长的走廊，伊恩一本正经地和其他客人打招呼，试着让自己说的更像是英国口音，而不是澳大利亚口音。

餐厅同样富丽堂皇。大理石地板上铺着丝绸地毯。墙面和拱形的天花板大约有四十英尺高，都漆成了淡蓝色，白色的柱子从地板一直延伸到屋顶。房间的一侧是一排超大的窗户，外面是一个精致的花园。

伊恩和玛蒂一走进餐厅，一位穿着翡翠色莎丽的女子来迎接他们，向他们问好。她的英语和她头上的发髻以及涂着颜色的指甲一样，完美得无可挑剔。这位服务员给他们找好座位，帮他们拉开了铺着丝绸垫子的精美木椅。她递给伊恩和玛蒂两本银质封面的菜单，然后就离开了。

“公主殿下，”伊恩说着，翻开菜单，“您今日想品尝点什么呢？咖喱羊肉？扁豆汤？椰子虾仁？”

“听上去……都挺好。”

“是不错，但还是没有你好。”

玛蒂笑了，在椅子上坐直，她又惊讶又高兴地发现，餐厅里并没有其他人。“我们……我们今天下午该干吗呢？”

“反正不应该把更多的时间花在问无聊的问题上，我们还要去享受很多精彩的历险。我们的大象已经在等着了，等我们享用完这顿美味的宴席，就可以骑着大象去丛林里逛一逛。”

“太好了，我想去。”

“我也是。”

一位穿着翡翠色长裤和夹克的高个子男生走过来，这是他们的服务员，他做了一下自我介绍，告诉他们今天的特别推荐菜，是一种把咖喱、肉和蔬菜煮在一起的菜式。伊恩和玛蒂听从了他的建议，点了那道菜，这让他露出了大大的笑容。然后，他们就继续聊天，像是一位国王和女儿在闲聊。

“我们要来点香槟吗，公主殿下？”伊恩问，指着桌上精美的玻璃杯。

“香槟？真的吗？”

“当然，你只能尝一小口，稍微尝一下。”

“好，那就稍微尝一下。”

伊恩点了一瓶香槟，这时，他们的菜也上来了，装在有圆形和长方形的分隔的银色大餐盘里。圆形的部分是各种咖喱，长方形的部分则装满了小份的鸡肉、虾仁、花菜、豆子和秋葵。再加上印度特色的烤饼，这就是他们的美餐了。服务员端来盘子以后，马上又拿来了一瓶香槟，小心地倒进杯子里。

“干杯，我的公主。”伊恩说着，举起杯。

“干杯，我的父王。”

伊恩笑了，他欣赏着她的笑颜，想着她漂亮的面容和美丽的心灵。“你知道吗，我的小公主，总有一天，你会让某位驸马非常幸福。你会给他这个世界上最珍贵的礼物。”

“我才懒得管什么驸马呢。”

“我知道，但总有一天你会遇到他。等到那一天，我这个老国王会为你感到非常骄傲的。就像今天一样。”

玛蒂抿了一小口香槟，把它含在嘴里。“这酒不错。”

“你能答应我一件事情吗，公主？”

“什么事？”

“等到那一天的时候，你会搬到那位驸马的家中，你能不能不要忘了我这个老国王？你能不能继续握着我的手，悄悄告诉我你的小秘密呢？”

玛蒂靠近些看着爸爸，意识到他说的其实就是自己。她把香槟放下。“父王殿下，本公主，一定会永远把小秘密都告诉你。”

伊恩笑了，轻轻地合着手。“我爱你，我的公主殿下。”

“我也爱你，我的父王殿下。”

“我们开吃吧？”

“好啊。那就开动吧。”

火车载着他们朝阿格拉开去，这辆火车似乎已经环游了世界一千遍。三等车厢里又破又旧，挤满了人，充斥着汗味、香料味和烟味。大家坐在木头长凳上，膝盖上抱着小孩，或是拿着鸡鸭和脏脏的麻布袋。车厢很挤，很多乘客只能站着——都是些年轻力壮的人，很多人把上半身伸到窗户外面。虽然天花板上挂着十几个铁质风扇，但没有几个能转，整节火车里面热得像个大蒸笼。

伊恩和玛蒂坐的卧铺车厢也很旧，但要宽敞得多。绿皮的塑料椅子可以打开变成床铺，很多印度人已经睡觉了，他们把床铺周围的帘子都拉上。不过这时太阳才刚刚落山，伊恩和玛蒂并排坐着，决定先看一会儿书。玛蒂已经开始看接下来的一本《哈利·波特》了，伊恩正在看一本他看过的小说，《幕府将军》。窗外飞驰而过的是广袤的印度大地——无边无际的村庄、农田、森林和人群。

虽然伊恩又一次陷入了书中将军和他的日本爱人之间的精彩故事，他的思绪还是时不时转到口袋里的胶卷筒上。过去的两天都玩得非常开心，因此，他不愿意打开凯特写给他们的信。他不希望这趟印度之旅出现什么变化。玛蒂看上去也很开心，她画了好几幅画：穿着莎丽的印度女子、日落时分的清真寺、追赶猴子的小孩。

再三掂量了半天，他才把手上的小说放下，转身对玛蒂说："我觉得我们应该看看你妈妈留给我们的信了。"

"好的。"

"你没有问题吧？"

"当然没问题，爸爸。我还担心你是不是忘了呢。"

他把手伸进口袋，他的心跳加快，肚子缩紧。额头上渗出一滴汗珠，有几秒钟时间，他就那么按着胶卷筒的盖子，看着一个穿白色长袍的男人从走廊里走过去。等到他走过以后，伊恩打开胶卷筒。里面又是一张卷起来的纸——凯特留下的信，正如他所预料的一样。

伊恩：

谢谢你去了泰国，我的爱。

我躺在这里，想起了印度，思绪万千。那个国家有那么多的美景。还记得我们是怎样带着激动的心情去游览泰姬陵吗？那里真是太美了，美得不像是真的。你能不能给玛蒂讲讲沙贾汗大帝和他的妻子亚珠曼德的故事？告诉她泰姬陵是为了纪念他们之间的爱情而修建的。

我们在印度玩得那么开心，但也看见了很多悲惨的情形。我一生中遗憾的事情不多，但最大的一个遗憾就是我没有去做更多的事情，去帮助那里的人。我几乎把一切都奉献给了我们的这个小家，却很少为他人奉献。这是不对的。

你能不能替我改正这个错误呢，伊恩？拜托了。我写给玛蒂的信也和给你的这封信差不多。我也要她在印度尽量地去帮助别人。但最终还是要由你来决定如何去完成这件事。

对不起，我的爱，我好像把很多问题都推给了你。我知道，我这么做一定显得非常自私。我让你为了你自己、为了玛蒂、也为了我，踏上这段旅程。所以你们才会来到这里。现在，到了最后，我想向你坦白。我让我所爱的两个人踏上这段旅程，不仅仅是因为我觉得这样会帮助到他们，也是因为我知道这样会帮助到我。

我在这个世上所做的还不够。我得到的太多，而分享的太少。我并没有让这个世界变得更美好。但也许通过你的身体力行，我能够得到救赎。这是我的一个愿望，一想到你和玛蒂能够在印度去帮助他人，我们的这个家庭能够改正我的错误，我也就感到欣慰了。

我爱你，伊恩。我是那么爱你。现在，我写着这封信，想着我们手牵手一起在泰姬陵漫步的情形，我们走在一位失去了爱妻的国王的足迹后面，走在成百上千万曾经爱过、失去过，又再次拥有爱的游客们的足迹后面。

你可以再次去爱，伊恩。不要忘记了。你应该在你的生命中找到光明。

你永远的

凯特

伊恩小心地把那张纸卷好，放进了胶卷筒。

“她说了些什么？”玛蒂问，合上书，窗外掠过远处的灯光。

“应该和写给你的信差不多。”他说，想起了凯特写在信里的话。“她说我们的这两封信内容都是差不多的。”

玛蒂打开她的胶卷筒，突然很想看看妈妈到底写了些什么。

亲爱的玛蒂：

我的乖女儿，你觉得泰国怎么样？你有没有去海里游泳，看一看那个全新的世界呢？你想起我们以前在青年宫一起潜水时的情形了吗？我总是把硬币丢到泳池里，看着你潜下去把它们捡起来，那时真是开心。你可能永远都没有办法感受到那种幸福，除非到你也有了自己儿女的那一天。到那个时候，你就会明白了。你只要扔出那些硬币，你就会开心地笑起来。

你到印度后不久，你就会看到，那里是一个很不同的地方。它有着不可思议的美丽，但也同样有着不可思议的丑陋。它有着无穷的快乐，但也有无穷的悲伤。印度就像是一个万花筒，有希望、有恐惧、有力量，也有脆弱。当然，很多国家也都是这样。所以，我的宝贝乖女儿，一定要做好准备，用开放的心态去看待一切。

你爸爸和我在很久以前，去过印度，我们曾经碰到一个无家可归的女人。她的眼神不太好，全身又脏又臭，她很穷。她到处捡来牛粪，把它们拍成一块一块，晒干以后，当做烧火的材料卖掉。她沿着街道爬，到处找新鲜的粪堆。因为她几乎看不见，所以经常会被玻璃片把手和膝盖划破。你爸爸和我看到她受了伤，便带她去了一家商店，给她买了两副眼镜。她开心极了，玛蒂。虽然她流着血，全身是伤，但我从来还没有见过像她那么开心的人。

等你到了印度，能不能也做一些这样的事呢？看看有谁需要帮忙，就去帮助他们。这样做会让你有一种永远也不会忘记的感受。

有些人不愿意去帮助穷人。他们觉得这些穷人之所以穷完全是自己造成的，他们自己不去工作，所以他们不应该为自己所遭遇的苦难怨天尤人。有些时候，可能确实如此，但在德里捡牛粪的那个女人工作那么辛苦，一点也不输给大公司的总经理。所以，有时候不能完全相信别人的话，玛蒂。说那些话的人这辈子从来没有捡过牛粪，也从来没有见过自己的孩子忍饥挨饿。他们没有受过苦，所以他们也不会真正停下来，想一想是什么造成了社会的苦难，想一想，其实我们都是一样的，只是有些人出生在一个更好的环境中，而另一些人就没有那么幸运。

如果你能帮助其他人找到快乐，那么你也就一定能找到快乐。

如果不是我知道你是一个善良、坚强、勇敢的孩子，我也就不会对你提出这么多的要求。

印度是一个美丽的国家。有时候，你必须透过表面，透过那些脏兮兮的地方，才能看到它下面的美，就好像你要戴上面罩，跳到海水里一样。

当你看着泰姬陵，欣赏它的美丽的时候，不要忘了，我对你的爱就像那位国王对他的妻子的爱一样深。

妈妈

伊恩和玛蒂坐的黄包车简直就是对车轮无穷力量的一个活生生的证明。它其实就是一辆大大的三轮车，有一个前轮、车夫坐的座位，然后就是一张长长的带垫子的凳子，是给乘客坐的，凳子下面是另外两个轮子，还带着挡泥板。有一张顶棚可以拉开，遮在乘客头上，棚子五颜六色，但已经很破旧了。

伊恩觉得自己和玛蒂加起来一定不轻，车夫蹬起车不会太轻松，但没过几分钟，他就看到好几辆三轮车，载着更重的东西。有一辆车上甚至坐着一家八口。父亲坐在车夫的座位上，车夫站着踩踏板，吃力地蹬着车。妈妈和小孩子们一起挤在后面，相互坐在对方的膝盖上，还有一个小女孩坐在侧面，两条腿都放在挡泥板上。小孩子们的穿着打扮都是典型的印度风格——女孩子穿着红色、绿色和紫色的裙子，男孩子穿着短裤和带领子的短袖衬衫。

虽然太阳才刚刚升起，但阿格拉市已经充满了活力和生机。街道上挤满了人力车、小汽车、卡车、摩托车、自行车、奶牛、公牛和驴子。人行道上也挤满了各种你所能想象到的人群——给旅行者表演的耍蛇艺人、坐在箱子上让剃头匠刮胡子的男人、包着头巾的水果小贩，等等。

街边都是三层楼的建筑，街道上到处都是报纸、塑料袋、腐烂食物一类的垃圾。由于污染和年代久远，这些建筑的颜色比它们原本的颜色都更深。几乎每一幢楼房的前面都有很多阳台，挨得紧紧的，可以从一个阳台跳到另一个阳台上去。阳台下面，是一些小摊小店，都支着顶棚。木头或铁片做成的招牌上写着修理店、餐厅、书店、邮局、警察局之类的字样。

这个城市的每一个角落似乎都挤满了成千上万的人。印度女子穿着五颜六色的莎丽，而她们的丈夫却全身裹着长袍，戴着头巾。学生们穿着绿色和紫色相间的校服。没有一个男人穿短裤，几乎都穿着浅色的长裤和带领子的衬衫。

整座城市就像是一个巨大的超级市场，街道两旁都是小贩，摆出一堆堆的商品。女人们和店主讨价还价，而男人们则行色匆匆地走来走去。在印度教中，牛是一种神圣的动物，因此，它们在这里也有着绝对的自由，经常有那么一两头牛会在小巷子里，甚至是大街上休息。

伊恩和玛蒂到处看着新鲜，就像他们过去几天一样。伊恩时不时看看手表，希望能在泰姬陵刚开放、游客还不太多的时候尽早进去。以前，他和凯特就很幸运，进去的时候只有他们两个人，但这只持续了几分钟时间。他希望玛蒂也能有一回这样的体验。

人力车夫继续在混乱拥挤的街道上前行，就像是一条在茂密草丛中游走的蛇。最后，他终于在一辆公共汽车的前面停了下来，这片地区显得格外拥挤嘈杂。伊恩隐约还记得这里。他从三轮车上爬下来，付钱给车夫，牵着玛蒂的手，带着她走向了那著名的世界奇迹之一——泰姬陵。

通往泰姬陵的主要入口是一处一百英尺高的砂岩建筑，很像一扇红白相间的巨大的门。从砂岩里凿出了一个巨大的拱门，非常漂亮，但是实心的，仅在最外面有一个小小的拱形门，可以走人。在大拱门的顶上，一些五颜六色的宝石构成了印度教中的装饰图案——红色的莲花、菩提和树叶。黑色的石块上刻着《可兰经》中的章节，还有阿拉伯最著名书法家的作品，都平行放置在主入口处长方形的底座上。

伊恩又看看表，发现这时泰姬陵正好刚刚开放，他很高兴。他牵着玛蒂走进大门。踏进大门的一瞬间，一切都突然改变了。阿格拉现代都市的嘈杂喧哗消失得无影无踪。取而代之的是茂密青葱的草坪——两旁是一排排高大的柏树——一直延伸到远处的泰姬陵前面。花园被设计成几何图形，大理石砌成的水渠把花园分成一个个正方形。一个长长的池塘一直延伸到陵墓，倒映出了泰姬陵美丽的样子，让它的倒影仿佛也有了生机。

“哦，天哪。”玛蒂轻轻感叹，抓住爸爸的手。

陵墓背后的天空显得格外清澈湛蓝，白色大理石的泰姬陵仿佛从里面发出了光芒。隔陵墓还有一段距离，它看上去就像是沙漠中的一个海市蜃楼。它实在是太完美无暇了，和外面那些乱七八糟的小店似乎不应该属于同一个世界。虽然泰姬陵有二十层楼的高度，比玛蒂想象中的要大很多，但真正让玛蒂目不转睛的却不是它的宏大，而是它的高贵与雅致。对玛蒂来说，泰姬陵就像一个梦，一个光影的幻觉。

"宝贝，它修建的那个年代人们都还很有耐心，"伊恩说，慢慢往前走，"当时，建筑从本质上来说都是精神的象征。"

玛蒂点点头。虽然她平时很喜欢听爸爸说话，但在这样一个地方，他的声音却显得很不合时宜。她继续沿着池塘的旁边往前走，想着不知是谁设计出了这样一个美丽的地方，一想到还曾经为自己的那些小画洋洋得意，她都觉得有点不好意思了。

伊恩牵着她的手，也在想，泰姬陵看上去就像是个活生生的人——能够自省、充满雄心，而又与众不同。但它又和任何人都不同，无论是从设计，还是从规模来看，它都是完美无缺的。他想，没有人能够在看过了泰姬陵以后，还能想出让它更完美的办法。

他继续从陵墓的一边看到另一边。陵墓的下半部分是长方形的，有漂亮的拱门。它的上部是一个白色的穹顶。主建筑的每一个角上都有一个尖塔，像是一根巨大的柱子，为整体增加了对称的美。

伊恩指着那些尖塔说，"你知道吗？宝贝，建筑师设计了那些尖塔，这样，在发生地震时，它们就会从陵墓上掉下来。"

"哦。"

"真是聪明，我觉得。"

玛蒂发觉他们已经离泰姬陵很近了。但她还想多看一会远景，于是她把爸爸带到路边的长椅上。"你能给我讲讲它的故事吗，爸爸？"她问，坐了下来。

"当然可以，小袋鼠。这是一个很美好的故事。很感人。"

“是怎样的？”

他整理了一下旅行帽，好让帽檐遮住晒在脖子上的太阳。“很久以前，大概三百年前，有一个人名叫沙贾汗。他统治着整个印度。”

伊恩看着玛蒂的小脸，玛蒂却在目不转睛地盯着泰姬陵。“他有很多妻子，但他最爱的却是亚珠曼德。据说，他们非常相爱，无论他到哪里，她都会和他一起去。她还是他最信任的谋士。”

“就像妈妈和你一样？”

他笑了。“就像妈妈和我一样。”

“然后发生了什么事情？”

“嗯，她由于难产死了，以前，这样的情况是经常出现的。她临死的时候，她让他满足自己的一个愿望，这个愿望就是为她修建一个漂亮的地方，然后在每一年他们结婚纪念日的时候，让他去这个地方，为她点燃一支蜡烛。”

玛蒂的食指在裙子上动来动去，像是正在画着画。“所以他就为她修建了泰姬陵？”

“是的，宝贝。他想为她修建一处世界上最最美丽的建筑。不幸的是，当他修完泰姬陵以后，他的一个儿子发动了叛变，把他赶下了台，后来，他的余生都被关在一间只有一个窗户的小房间里。透过那扇窗户，他能够看到泰姬陵，也就是亚珠曼德埋葬的地方。最后，他过世以后，他被葬在了她身旁。从此以后，他们就永远地躺在一起了。”

“我能把它画下来吗，爸爸？趁着现在人还不多？”

“当然可以。不过我想看你画。”

“没问题，船长。”

伊恩把目光转向泰姬陵，他想起别人曾经告诉他，沙贾汗在修建陵墓时，希望陵墓的外形能够模仿女性美妙的身姿，也确实如此，从很多角度来看，泰姬陵都让伊恩想起了凯特。

你能看见我们吗，我的爱？伊恩问，把她送给自己的贝壳从口袋里拿出来，轻轻抚摸着它。你知道我们已经走了多远的路程吗？我想你。我觉得自己也被困在了一个小房间里，只能透过一扇窗户往外望。我被困住了，我很累，我非常非常想念你。

游客开始从伊恩和玛蒂身边走过，他们来自世界的各个角落，几乎每个人都轻声说着话，似乎在陵墓面前，大家都不敢大声喧哗。伊恩转过头看玛蒂画画，玛蒂正用一支浅蓝色的铅笔画出陵墓的轮廓，整座建筑看上去仿佛都在反射着清晨美丽的光线，而伊恩发觉，实际的景色也正是如此。

“你的观察很仔细，”他轻声说，不想分散她的注意力。“你让我觉得我自己简直就像一个盲人。”

她笑了，什么话也没有说，她的手指已经被染成了蓝色和白色。她在整张纸上画出了陵墓以及它在平静湖水中的倒影。伊恩看过成百上千张泰姬陵的照片，但在他的记忆中，没有哪一张能像玛蒂的画如此美丽。

“我觉得沙贾汗大帝都会喜欢你的这幅画的，”他说，“而且，我知道你妈妈也一定会喜欢。”

“爸爸？”

“什么事，宝贝？”

“昨天晚上，你告诉我妈妈在她信里写了什么的时候，你说她希望她帮助过更多的人，你说你不同意她的话，因为她实际上已经帮助了不少人了。”

“是的。她确实已经帮助了不少人，但她自己却还很谦虚。”

“我觉得你是对的。我想告诉她。”

伊恩指着她画下面的一块空白说。“那就告诉她。“

玛蒂点点头，想着自己应该写什么。她拿起一支用来画柏树的绿色铅笔。在画的下面写道，“你帮助了每一个人，妈妈。我们都爱你。”

伊恩吻着她的额头说，“这样就完美了。”

“爸爸？”

“什么事，你这个‘十万个为什么’？”

“为什么我……在这里，感觉和妈妈特别贴近？”

他抱紧她。“你知道吗，小袋鼠。我游遍了世界，看过很多美丽的景色。我看过无数的清真寺和庙宇。到过像是一个城区那么大的教堂。但是泰姬陵，是我见过的唯一一处为了纪念爱情而修建的建筑，它是为了纪念永恒的爱。泰姬陵……它抓住了我们对爱情的所有感受……让我们觉得和自己所爱的人更加贴近。”

她合上画本。“等我们走近以后，它是不是还这么漂亮？”

“只会更加漂亮。你在这里看不见，但陵墓的外面镶嵌着成百上千万颗漂亮的宝石。它们构成了花朵和藤蔓的造型……我记得好像还有一行行的诗。”

“我想去看。还想看埋着国王和他妻子的地方。”

他把贝壳放进口袋，牵着玛蒂的手站起来。“那我们走吧。”

“还有一件事，爸爸。”

“什么事？”

“我想把我的画放在许愿树上，好让妈妈看见。但不是这里。我们能不能去找一棵漂亮的大树？要不明天去？”

“印度到处都是漂亮的大树。”

玛蒂笑了，朝泰姬陵走去，这样一个美丽的地方让她感觉到了妈妈的存在。她加快脚步，迫不及待地想去摸一摸妈妈曾经摸过的地方，看一看妈妈曾经看过的地方。泰姬陵显得越来越大，它是从一块神秘基石上生出的珍宝，是一位濒死女子最后的心愿。玛蒂悄悄地呼唤着妈妈，抬起头，看着陵墓巨大穹顶之上的天空。

看着我们吧，妈妈，玛蒂想。现在，请你低下头，看着我们，让爸爸也知道你就在这里。他是那么想你。我想，你只要让他知道你在这里，他就会好受一些的。

大概六个小时以后，伊恩和玛蒂朝旅店走回去。虽然这忙碌的一天让他们都很累，但是他们却没有坐出租车或人力车，因为街上已经水泄不通了。虽然已到傍晚，但是天气仍然很热，很多男人把他们衬衫的扣子都解开到了胸口。妈妈和奶奶模样的妇女满头大汗地擦着脸，喷着柴油机黑烟的汽车从她们身边开过时，她们会转到一边避开烟尘。

人行道上的人摩肩擦踵，伊恩走得很困难。商人、穿着莎丽的妇女、乞丐、学生、僧侣、小贩都在四处乱窜，经常相互撞到。路面车辆的喇叭和黑烟更是让整个混乱的局面雪上加霜。

“要不我们叫辆出租车吧？”伊恩问玛蒂，玛蒂正抓着他的皮带，走在他身边。

玛蒂看看四周，但几乎看不到路面。“那也只会堵在路上。我好渴啊，我们能不能先找点喝的？”

伊恩点点头，从背包里拿出一本导游书。他翻到阿格拉地图的那一页，试着找出自己的位置。他敢肯定，自己离旅店已经不远了。

一个满脸胡须的大个男人撞到了伊恩，那本导游书差点从他手里掉出去。伊恩自言自语地嘟哝了几句，又看了看地图，想着如何才能摆脱这拥挤不堪的人潮。他又走了二十来步，然后把书放回包里。“我觉得我们就快到了，小袋鼠。”他转过身给了她这样的结论。

但她却不在那里。

“玛蒂？”他说着，转了个圈，心像是爆竹一样在爆炸。四面八方都是匆匆来去的印度人。伊恩跳起来，看着他们走过来的方向。“玛蒂！”但回答他的只有汽车的喇叭声和过往行人疑惑的眼神，他匆匆走到一处破砖堆，爬了上去，扶着一根街灯柱子。“玛蒂！”他大声喊着，在砖堆上转来转去，朝各个方向张望。他揪着头发。“哦，我的天哪。不会吧，不会吧。”

他一遍又一遍大声喊着她的名字，在人山人海中寻找着她金色的头发。他一边骂着，一边爬下那堆破砖，开始沿原路返回，他问过往的行人，有没有见到一个美国小女孩。但大家只是耸耸肩，或四处看看，他只好继续往前走，越走越快，后来开始跑起来，他跳上一辆停在路边的公共汽车，从车后面的梯子爬到车顶，到处张望。“玛蒂！玛蒂！我在这上面！看这里！”

旁边开过一辆奔驰的轿车鸣起了喇叭，公共汽车开始往前走。伊恩从梯子上爬下来，跳到街道上。他跑回人行道，被一只破轮胎绊了一跤，他匆匆跑到他和玛蒂最后在一起的那个地方。他站在那里，一遍又一遍大声叫着她的名字，四处问周围的小贩有没有看到她。大家似乎都很想帮他的忙，但没有人看到过她。

整座城市似乎越来越嘈杂——汽车喇叭声、刹车声、远处钻机的声音，都混合在一起，不断刺激着他的耳膜。伊恩沿着人行道边上跑着，只要有高一点的地方，都爬上去四处张望。他的肚子抽痛起来，但他顾不上了。他努力控制着混乱的思绪，试着想出一个方法来。

他想起来玛蒂身上还有钱，她可能会找一辆出租车直接回旅店。通常她都会这么做，但他们住的地方叫阿马尔·亚崔·尼瓦斯旅店——他都很难记住这个名字。玛蒂会记得住吗?

他觉得她应该记得住，于是便转过身朝旅店跑去。他越跑越快，试着不去理会身体的不适，却越来越难受。现在，不仅仅是他的肚子在疼，他的视线都变得模糊了。他似乎喘不上气，拼命咳嗽，吸进的都是难闻的柴油黑烟。

伊恩跑到一个路口，看到了他们住的旅店，他跑进去。他以为会在门口看到玛蒂的身影，但她并不在。他一边骂着自己，一边跑到前台。唯一的一位接待员是一个穿着旧西装的秃头男人，他正在看一本护照，抬起头对伊恩说，“有什么能帮您的吗，麦克莱先生？”他问。

“我女儿。你有没有看到她？”

“我……好像没有——”

伊恩闭上眼睛，靠在柜台上，整个房间好像都在旋转。“我们走丢了。十分钟、十五分钟之前。我们本来是走在一起的，结果人太多，我把她弄丢了。”他用拳头狠狠捶着腿。“天哪！她不见了！”

“我们会找到她的，麦克莱先生。”接待员说着，拿出一张全市地图。“我们是在这里，”他指着地图的中间，“告诉我，你们是在哪里走丢的？”

伊恩用手揪着头发，眯着眼睛仔细看着地图。“这里。”他说着，指着离旅店并不远的一个地方。

“你确定吗？”

“应该就是在这两条街之间。”

“我现在打电话报警。他们会去那里找的。”

伊恩摇摇头，努力保持镇静。“我把她一个人丢下了。哦，天哪，我都干了什么呀？”

“我们会找到她的，先生。”

“你不明白。她妈妈不在了。我必须找到她。现在就找到她。”

接待员摘下眼镜。“我也是个父亲，先生。我知道把自己的小孩弄丢了是什么样的感受。我一定会帮您去找她的。”

伊恩突然捂住肚子，疼痛已经让他无法忍受了。“我要再出去找。”他说，在旅店的信笺纸上写下了玛蒂的名字和衣着打扮。

“等一下，麦克莱先生，”那男人说，用手扶住伊恩的胳膊。“您拿着我的名片。如果您需要我的帮忙，就打上面前台的电话。这个是我的手机号码。”接待员举起食指，从前台后面的一扇门走出去。很快，他又回来了，还推着一辆老式自行车。“您骑我的自行车去吧，”他说，“这样就能走得更远一些。”

伊恩抓住他的手，紧紧抓着。

“先生，您的女儿也会去她熟悉的地方。我们这附近有很多西式餐厅。如果您在路上看到了肯德基或是必胜客，就进去看一看。”

伊恩把自行车掉了个头，朝门口走去。“请您赶快帮我报警，”他说着，往外跑。“告诉他们，她只有一个人。”

阿格拉在这个时候似乎比之前更加拥挤。街道上的车辆堵得动都动不了。伊恩跑到人行道的边上，跳上自行车，自行车很小。他只好站着踩动踏板，在各种形状、各种大小的汽车之间穿行。他不想慌张失措，但又控制不了自己。一想到玛蒂只有一个人，一定害怕极了，他就受不了。

“玛蒂！”他大声喊着，沿着马路边上骑着车。一辆摩托车突然在他前面停下来，他差点就撞了上去。“玛蒂！你能听到我吗？玛蒂！”

求求你，上帝，他想，不要让她发生什么意外。拜托，拜托，拜托。

他路过一家汉堡王快餐厅，跳下自行车，急忙跑进去看。他叫着她的名字，问服务员有没有见过她，但每个人都只是摇摇头。肚子的疼痛让他呻吟起来，但他还是跑到外面，又骑起车来。他知道，在印度就有儿童卖淫的现象，一想到玛蒂万一被坏人抓住，他就忍不住泪如雨下。

眼泪模糊了他的视线，他沿着街道拼命骑着车，按着车上的铃铛让前面的行人避开。“玛蒂！你在哪里？”

前面的人行道上躺着一头牛，他只好转过弯避开它。四面八方似乎都是向他挤过来的人群，他意识到，这样他永远也不可能找到她。他必须想出更好的方法，终于，他开始在慌乱中平静下来。

他问自己，如果我是她，我会去哪里？我口袋里有钱。我可以找一辆出租车，但是……但是我不知道我住的旅店名字。我会不会去找警察局？可能会。也可能不会。那么我会去家大的旅店吗？

冷静下来！仔细想想！用用脑子！她会去哪里？去美国大使馆？

去机场？还是去其他她去过的地方？

等一等，他抓紧车龙头，仿佛能够听见自己的心跳。“泰姬陵，”他轻声说，“她回去泰姬陵了！”

他又跳上车，用尽全力踩着踏板，他从人力车、出租车和卡车的旁边飞驰而过。阿格拉整座城市都是围绕泰姬陵而建，所有的路牌都指着它的方向。太阳开始往下落，车辆都打开了灯。看到他的人群似乎都察觉到了他的绝望，纷纷躲到一边让他通过。虽然阿格拉到处是此起彼伏的喇叭声，但没有一个人朝他鸣喇叭，即便是在他冲到其他车辆前面的时候，也没有。

“求求你，亲爱的上帝。”他说着，从一个破草堆上冲了过去。

他右转弯，看到了陵墓的正门，看到玛蒂正在和一个保安说话。他从自行车上跳下来，车倒在地上。他大声叫着她的名字，朝前跑过去，张开双臂，紧紧地抱着她，他们的脸贴在一起，她的眼泪流到他的脸上，他摸着她的头发。她一边哭，一边发抖，他问她有没有人想把她带走。他吻着她的眉毛，告诉她一切都好了，他再也不会把她弄丢了。她在他怀里哭着，缩成一团，希望能紧紧蜷在他的怀里。

找到玛蒂的喜悦和轻松让伊恩完全失去了保持冷静的力气，他开始全身发抖，在她身边，他感觉自己就像是在温暖阳光照射下的冰川，就要融化崩溃了。

他试着放缓呼吸，摸着玛蒂的后脑勺，轻声安慰着她。他抬起头，悄悄地说着感谢的祈祷。他从来没有如此庆幸。即便是他结婚的那一天，也没有如此庆幸过。

他觉得这趟旅行就是一个错误，自己一定是疯了，才会带她来亚洲。她可能会被拐卖，他告诉自己。

“你想回家吗？”他悄悄问，希望她能点头。“回到美国我们漂亮的家里？回到——”

“不想。”

“为什么，小袋鼠？发生了这么多事情，你还不想回去？”

“因为……如果到了回去的时候，妈妈自然会让我们回去。”

妈妈已经不在了，他想，吻着玛蒂的头顶。凯特已经去世十九个月了。“但是，宝贝，妈妈不知道这一路是多么艰难。她不——”

“不！我不想回去。你不要再说这件事了。拜托你不要再说了！”

他把她拉过来，抱着她。“冷静点，宝贝。冷静点。我不再啰唆这件事了。我保证。不过……你随时都可以改变主意。”

“我不会改变主意的。所以不要再说了。”

伊恩叹了一口气，他想起了旅店的接待员，便用手机拨通了他的电话。他解释了一切，听到了这位陌生人声音中的欣慰。伊恩一再谢过了他，挂上电话。“他真是个好人。”他对玛蒂说，把手机放回口袋。

“谁？”

“旅店的接待员。他帮我们报了警，还把他的电话和自行车借给了我。”

“是吗？他真好。”

伊恩吻了吻她的额头，她的头发好像都汗湿了，他紧紧抱着她。“你知道我有多爱你吗？”

“有多爱？”

他指着两幢旧楼房之间的一丝天空。夕阳把整片天空染成了金黄色，就好像是一块用印度最美丽的颜色染过的挂毯。“当我抬起头看着那里的时候，”他说，“我看到了美丽的天空。这让我想起了你。”

“什么？”

“因为你妈妈的过世，你知道我很伤心。但是，我还是能够看到这世上的美好。那是因为有你。这是你赐予给我的。”

“天空真美。”

他看到她的眼睫毛上还挂着泪珠，轻轻地把它们擦去。“这辆自行车骑起来很快，”他说，“简直像是离弦的箭。”

“真的吗？”

“真的，小袋鼠。车子后面有一个横杠，你可以站在上面，我来踩。”

玛蒂看着拥挤的街道。“我们回旅店去吗？”

他把她从膝盖上抱起来，站起身。“我记得在前面不远的地方路过了一家冰激凌店。要不我们去吃一大杯奶油曲奇冰激凌吧？凉快一下？”

“太好了，船长。咱们要不要也给旅店的那个人也带点冰激凌作为感谢！”

“没问题！”

伊恩扶起那辆自行车。车的后轮上有两根横梁，玛蒂站在上面，伊恩坐在车座上开始蹬踏板，玛蒂就扶着他的肩膀。虽然就在一个小时以前，她还对这里的街道和嘈杂的人群感到恐慌害怕，现在，害怕已经消失了。她靠在爸爸背上，很高兴他把自己比作美丽的夕阳，还说她让他想起了所有的美好。玛蒂知道，妈妈一直以来都是这样想的，但听到爸爸也这样说，让她很有安全感，她一点也不后悔和爸爸走散，因为最后，他来拯救了她，和以前一样。

阿格拉在他们周围旋转，整个城市融合了希望与悲伤，爱与失落。伊恩这么多天以来，第一次感觉到非常幸运，他踩着自行车，时不时停下来给乞丐一些钱，迫不及待地想要和别人分享这份快乐的心情。

两天以后，伊恩和玛蒂坐上了一辆开往瓦拉纳西的火车。他们再一次买了卧铺票。虽然天气很热，但火车的窗户都开着，清新的微风吹过车厢。车轮开过铁轨的哐当哐当声让人觉得很宁静——轻柔的晃动和持续的声音混合在一起。伊恩觉得，坐在这样一趟列车上和待在母亲子宫里感觉很相似。那种温暖、背景中的杂音，还有晃动都合在一起，让人产生了一种无比愉快的感受。这是他自从和玛蒂走散以来，第一次身心完全放松。

太阳已经落山，列车上的几盏灯照亮了车厢。玛蒂和伊恩坐在不锈钢小桌的一侧，一对印度夫妇坐在他们对面。那女人穿着一条蓝边的红色莎丽。她的头发盘了起来，鼻子和耳朵都打了孔，戴着黄金的珠宝。眉心还有一个红点。坐在她旁边的是一个秃头男人，穿着黑色长裤和白色衬衫，他放下手里的报纸，望向窗外。那女人小心地打开一个铝箔纸包着的扁盒子。里面是一些黑色的小蛋糕。她递给那个男人一块，然后又看着玛蒂。“你想尝一个吗，亲爱的？”她用流利的英语说，递给玛蒂一块蛋糕。“这是芒果蛋糕，就是芒果酱和一点点糖浆做成的。”

玛蒂看着伊恩，不知道是不是可以接受陌生人的食物。伊恩点点头，于是她笑着伸出手。“谢谢你。”

“你呢，先生？”

“那就尝一块吧。”伊恩回答，蛋糕的香气已经让他有点垂涎三尺了。

“是我用新鲜多汁的芒果做的，”她说，“和你们在市里买到的用化肥催大的芒果不一样。”

伊恩笑了，咬了一口蛋糕，又甜又软。“嗯。真好吃。”

“她做饭做得很好，”那男人开口说，伸手拿了第二块蛋糕。“当然了，也把我喂得这么胖，不过我没什么可抱怨的。”

“你们住在瓦拉纳西吗？”伊恩问，“还是来度假？”

女子整理了一下莎丽，把它裹得更紧些。“我们的儿子在那里上学，学工程。我们每隔几个月就来看他。你们呢？你们从哪里来？为什么来印度？”

“我老婆总是有很多问题。”男人说，脸上却在微笑。

伊恩吃完蛋糕。“没关系。兄弟。我女儿玛蒂和我是从纽约来的。我们已经来印度几周了。”

“你们在印度都去了哪儿？”女人问，看着玛蒂，递给她一张餐巾纸。

玛蒂擦了擦手。“我们去看了泰姬陵。”

“什么时候去的？”

“早上。”

“早上不错。不过下次你们来印度的时候，最好是在满月的晚上去看看那里。真的会让你留连忘返。”

一位穿着制服的列车员推着一辆小车从走道走过，那男人向他点点头。两人用印度语说了些什么，然后那男人递给列车员几张钞票。列车员把两听啤酒、一瓶雪碧和一杯茶放在他们的小桌上。“请你们喝。”男人说，把一听啤酒递给伊恩，把雪碧递给玛蒂。

“谢谢你，兄弟。”伊恩说，觉得自己也应该有所表示。

“这是我们的荣幸，”男人回答，“你们来到了我的国家，我们就应该尽一点地主之谊。”他打开啤酒，拿起报纸，指着一张照片说：“你们的总统下周就要来我们国家访问了，我们都很兴奋。”

“我敢肯定，他在这里一定会非常愉快的。”伊恩一边说，一边喝着啤酒。

那男人笑了。“美国是一个让各种各样梦想实现的地方。比如说，任何人都可能成为总统。”

“那么，印度是怎样的呢？”

“有一天，印度也会是一样。我们的差距越来越小，但还是有很长一段路要走。”

“我觉得你们已经做得非常好了。”

男人耸耸肩。“我们正在尝试。但要给十亿多人口提供教育，让他们吃饱，照顾好他们可不是一件容易的事。我们的儿子很幸运。我们能够出得起钱让他念大学，而且他也很努力学习。但还是有很多人的儿女永远也上不了学。从这个角度来看，印度的变化并不大。虽然在理论上，等级制度是不存在了。但实际上，它并没有消失。”

伊恩点点头，喝着啤酒，他发现，自从他们开始讨论政治话题以后，这男人的妻子就一言不发了。火车鸣着笛，开进前方的黑暗之中。“我觉得，每一个国家都有某种形式的等级制度，”伊恩回答，“不过在美国，我们的肤色不再那么重要了。这是一个真正的从穷光蛋到富翁的故事。”

“确实，”印度人回答着，用手指关节敲着桌子，“那么，你的梦想是什么？你说话的口气不像是美国人。”

“确实不是，应该说，美国只是我的第二故乡。我妻子是美国人，我很高兴去了美国，你说得对；那是一个实现梦想的地方。我觉得是全世界最棒的一个国家。六年前，我开了一家小公司，在网上卖日本食品，给那些想尝尝新鲜口味的人。你知道的——干面条、香料之类。总之，到我最近洗手不干之前，我们的员工已经超过了二十个人。甚至还有几个员工是来自印度的班加罗尔。”

“真的吗，班加罗尔？他们工作表现怎样？”

“相当勤奋苦干。”

男人点点头，喝完啤酒，把空罐子放在一边。“你会喜欢瓦拉纳西的。不过要小心那里的小偷。但当你脱下鞋子，把脚伸进恒河水里的时候，你会觉得已经回到了家。”

“我们也是听人这么说的。”

“真好玩。得去恒河看看。”

伊恩发现玛蒂看上去很累了，便笑着谢过这两口子，谢谢他们请吃东西又请喝饮料。然后，伊恩帮着玛蒂从旁边的一个小铁梯子爬到座位上面的床铺。他吃惊地发现床上铺着干净的白色床单，周围还有帘子可以拉上，伊恩把帘子拉好。虽然床铺只能睡得下一个成年人，但伊恩知道，玛蒂很想他躺在她身边。“你觉得我们两个人能睡下不？”他问。

“当然可以，爸爸。”她说，尽量朝里睡，给爸爸腾出地方，手里紧紧握着曾祖母的那枚戒指。

伊恩在她身边朝天躺着。她把头枕在他胸口。火车前后摇晃，车轮压过轨道时有节奏的撞击声快要盖过了他们小声交谈的声音。“你想听个故事吗，宝贝？”

“你能不能给我讲个新的故事？”

“关于什么的？”

“关于……关于一个小女孩找到了她妹妹的故事。”

他摸着她的后脑勺，真希望她没有提出这样的要求，她总是希望听到皆大欢喜的结局，而故事中皆大欢喜的结局总是比现实生活中来得更加容易。“很久以前，有一个棕色眼睛的小姑娘，”他开始讲，“独自一人住在一辆火车上。”

伊恩继续讲着故事，不知道什么样的故事才能让她开心一笑，她一直很想要一个小妹妹。他也很想达成她的心愿，但他实在没有办法想象自己再次结婚。而一个单身男人想收养小孩也是绝对不可能的事。没有哪个领养机构会同意的。

在伊恩故事的结尾，小女孩找到了妹妹，这让玛蒂的脸上露出微笑。她谢了他，把戒指递给他，闭上了眼睛。他却睡不着，他的脑海在翻腾，把戒指翻过来又翻过去。过一段时间，他们的旅程就会结束，那时候，他就必须去找一份工作，就会离开她。在她需要他的时候，他有可能会在开会，也许他们之间相距只有几英里，但这样的距离却是他无法跨越的。

夜色越来越深，伊恩还是无法入睡。自从他们开始旅行以来，这是他第一次不想结束这段旅程。

从河面上看，瓦拉纳西显得格外宁静。沿着恒河的用水泥砌成的河岸，都是些两三层楼的庙宇、神殿和宫殿，像是一幢幢五颜六色的城堡。这里的庙宇很多都有一个长方形的底座，上面是尖尖的颜色鲜艳的圆顶。在庙宇下面的庭院里，很多印度人穿着礼袍，在河边祈祷，往往聚集在一具鲜花覆盖的尸体周围。低矮的台阶从庙宇直通恒河，好方便人们祈祷后直接去恒河沐浴。玛蒂以前看过纽约巨人队的橄榄球比赛，她觉得从某个角度来看，恒河的河岸很像是一个巨大运动场里的一排排看台。河边有粉色和红色的庙宇，成千上万的印度教徒走下那些石头的台阶，来自印度各地的虔诚教徒来到这里，在恒河中沐浴，洗清身上的罪孽。

恒河比玛蒂想象中的要大得多。蓝色的小船在河流中上下起伏，渔民把渔网撒向浑浊的水面，到处都有照相的游客。玛蒂的爸爸告诉她，瓦拉纳西是全世界最古老的城市之一，佛祖在顿悟以后，就是在这里进行了他的第一次布道。一个石头砌成的小码头延伸到水面上，很多小孩从码头上跳下来，转个身，翻个筋斗再跳入水中，溅起水花。

玛蒂坐在船头，她把画本又拿了出来，虽然她很想画那些跳水的孩子，但她最后画的还是庙宇和信徒。她从来没有见过穿得如此鲜艳多彩的人群，她不知道为什么美国人去教堂的时候不是穿黑的，就是穿灰的。她向导游提出了这个问题，导游暂停了划桨的动作。

“恒河是印度最神圣的地方。”他说，他说起英语语速很快，也很标准，就像他划桨的动作一样干净利落。“很多人都来到瓦拉纳西度过生命的最后一段时光。如果你是一个印度教徒，而你死在瓦拉纳西，那么你是非常幸运的。就好像是中了死亡的头等大奖。”

虽然伊恩很怕让玛蒂近距离看到河中漂浮的死尸，但他还是想带她来瓦拉纳西。他觉得，印度教徒对待死亡的态度在西方世界是很少见的。他们认为死亡是构成生命车轮的一个辐条，他们相信死亡会通往重生。伊恩并不想让玛蒂联想到任何形式的死亡，但他希望能让她知道，在有些文化中，死亡是和希望联系在一起的。

“我们能往河边靠近一点吗？”她问，手里握着一支黄色铅笔，一直没有停下。

那男人整理了一下头巾。“你想去哪里，我的小船都能带你去。除了山的北边。那里有我的敌人。”

“敌人？”

“一个女孩子，”他笑着说，“一切都因她而起。”

玛蒂点点头，她没有听懂，但她只想画完画。她画着画，伊恩转过身，看着河的对岸。远远地，他似乎看到了一具尸体，浮在水面上漂过去。他知道，这里的穷人在亲人死去以后，没有钱安葬，便把遗体推进恒河任其漂流。幸好玛蒂没有看到尸体，他又转过身看她。

导游指着一间粉色寺庙下面伸出的一块石头。那石头伸在水面上，周围有一群穿着橙色和黄色长袍的人。河边燃烧着一堆火，火焰随风摆动，檀香木的味道飘到了四面八方。“这是火葬场。”导游指着说，“是印度教徒火化亲人的地方。等到尸体烧完以后，骨灰被撒到恒河水里。印度教徒相信，尸体被烧成灰以后，通往重生的道路就会更加容易。而这个过程就发生在河水中。”

玛蒂看着一个穿着白色长袍的男人往火堆里加了更多的木柴。她来来回回地看着河岸，发现有十几处相似的地方都有火堆。穿着白袍的男人用一根长棍子拨着身边的火堆，而另一个穿着五颜六色长袍的男人则挥舞双手，吟唱起来。

“他是一个牧师。”导游说。

“你能给我们讲讲重生是怎么一回事吗？”伊恩问，靠向玛蒂坐了过去。

男人耸耸肩。印度教徒相信，人死以后是会重生的，所以死亡也并不是那么可怕的事，因为，灵魂……在死亡的时候会改变方向……在一个新的身体中回到世间，继续它的旅程。”

玛蒂看着岸边的火堆，想着妈妈的葬礼。“那如果是土葬的怎么办？灵魂还能得到重生吗？”

这个印度人拿起船桨，划了几下，他咬着嘴唇说。“我也不太确定印度教徒会怎么认为。但我觉得他们应该会同意的。他们相信，灵魂是永远不会受到禁锢的。当然，来到恒河会让重生的过程更加容易。不过埋在土里也应该是一样。”

附近的河岸上，那堆火好像快要熄灭了。穿着白色长袍的男人继续用长棍子戳着火堆，在余烬中翻着什么东西。

“如果他们火化的是男人，”导游说，“那么他的肋骨会留下来。如果是女人，她的髋骨会留下来。那个男人是在看是不是已经烧完了。如果已经烧完了，死者的亲属就会用扫帚把骨灰扫进恒河。”

玛蒂在想妈妈是不是已经重生了。她不知道是希望妈妈升入天堂，还是希望她转世重生。如果她已经重生了，也许自己还能够再见到她。也许她们还能一起散散步，或是踢踢足球。

一只蚊子停在玛蒂的手臂上，她把它赶走了，然后，她指着在火堆下面的河水中游泳的一个男孩子问。“他在干什么？”

“他无家可归，”导游回答，又开始划桨，“很多人会叫他贱民。”

“为什么？”

“因为他在河里游泳，到处找金牙或是珠宝。”

“找金牙？”

“是火化后的尸体上留下的。他会找到那些金牙，然后卖掉。这就是他生存的方法。”

玛蒂看着那个男孩子，想着他在这么脏的水里游泳，寻找死人的牙齿，不禁皱起眉头。“他的父母呢？”

“可能是病了。也可能已经死了。应该不在这里。我几乎每天都能看到这个男孩子，他在这里已经有两年多了。他比其他男孩子都游得深。甚至比大人都游得深。他是一个好孩子，我觉得。有一次，我把船桨掉到了水里，他给我拿了回来。还有一次，他发烧了，游不了泳，是我把他送到岸边的。”

伊恩看到玛蒂担心的表情，便握着她的手。“我们是不是该走了，宝贝。我觉得已经看够了。”

玛蒂想着妈妈的信。“别人真的叫他……贱民吗？”

“是的。他和死尸打交道，所以他是贱民。”

她转过身对爸爸说：“我觉得我们应该和他聊聊。”

“他不会靠近你的，”导游摇着头，“那些比他大的男孩子都从他身上偷东西。”

伊恩看着玛蒂默默地点点头。“你能带我们去岸边吗？”他问，

“就在那里，那两个火葬堆中间？”

导游耸耸肩，掉转船头，默默地开始划桨。几分钟之后，船就停靠在了河边的水泥台阶上。伊恩递给他几张钞票，谢过他，帮玛蒂跳上岸。有很多印度教徒都站在台阶上——来沐浴的，来朝拜的，还有人手上拿着木柴。伊恩和玛蒂沿着河岸，朝那个男孩子走去。他离河岸大约有三十英尺，正从一个大火葬堆边游开。玛蒂发现他比她原本以为的年纪还要小，可能比自己还小。

伊恩坐在男孩子正对面的一级台阶上。“这就是你想帮助的人吗，宝贝？”

“是的。”

“为什么是他？”

“因为大家都觉得他是贱民。不应该这样。”

伊恩点点头，轻轻拍着她的膝盖。“永远都不要让别人禁锢住你，小袋鼠。”

她把目光从男孩身上移开。“是什么意思？”

“我的意思是说，大家都叫他贱民。他们不会认真地想一想他到底能够做什么。而有一天，某个傻瓜可能会告诉你，你永远也成不了一个伟大的画家，永远都不会有什么成就。如果你听到这样的话，不要理会他。想一想那个日本的女孩子，大家都认为她很弱小，但她却爬上了珠穆朗玛峰。”

“爸爸？”

“什么事，宝贝？”

“为什么别人要叫他贱民？”

“因为这样做会让他们自我感觉良好。因为他们都是些欺软怕硬的人。”

男孩子浮到水面，把拳头高举起来，似乎是在看自己找到了什么东西。他继续把手高举着，逆着河水的流向，朝岸边游来。玛蒂看了看左边，看到旁边的台阶上有一双旧凉鞋和一件脏衬衫。男孩子似乎正是朝这些衣服游过来，他的头时不时潜到水面以下。很快，他就能站在水里，开始朝岸边走来了。他只穿着一条深色的短裤。可以清楚地看到胸口的肋骨，像是一根根弯弯的棍子。他的膝盖和手肘看上去显得格外大，把皮肤都绷紧了。男孩子的头发是贴着头皮剪过的，很不整齐，好像是他自己找了把旧剪刀剪的一样。

玛蒂看着他从河水中站起来。他一点也没有留意她，他站在台阶上那堆衣服旁边，把攥紧的拳头打开，把一个蓝色的塑料恐龙玩具放在身边。他把找到的东西对着阳光，仔细检查着，又在衬衫上擦了擦。

伊恩不知道玛蒂是不是打算打破这沉默，便先向男孩子挥了挥手。“找到什么好东西了？”

男孩子看着伊恩，转过身，看有没有人在背后。看到自己确实是一个人，他便把那个小东西放进口袋，拿起了恐龙玩具。

“我们一直在看你，”伊恩继续说，“你游泳游得可真好。”

男孩子摇摇头，低头看着脚。

“你叫什么名字？”玛蒂问，“我叫玛蒂。十岁。这是我爸爸。他叫伊恩。”

男孩子仔细打量着玛蒂和伊恩。他摸着恐龙说。“卢比，”他轻声说，“我叫卢比。”

“那是你的朋友吗？”玛蒂指着蓝色的恐龙问。

卢比用手遮住玩具，但还是点点头。“它叫佩姆。”

玛蒂笑了。“你几岁了？”

卢比耸耸肩，穿上凉鞋。“再见。”

“等一下，”玛蒂站起来说，“你想和我们一起去吃午饭吗？我们正打算去吃午饭呢。”

卢比又看了看四周，他细细的脚指头在凉鞋里前后搓动着。

伊恩感觉到了男孩子的害怕。“我保证，我们不是想从你身上拿到任何东西。什么都不要。玛蒂只是希望能够认识一个新伙伴。一个新朋友。”

卢比眯起眼睛，咬着嘴唇。“我没有钱。”

“我们知道，”伊恩回答，“我们不想要你的东西。我们付钱，请你吃饭。”

“你想吃什么都可以。”玛蒂补充。

卢比有点迷糊了。之前，别人从他那里偷过无数次东西。他被人打过，被扒光了衣服扔到河里。他几乎对每个人都感到害怕——那些也在河里找金牙的小恶霸们总是抢走他找到的东西，还有那些流氓，总是对无家可归的人下手。只有他的恐龙佩姆总是忠实于他，从来没有伤害过他。

“请和我们一起走吧，”玛蒂点着头说，“我们只想和你一起吃个饭。找一家好一点的餐厅，请你吃个饱。”

卢比不太明白她的意思。他从来没有进过餐厅。但他看着她的眼睛，看上去一点也没有想要伤害他的意思。反而让他想起了佩姆的眼睛。

“你看上去好像很饿，”玛蒂继续说，“你想吃东西吗？”

卢比已经饿了两天了——他从来没有这么久没吃过东西。他很想相信眼前这个正在朝自己微笑的女孩子。

玛蒂点点头。“你能成为我的印度朋友吗？拜托了？”

还从来没有人要求卢比成为他们的朋友。他低下头，心跳都加快了。

伊恩笑着，走上台阶，玛蒂和卢比跟在他后面。旁边一处火葬堆的黑烟和热气向他飘来。他闻到了鲜花、檀香和人体被火烧过后的味道。他加快了脚步，朝后面望了一眼，他不知道应该拿这个男孩子怎么办，但很高兴玛蒂有了想帮助他的愿望。

他牵着玛蒂的手，带着他们往前走，他很高兴卢比并没有跑开。瓦拉纳西从市里面看和从河面上看很不一样。自从三千年前开始，人们就已经在这片土地上居住生活了，这里的房屋也似乎都有着三千年的历史——肮脏、破旧、摇摇晃晃，贴满了退色的广告海报，到处都是电线。每幢楼房朝街的一面似乎都聚集了十来个乞丐。麻风病人抱着哭泣的婴儿。奶牛躺在污垢之中。小巷子里还有成百上千的印度中产阶级，以及拿着数码相机、戴着超大旅行帽的游客。

卢比会说一点英文，但又不敢去问这两个外国人任何问题。他跟着高个子的男人在街上走，不知道他们要去哪。他把手伸进口袋，摸着佩姆和在河底发现的一个银鼻环。他想，这个鼻环卖掉以后应该够他几星期的生活了。他很幸运，在一截已经变成淤泥的树干下发现了它。他必须把它藏好，因为那些流氓会来搜他的身。

卢比一边走，一边打量着走在他身边的小女孩。她穿的衣服虽然简单，但很高档——红色短裤和胸前印着海豚的T恤衫。她经常对他笑，而他也很喜欢她嘴角翘起时脸上跳动的小雀斑。她很漂亮，他想，比他见到过的任何人都漂亮。

卢比跟着她走进了一幢狭窄但很高的楼房。他从来没有来过这样的地方。一个女人向伊恩问好，把他们带到了楼梯口。卢比跟着玛蒂走上楼梯，他的手紧紧握着佩姆，他紧张极了，踏空了一级台阶，绊了一跤。

楼梯终于走完了，他们来到一个屋顶的餐厅。他们走到屋顶边缘的一张桌子旁，从那里可以俯瞰整个恒河。卢比还从来没有在这么高的地方看过恒河，他的眼睛都瞪圆了。河水泛着微光，河岸边有一堆堆的火，船只在河上来回穿梭。那个男人拉出一张椅子，让卢比坐下。他照做了，靠近桌子，露出了自从他碰到这两个陌生人来的第一个微笑。他们是不会伤害他的，他得出了结论。

“这里景色真美，”伊恩说，指着河水。“今天真是美妙，”他看着卢比，“我们很高兴你和我们一起吃饭。很荣幸。”

卢比又笑了，朝玛蒂点点头。

“我很喜欢你的名字。”她说。

他把佩姆拿到桌子底下，想起了那些比他大的孩子都叫他卢比，因为他个子很小，就像是一枚硬币，而且总是到处乞讨要钱。“我的名字和印度的钱的名称是一样的。”他说，两只脚前后晃动着。

一位穿着黄色T恤和黑色裤子的服务员从楼梯走来。她问了一声好，把三份菜单放在桌子上，然后问他们想喝什么。玛蒂看到卢比一头雾水，便给自己和他点了一瓶橙味的芬达。伊恩则要了一瓶水。

卢比打开菜单，但他不认识字，所以菜单根本没有任何作用。他决定玛蒂点什么，他就点什么。他觉得这么盯着菜单看有点傻，他习惯的是用点小首饰换几碗米饭或是几片面包。看菜单点菜只是富人们的做法。

服务员端着他们的饮料又回来了。卢比看到插在他芬达瓶子里的吸管笑了。他还从来没有用过吸管，不知道要怎么用。看到玛蒂用吸管喝了一口饮料，他也把嘴凑到吸管上，试着吸了一口。不过，他却把那甜甜的饮料吸到了肺里，开始咳嗽起来，他惊讶地看到芬达从鼻子里滴出来。虽然他的鼻子像是在用火烧，卢比却看到玛蒂笑了起来，于是他也对自己的这桩小小意外笑了。

“你要把它吸到嘴里，咽下去，”她说，慢慢喝着芬达，“看到没有？吸到嘴里，然后品尝一下。”

卢比不太明白她到底在说什么，但他竭尽全力去模仿她的动作。这饮料太甜了，他不禁笑了起来。他一边笑，一边把芬达喝下去，吸管里发出咕嘟咕嘟的声音。

一只黄蜂飞到玛蒂的胳膊上，她马上从椅子上跳了起来，撞了桌子一下，把爸爸的那瓶水撞翻了。水洒到桌子上，流到卢比的短裤和腿上，这又让他笑了起来。“我浇湿了。”他说，玛蒂赶紧拿着餐巾纸把桌面擦干。“没关系。”

伊恩也帮忙收拾。他很庆幸卢比和他们在一起。虽然伊恩想尽方法让玛蒂笑一笑，但他也知道，自己能做的毕竟有限。他可不会盯着一根吸管傻笑或是把水弄洒。

服务员又回来了。等到卢比点菜的时候，他用手指着玛蒂，举起两根手指。服务员明白了他的意思，点点头，蹲下来，把桌子底下的一根香薰蜡烛点燃。

“卢比，你是在瓦拉纳西出生的吗？”伊恩问。

卢比耸耸肩，笑着说：“我不知道。我想我应该不是在别的地方出生的。”

伊恩笑了，他很惊讶，卢比这么快就放开了戒备。“你确定吗？你的口音有点像法国人呢。”

“伊恩先生，有时候，我就在河边乞讨。我会和外国人聊天。所以，我会说一点英语、一点法语，还有一点德语。这样人们就会给我更多的钱了。其他男孩子都叫我卢比，因为我总是能要到很多硬币。”

“那你的父母……他们也住在瓦拉纳西吗？”

卢比的笑容消失了。“我想恒河就是我的爸爸、妈妈。我每天在河里游泳，找漂亮的东西。”

“你不害怕吗？”玛蒂问。

“佩姆会保护我。”卢比说，从口袋里拿出那只玩具恐龙，放在桌上。

玛蒂看到这只小恐龙身上都是刮痕，已经被太阳晒得退了色，尾巴也不见了。“你是在哪里找到它的？”

卢比摸着恐龙的背，又喝了一小口饮料。“在恒河里。很久以前了，那时候，我还不敢去深水里游泳。我找到了佩姆，从那以后，它就是我最好的朋友了。”

服务员端着食物回来了，把一盘盘热气腾腾的咖喱鸡肉和米饭放在他们面前。卢比还从来没有见过这么多吃的。他不敢相信玛蒂这么一个小姑娘能吃下这么多。这难道不应该是她三天的口粮吗？

卢比伸手去抓饭，但看见玛蒂拿起一把勺子。他不知道要怎么用这个工具吃饭，于是便试着去模仿她的动作。他拿着勺子，觉得很不自在。他觉得自己拿着勺子显得很傻，又咧嘴笑了起来。

“什么事这么好笑？”玛蒂问，在椅子上不安分地动着。

“我从来没用过勺子吃饭。在嘴巴里感觉怪怪的。像是块石头。”

“石头？但这是光滑的呀。”

“反正我就是觉得像石头。感觉如果咬得太使劲，牙齿就会咬碎。”

伊恩看着玛蒂和卢比笑着。他很开心，之前完全陌生的两个孩子，有着完全不一样的过去，却仍然能为了一把勺子笑得如此开心。他抬起头，希望凯特能够看到他们的女儿正在和卢比一起说笑。他肚子的疼痛、心中的悲伤都在听到他们的笑声中瞬间烟消云散了。他觉得自己好像得到了一个全新的开始，仿佛是一艘旧船经过整修后又开始准备航海了。

伊恩仔细看着卢比，想着应该怎么去帮助这个男孩子。再过两天，他和玛蒂就要出发去香港了，他们又不能把卢比仍旧留在街上流浪，但他们也没有办法带上他。找一家孤儿院收留他似乎是最好的解决方法。一定有什么地方愿意接受这个开朗乐观的孩子的。但是，要怎么找到这个地方呢？这么快就让玛蒂和卢比分开，怎样才能让他们两个人都不感到伤心呢？

玛蒂吃完午餐，站起来，牵着卢比的手，带他走到露台边上。卢比眯起眼睛，仔细看着恒河边的火葬堆。他觉得自己看到了几个男孩子正在浑浊的河中寻找着死人身上值钱的东西。虽然卢比在很久以前就已经接受了自己的命运，但他并不想回到河边，至少现在还不想。他很喜欢这个美国女孩子。以前从来没有人牵过他的手，他喜欢他们双手握在一起的感觉。就好像他是她的好朋友，而不是什么贱民。

玛蒂看到他的笑容消失，知道他害怕自己会离开。“我们去给你买双新鞋子吧，卢比，”她说，带他从阳台边走开了。“现在这双鞋都要烂了，如果你脚不舒服，就没办法带我们到处逛了。”

伊恩看着女儿和卢比手牵手朝楼梯走去。伊恩意识到，她正在照顾着他。虽然她一直想要的是一个小妹妹，但现在，她似乎已经把卢比当做了自己的弟弟，一个她想要去照顾、去保护的人。

他们跑下楼梯，伊恩却开始担心他们即将面对的分离，他不知道要怎么做才能让他们好受一些。

四个小时以后，卢比已经穿上了新衣服和新鞋子。他的肚子吃得饱饱的。而在卢比看来，最棒的是，伊恩以卢比的名义在银行开了一个户头，给他存了五百美元。卢比只要饿了，就可以拿着自己的新身份证，去银行取一点钱。这样的安排让卢比不用担心怎样把钱藏好，不让其他男孩子发现了。如果他找到了值钱的东西，他也可以把它们卖掉，把钱存进银行，然后靠那些钱来生活。

卢比以前从来不明白银行到底是怎么回事，但伊恩给他详细解释了大家是怎样在银行存钱取钱的。一般情况下，银行里的人是绝对不会允许卢比进去的，但现在，卢比穿上了新衣服，又有伊恩和玛蒂为伴，他没有碰到任何阻挠。银行的经理很高兴地为卢比办理了存款业务。

这一天，卢比无数次地看着太阳，他知道自己平常这个时候都会在浑浊的恒河里游泳，从淤泥里的死尸身上找值钱的东西。很多时候，他找到的就是些木屑、石块和尸骨。他会饿着肚子，爬到河边的一艘破渔船里睡上一晚。他会躲在驾驶舱的旁边，用报纸盖着取暖，把佩姆抱在肚子上。卢比一般都会在天黑后去渔船睡觉，这样那些大一点的男孩子就找不到他藏身的地方了。天 亮，他就会起来，回到街上或是河边。

现在，卢比跟在玛蒂身后，他不敢相信一次偶遇竟然能给他的生活带来如此巨大的改变。他第一次在餐厅里吃饭，第一次穿上了新衣服，第一次在银行里有了一笔钱，而一个从美国来的女孩子第一次把他叫做朋友。卢比从来没有如此开心过。他觉得自己不是在走，而是在飞。他的脑子不是在思考，而是在歌唱。甚至他的双眼都感觉更加明亮了。

卢比从来没有去过瓦拉纳西市郊的小游乐场，但现在，他却和玛蒂、伊恩去往那里。他们从市中心坐了一辆出租车，从河边才开出了几公里，但沿途的景色对卢比来说却是那么新鲜——花园、三层楼的洋房，还有堆满食物和货物的市场。

游乐场的入口不过是两个售票厅之间的一扇大铁门。伊恩付了门票钱，带着玛蒂和卢比进去了。两个孩子都很兴奋。玛蒂牵着卢比的手，急匆匆地往前跑，跑过了一群说笑的少男少女、坐在长椅上的妇女，还有用手机拍照的人们。虽然已经接近黄昏，天气还是很热。气球从蹒跚学步的小孩子手中飘到天上。

玛蒂带着卢比走向一个小小的过山车。过山车的轨道铁架大约有五六十英尺高。门口已经有十几个人排起了队。伊恩往上看，看到像是大泡泡的黑色过山车正从轨道上呼啸而下。然后在人群的前方停下来。

玛蒂在观察事物的时候，总是能看到整体，而不仅仅是部分，她拉了拉爸爸的手，指着一处上升的轨道问，“爸爸，那些人是……把过山车踩上去的吗？”

伊恩眯着眼睛，看着一辆正在缓缓爬坡的过山车。他发现车上并没有铰链或是拉索。实际上，整辆过山车好像连一台马达都没有。“我觉得你说的没错。”他说，真不知道自己公司那些从事信息技术的印度员工是怎么工作的，在他们的国家，过山车居然连动力供应都不需要。“我们要试一试吗？”

“当然啦。”玛蒂说，踮起脚尖，想从站在她前面的人群头上看过去。她把手搭在卢比肩上，跳起来。“我们马上就要排到了！”

卢比一想到马上就要坐上过山车，又笑了起来。他以前听人说过这玩意，但从来没有想过自己也能坐上去。“谢谢你，伊恩先生，”他说，“佩姆和我都非常非常感谢你。”

“不客气，卢比。不用客气。”

又过了几分钟，这三个人终于站到了队伍的最前面。一位工作人员拉下一根操纵杆，快要到站的过山车就会慢下来。四个说说笑笑的年轻人从两排座位上爬下来。玛蒂和卢比坐到前排的座位，伊恩跟在他们后面。伊恩前面正是两个脚踏板。他笑了，把脚放在踏板上。“准备好了没有，小袋鼠？”

“准备好了，船长！”玛蒂笑着回答。

“你呢，卢比？”

“准备好了，伊恩先生！”

伊恩看着工作人员，做出了一个可以出发的手势。他踩动踏板，过山车开始向前跑动，踏板踩起来竟然非常轻松。前面出现了一个山坡，车刚开始向上，踏板上的阻力就明显增加了。每踩一圈，伊恩都可以听到车下发出咔嚓的声音，他想，应该是防止车向后滑动的安全装置。

踩动踏板并不轻松，伊恩开始出汗了。“你们两个小孩儿在踩吗？”他拉着玛蒂的头发问。

她笑着说：“我们踩快一点。”

过山车往上爬了。“这简直像是牵着一头大象在爬山！”伊恩满头大汗地说。

“爸爸！别再唠叨了！”

卢比笑了，他从车子旁边往下看，看到他们已经爬到了这么高，很是惊讶。他把佩姆从口袋里拿出来，让佩姆也看了看下面的风景。“不用太害怕，”他笑着用印度语说，“我保证，我们一定会没事的。”

终于，过山车来到了山顶，这里有大约二十英尺长的平坡，然后是一连串上上下下的起伏。“看看周围，你们俩。”伊恩说，望着远处的城市。在落日的余晖中，瓦拉纳西仿佛正在燃烧。就在前方，两个裸露在外面的灯泡标志着过山车即将开始下坡了。灯泡的周围是成百上千只飞动的小虫。

“抓牢啦！”玛蒂大声喊，过山车开始往前俯冲。

下坡的速度远远超过了伊恩的想象。整辆车好像是在做自由落体，玛蒂和卢比大声尖叫起来。孩子们的尖叫让伊恩笑了，他牢牢抓紧车上的扶手。过山车以飞快的速度上下翻腾。虽然这里的过山车不像美国的过山车那样有一整圈的轨道，但不知为什么，伊恩却觉得更加好玩。整个世界都在他们身边一闪而过，他的心跳似乎都要停止了，玛蒂和卢比的尖叫声就好像他们正在迪斯尼乐园坐太空飞车。

他们逐渐靠近地面上排队的人群，过山车在看不见的刹车作用下，开始减速并停了下来，做好了再次出发的准备。伊恩看着玛蒂紧紧靠着卢比，和他一起欢笑。但就在那一刻，伊恩的快乐却消失了。他想到了自己和凯特从来没有给她一个兄弟姐妹，她注定会孤单地长大，有一天，当自己去世以后，就会留下她孤零零的一个人。

他满脑子都是这些想法，觉得自己被困在了这辆破旧的过山车中。他第一次注意到了这辆车的陈旧程度——车底板上的铁锈，磨损得很厉害的安全带。他看着玛蒂帮助卢比从座位上跳下来，意识到他们很快就会分开。玛蒂会离开印度，而卢比会再次一个人生活。伊恩决定第二天上午就去找孤儿院，但他担心会遭到拒绝。他不能把卢比丢下，任他在街上流浪，但如果所有的孤儿院都不愿意接受他，那又该怎么办呢？

玛蒂牵着卢比的手，急匆匆地跑到下一个游乐项目——好像是用灌满水的气球打水仗。两个孩子相隔三十英尺开外，用巨大的弹弓向对方射出水球。他们站在一个用铁链围着的区域里，这样水球就不会飞到路旁行人的身上了。

“卢比和我要挑战你，爸爸！”玛蒂说，把票递给检票员。检票员用英语解释了一下游戏规则，递给伊恩十个灌满水的气球，给玛蒂和卢比满满一桶气球。

伊恩和玛蒂开着玩笑，虽然他自己不觉得开心，但他还是想逗她笑一笑。我已经成了个演员了，他想，他拿起一个气球，威胁说要扔得她满身湿透。凯特已经过世了，有时候，对未来的恐惧好像让我变蠢了。但我必须笑着，假装明天一切都会很好。

他的肚子又疼了起来，伊恩吃了一片抗酸药，然后拿起一个红色的水球。他把球放在弹弓上，把弹弓拉开，喊道："准备好全身湿透没有？"

玛蒂和卢比笑着一起瞄准他们的弹弓。玛蒂尖叫着拉开弹弓，蓝色的水球从空中飞过来，击中了伊恩头顶的铁栏杆，把水溅到了他身上。"我看到你们已经对我宣战了，"他像个海盗咆哮着说，"好吧，你们这群坏蛋，我要让你们见不到明天的太阳。"他瞄准弹弓，然后松开，水球在玛蒂和卢比头顶正上方爆开，他发出了胜利的欢呼。

孩子们尖叫着，很快又装上一个水球，朝他发射过来。伊恩本可以躲开，但他却没有，水球直接击中了他的胸口。"你们的炮弹击中了我，"他大声说，假装开始摇摇晃晃。"但是我绝对不会逃跑。你们做好挨揍的准备吧！"他又拿起一个球，把它装在弹弓上。"该死的炮弹！"有一个水球在他头上爆了。"你们觉得我黑胡子海盗是那么容易打倒的吗？"他龇牙咧嘴地说。

"吃我一炮！"玛蒂大声叫着，和卢比又发射了一个水球。

伊恩笑了，真正地笑了，至少这笑容暂时缓解了他的病痛和担忧。他知道无论自己有多么爱玛蒂，在她面前自己一定会做很多错事，一定会让她失望，他没有办法成为一个完美的父亲。有一天，他会离开她，只给她留下关于自己的回忆，既有愉快的回忆，也有悲伤的。

他希望现在能够成为他们最愉快的一段时光，能够在他离开以后，给她带来些许慰藉。虽然生活中充满伤痛，但他还是拉开弹弓，要让他们领教一下黑胡子的威力，他发射了那个黄色水球。

第二天，他们在旅店外面的长廊上吃了早餐。前一天晚上，卢比就睡在房间的地板上，现在，他坐在玛蒂身边，正在喝一盒酸奶。

前一天玛蒂和卢比一起玩，一起笑，但今天早上，她却没有那么活泼了。他们第二天就要出发去香港了，她不想和卢比告别。

伊恩迫不及待地想去找合适的孤儿院，便尽快付了早餐的钱。旅店里有一个小小的商务中心，他走到里面，在一台电脑和一个电话机前坐了下来。玛蒂教卢比怎么用彩色铅笔画画的时候，伊恩就开始在网上搜寻瓦拉纳西的孤儿院。他的动作认真且迅捷，就好像是凯特还没有生病之前他的工作状态一样。他的手指飞快地敲击着键盘，眼睛一目十行地看着屏幕上的结果，完全没有留意身后孩子们的动静。

一个小时不到，伊恩就查出了四家孤儿院，它们似乎是当地最有名气、最好的。他拿起电话，给这些地方打电话，非常有礼貌地提出各种各样的问题，简明扼要但也一针见血。在印度，作为一名外国人还是有一些优势的，他利用了这些优势，要求和对方的经理直接通话，当他感觉到对方的闪躲，就会毫不留情地追问到底。

伊恩通过比较，确定了自己心目中最好的一家孤儿院，便开始和对方商量，希望他们能够接受卢比。虽然伊恩介绍了卢比健康的身体状况和善良的性格，但对方却说，他们的孤儿院已经满员了。伊恩又拿出一片抗酸药，希望能够想出一个解决方案。最后，他保证，如果经理愿意接受卢比，他将向孤儿院捐赠一千美元。听到伊恩的建议，经理很是高兴，二话不说答应了。他们立刻商量起各种细节来。

虽然伊恩在做决定的过程中有些着急，但他知道，即便这家孤儿院不是完美的，也比卢比几天前到处流浪的生活要好。这个孩子现在有了自己的银行户头，而且这家孤儿院听起来似乎也还不错。

伊恩担心卢比在离开他们的时候会感到伤心，但恰恰相反，他为自己马上就要有了住的地方兴奋不已。伊恩给他解释了孤儿院的状况，说他和玛蒂会试着给卢比找一户愿意收养他的家庭，卢比又笑了，好像是不敢相信自己的好运。

伊恩想去孤儿院多看看，便带着两个孩子坐上了一辆出租车。过了二十分钟，他们便到了孤儿院，这是一幢两层楼的水泥建筑，旁边是一个废弃的足球场。场上挤满了小孩子，追着几个球到处跑，似乎在这一片泥地上，同时进行着好几场比赛。

伊恩、玛蒂和卢比从球场上走过，朝楼房走去。他们还没有进门，一位穿着得体的男人便出现了，他作了自我介绍，和伊恩握了握手。经理又和卢比用印度语交谈了几句，很快两人都笑了起来。

他们在交谈的时候，玛蒂牵着卢比的手，带着他朝几个小孩旁边的一张紫色长椅走去。伊恩和经理就站在三十英尺开外的地方，看着那群孩子，讨论着卢比的未来。

玛蒂朝她的朋友靠过去。“我会想你的，卢比。”她说，虽然她为他高兴，但却为自己感到伤心。

卢比笑了，他觉得自己一定是在做梦，一个美国的小女孩怎么可能把他当做朋友，他又怎么可能会来到这么漂亮的孤儿院呢。“为什么？”他问，“为什么你要和我做朋友？其他人都觉得我很脏。都不敢碰我。”

她握住他的手。“你让我开心地笑，卢比。而且你一点也不脏。你看，我的皮肤和你的挨着，一点也没变脏。所以，如果有人再说你脏，你就想想我们一起手牵手的时候。”

卢比点点头，想起自己曾经在河底翻过成堆的尸骨，他希望玛蒂说的是对的，希望自己的手还是干净的。“你会给我寄信吗？从香港寄信？我会找个人念给我听。”

“我会给你写很多信。就像我爸爸说的那样，很多很多。”

“我不会忘记你的。”

“我也不会忘记你。”

卢比看着他们紧握的手，想着她曾经说过的话。在他的记忆中，还从来没有人抱过他，牵过他的手。“我很高兴。”他说。

虽然玛蒂一想到他就觉得很伤心，她还是笑了，她把手伸到背包里，拿出了画本，翻到其中一页，上面是她给他画的像。她把画本放在他膝盖上。“卢比，有一天，我会重回印度。到那个时候，我就再给你画一幅像。”

他仔细看着她的画，看着画中自己的笑容，也笑了，那脸上的光芒让他觉得很温暖。“你太好了，玛蒂。我觉得，也许……你也许是……某个画家转世。”

玛蒂想着恒河，想着妈妈，不知道她是在天堂，还是按照印度教徒们的观点，已经转世了。“卢比？你想和我一起爬树吗？”

“爬树？为什么？”

“因为我想给我妈妈留一幅画。这样她就能看到了。”

卢比看了看足球场，指着孤儿院一角一棵巨大的柚木树。“那一棵吗？”他问，小心地把画本还给她。

她点点头，然后走到孤儿院经理面前，问他能不能爬到树上，给她妈妈留 封信。经理皱起眉头，但他看到了她充满渴望的表情，便点点头。玛蒂知道爸爸正在看着自己，便朝那棵树走去。

卢比先爬上去，他跳起来，抓住一根断树枝的树桩，把自己撑起来。玛蒂也照做了，她爬树的时候，背包在背上到处晃动。玛蒂想让妈妈更加清楚地看到自己的画，于是一个劲地往高处爬。她跟在卢比后面，卢比时不时朝下看她，这让她觉得很温暖。有两次，他还伸出手来拉她，紧紧牵着她的手帮她往高处爬。

玛蒂问自己，不知道和自己的兄弟姐妹一起爬树会是什么感觉？他们会一直这样相互帮助吗？他们会成为最好的朋友吗？

卢比停下来，靠在一根树干上。他把玛蒂拉上去，让她跨坐在旁边的一根树干上。他们已经比树旁边一幢房子的房顶还要高了，玛蒂看到房顶的中间形成了一大片水坑。

玛蒂用右手取下背包，把包打开，从里面拿出画本。她翻开画本，翻到画着泰姬陵的那一页。她仔细看着那幅画，又拿给卢比看，然后才小心地把它折起来，卡在一根树枝的缝隙里。她朝上望去，多么想看到妈妈的影子。她在心中默默和妈妈说着话，希望她能照顾好卢比，让他安全、幸福。

“你为什么要把画留在树上？”卢比把佩姆紧紧握在手中问。

玛蒂重新把背包背上，看着树下，爸爸就站在树旁边。“我妈妈……她死了，我跟你说过。但是她很喜欢看我的画，希望看到我写给她的信。所以，我要把它放在许愿树上。”

“许愿树？”

“就是让我感觉和她很贴近的地方，我知道她会看到的地方。”

卢比点点头。“明天，等你去机场，到了一个新的国家以后，我就会到这里来，看看你的画。如果它掉到了地上，我就把它再放上去，放到树顶上。这样你妈妈就可以很多天都看到它了。”

玛蒂用舌头顶了顶嘴里一颗已经松动的牙齿，她不愿去想和卢比即将的分离。“你……你想你妈妈吗，卢比？”

“我不记得她了，所以也不想她。不过，有时候……看到路上很多妈妈带着自己的孩子，让我觉得很难过。”

“我知道。我也一样。”

“但你带我到这里来，所以现在我很高兴。也许有一天，我也会有妈妈。”

“我们会给你找一个家的。我爸爸很会做这些事情。”

卢比深深呼了一口气，好像是刚从恒河浑浊的河水中冒出来。“我觉得自己已经重生了。当你跟我问好的时候，当你带我去吃东西的时候，那一天，我就重生了。我很幸运。你就像是我的恒河水一样。”

“真的吗？”

“你……为我做了这么多。下一次我看见你的时候，我也要为你做很多很多事。还有伊恩先生。我也想让你们感觉到重生。”

玛蒂也想重生。她明白他说的话的意思。她希望有一天醒来，一切都会不同，一切都和以前不一样。

“我会想你的，卢比。”她说，咬住嘴唇，不让自己哭出来。

卢比的微笑也消失了，他伸出手，他们紧紧牵着，谁都不愿意从许愿树上爬下来，在这里，他们感觉离重生之路是那么近，又那么远。

中国香港

痛苦与快乐

风吹动着树叶，这是来自北方的风，来自中国内陆的风。风很轻柔，一点也不猛烈，但它却好像给他带来了一个答案——好像是在对他说着什么，又好像是凯特送给他的一份礼物。

"岁寒，然后知松柏之后凋也。"

——《论语》

酒店像是一把利剑直插夜晚的天空。这座超现代主义的大楼造型优美、耸入云霄，比周围六七幢摩天大楼都高。四十排巨大的窗户让这里的住客都能欣赏到香港市中心美丽的景色，尤其是在晚上，这里就像是一个小小的太阳系，到处都是明亮耀眼、光芒四射的星星，还有恒久不变的太阳。整个城市似乎都在燃烧着各种颜色和光彩。摩天大楼不仅仅是用钢筋和玻璃砌成的方正建筑，而是流动的，被成百上千万盏绿色、紫色、蓝色、红色的灯光照亮着，那光亮反射在云朵上、附近的海面和山峦上，构造了一幅现代主义的图画，仿佛是科幻小说中才会存在的场景。

伊恩站在酒店房间的窗户边，用望远镜看着下面的世界。他的面前就是四座高楼，似乎都是公寓。很多房间都有大大的窗户，他看见窗户里面的一家人在吃晚餐、看电视，或是一起聚集在电脑的平板屏幕前。孩子们在房间里到处乱跑，妈妈在洗碗。爸爸用手机讲着电话，像是被关在笼子里的狮子一样走来走去。周围的人也在看着各自的景色，调整着各自手中的望远镜。

伊恩看着夜空中的城市。旁边的几幢楼房应该都是住着富人家庭，因为这些公寓似乎都有很多大房间。伊恩把望远镜调得更加清楚一些，看到了正在嬉笑打闹的孩子。他看到两个男孩子折着纸飞机，把它们在房间里到处乱扔。一个男人和一个女人坐在他们旁边，应该是父母，正喝着酒，笑着看着孩子们滑稽的动作。

伊恩把望远镜转了个方向，寻找那些亮着灯、特别显眼的窗户，当他意识到旁边楼房里有一个女人正拿着望远镜看着自己时，他停下来，往后退了一步，笨手笨脚地摸着睡衣上的扣子看有没有扣好，然后又把眼睛凑到望远镜上。那个女人穿着一件黑色的晚礼服。头发盘了起来，黑色的鬈发用两根簪子别着。她朝他挥挥手，又把望远镜转到了别处。

过了一会儿，伊恩不再看了，便收起望远镜，朝沙发走去，玛蒂正坐在沙发上学习地理课本。她穿着睡衣，这件衣服是在纽约动物园买的，上面有各种非洲动物的图案。她的头发垂到了肩头，由于之前绑着麻花辫，所以还带着卷。他吻了吻她的头顶，抱着她。“需要帮忙吗，宝贝？”

“不用了。”

“你在学什么？”

她把书合上，原本书翻开到的是印度地图的那一页。“我们不应该把他扔下，爸爸。他是那么孤独。”

伊恩叹了一口气，揉揉额头，希望现在手上能有一片抗酸药。“小袋鼠，三天前他无家可归，在河里游泳，找死人的金牙。今天晚上，他有了一张床可以睡觉，肚子吃得饱饱的，还有一群小伙伴在身边。而且，他还有自己的银行户头，里面有不少钱。我觉得我们已经做了不少了。”

“但是，如果——”

“而且，宝贝，我们会和孤儿院一直保持联系。我们会保证他的生活很好。等我们回到美国以后，我们就去帮他找一户愿意收养他的人家。”

“咱们家怎么样？”

“像我这样没有妻子的单身汉是没有办法收养一个孩子的，小袋鼠。”

她转过身。“那么我们也就没有家，对不对？”

“什么？”

“如果他们不愿意把卢比交给我们，那就说明他们认为我们并不是一个家。”

“谁这么想，他就是傻瓜。”他回答，往后靠，好看着她整张脸，“你不是这么想的吧？”

她擦了擦眼睛。“我不知道。我觉得……可能我们只算半个家。”

“半个家？”

“他们可能就是这么想的。所以才不愿意把卢比交给我们。”

“胡说。”

“才不是！”

他叹了一口气，看着天花板，很想骂一骂住在上面的那些神灵。“你看到他的笑容了吗？他那么高兴，好像一只在微风中飞舞的蝴蝶。我们让他高兴起来，你让他高兴起来，就好像你妈妈也会希望你高兴一样。”

“我不觉得高兴。我们不应该扔下他。我们就和其他人一样，把他丢下了。”

伊恩越来越生气了。他不想对着玛蒂大吼，说出什么让自己后悔的话，便站起身来，走进浴室，拿了一片抗酸药嚼下去。他洗了一把脸，花了几分钟冷静下来，才重新回到女儿身边，他不想和她争吵，他记忆中和凯特曾经有过的争执像是锋芒一样刺痛着他的灵魂。“要不明天我们去给卢比买点东西吧？”他问，朝她靠过去。“要不我们再给他买几套衣服，还可以……要不买几只玩具恐龙？我们可以给他寄个包裹，过几天，他就能收到了。”

玛蒂抬起头看着他，睁大眼睛。“真的吗？我们可以吗？我们可以给他买几条小恐龙？可不可以明天一起床就出发？”

“当然可以，宝贝。我们明天就去找恐龙。你想当前哨吗？”

“乐意之至，船长。”

他抱着她，还在想着她之前说的没有一个家的那些话。“那我们睡觉吧。”他说，牵着她的手站起来，“我觉得，如果我们明天要很早起床去找恐龙的话，那一定要早点睡觉才行。”

“好的，爸爸。”

他把她举起来，抱到床上，然后躺在她身边，把被子盖好。她让他讲一个故事，他只好把怀疑和痛苦的念头推到一旁，冥思苦想应该讲一个什么故事。他给她讲了一个开卡车的小女孩的故事，她本来应该开着卡车，把猪、牛、鸡和火鸡送到城市，那里的人们要吃肉。但她并没有按照承诺把这些动物送到，而是开车载着它们来到了一个秘密山谷，在一片无边无际的草地和湖水中，把它们放生了。一到夏天，她就来和它们住在一起，等到夏天结束了再回家，后来，她慢慢长大了，也把自己的孩子带来。那片山谷、那些动物，还有她的孩子——一切都随着时间的流逝，一周、一月、一年的过去而变得更加美好。而她也越来越幸福，因为有这么多的爱围绕着她。

玛蒂笑了，把头靠在伊恩胸前，睡着了。伊恩也试着去睡，但却没有办法控制自己的思绪。他悄悄从床上爬下来，回到望远镜前面。他在下面的一片灯海中寻找着一个个的家庭。很多人已经睡了，但也有些人还没睡，他们坐在桌子旁边，用筷子从五颜六色的盘子里夹东西吃。这些人都笑着；但也有时候好像是在争吵。并不是每一个家庭看上去都很珍惜他们在一起的时光，但他们的确是在一起的，这种团聚让伊恩看到了某种特殊的美，这种美不是某个画家的精妙画技或是设计师的伟大设计所能创造出来的，创造它的是彼此之间相亲相爱的家人，即便他们并不总是能意识到这种爱。

伊恩继续看着那些家庭。对面比他低七八层楼的地方，一位妈妈正笑着去捏她小女儿的脸蛋。伊恩想起来，凯特以前也是这样捏玛蒂的。他想起有一年万圣节，玛蒂扮成一只大黄蜂，凯特就老是喜欢去捏她的小脸。有那么一刻，他突然觉得很慌张，他不知道那套大黄蜂的衣服现在在哪，他害怕如果把它弄丢了，那么他对那段时光的记忆也就会慢慢消失。

楼下的那个女人一只手抱着自己的女儿，一只手去挠她的肚皮。伊恩又想起凯特也这样挠过玛蒂，他想起了玛蒂所失去的一切。这样的想法沉重得让他难以承受，他慢慢跪到地上，望远镜也转向了一颗星星也没有的夜空。他不知道如何才能让玛蒂感觉到他们是一个家，不仅仅是一个父亲和一个女儿，而是能一起欢笑、一起梦想的一个家。

这家水上餐厅位于码头的尽头，有一条走道可以从岸边走到船上，但也有十几艘小木筏可以把人送到餐厅最低层的楼梯旁边。这些小木筏一刻不停，在岸边、不同的码头和大船之间来回运送着乘客。很多船的边上都装着汽车轮胎，似乎船长们都很担心自己的船会撞上什么。

玛蒂和伊恩坐在楼顶的桌子边，玛蒂看着整个港口。香港一幢幢的摩天大楼似乎都是从海里升起来的，直冲云霄，甚至遮住了背后更高的高山。白天的景色比前一天晚上更加壮观。她还从来没有见过哪个城市像香港这般闪亮。摩天大楼一点也不旧、不脏，而是崭新的、闪闪发亮的——充分证明了人类无限的创造力和干劲。

餐厅里坐满了好几百个中国人，很多看上去都是做生意的。很多男人穿着正式的西装，飞快地吃着东西。女人们也大多穿着深色的衣服——衬衫和西裤，远比不上高楼大厦那般多姿多彩。桌子之间只相隔几英尺的距离，玛蒂能够听到周围用各种方言进行的交谈。虽然她往常在这样的地方，会觉得身上的牛仔裤和蓝色T恤衫很不合时宜，但现在，她腿边放着的好几个购物袋却让她开心得无暇顾及这些了。袋子里都是给卢比买的礼物——三套衣服、一块手表，当然还有最重要的，各种恐龙玩具。他们花了整整一个上午的时间才买齐这些东西。

经过上午的奔走，现在他们都很饿了。玛蒂看着餐桌，不敢相信居然有如此多各色各样的美食。首先是用小木筐和塑料碗碟端上来的小份开胃菜，有蒸虾饺、卷肠粉、夹着麻辣肉片的烤面包、糖醋鱿鱼、炸凤爪、用荷叶包着的时令蔬菜、蛋挞、甜姜汁配豆腐，还有芒果布丁。玛蒂把每样东西都尝了尝，不过没有尝炸凤爪。服务员给他们介绍过，说这很好吃，于是伊恩便点了一份。他很勇敢，首先就吃了半盘这个，才去吃别的东西。

玛蒂皱起眉头，鼻子上的小雀斑都挤到一起。“你疯了吗？你没看过鸡都是在哪里走路的吗？恶心。”

伊恩倒是又夹起一个鸡爪，大大地张开嘴巴。“你不吃真是太可惜了。”

“很恶心呢，爸爸。”

他咬了一口那鲜脆的筋骨，舔着嘴巴说：“哎，小袋鼠，不尝一尝鸡爪，就不算真正活过。你知道那句俗语啦，到了罗马，就要按照罗马人的做法，入乡就要随俗。”

“我们又不是在罗马。”

“但我们是在香港，这些厨师……实在是太神奇了。无论他们做什么，我们都应该尝一尝。不管是鸡脚，还是蜥蜴的嘴巴，或是鳝鱼的眼睛。”

“蜥蜴的嘴巴？”

“对啊。”

“爸爸，我们能不能快点走？我想把这些恐龙寄给卢比。”

“一两周之后他才能收到，宝贝。我们现在去寄和几个小时以后去寄是一样的。”

“你怎么知道？也许现在就有一趟送信的飞机正要飞往印度。”

他给她倒了一点茶。“马上，小袋鼠。马上，马上。”

“快点。”

他喝着茶，打开一份用荷叶包着的蒸菜花。“你妈妈一定会为你感到特别骄傲。”

“什么意思？”

“她让你去帮助别人。你做到了。”

玛蒂点点头，意识到他们还没有打开那两个写着香港的胶卷筒。“爸爸？”

“什么事，宝贝？”

“我们是不是应该看看妈妈想让我们在这里做什么？”

他看着背包，里面就装着那两个胶卷筒。“你觉得呢？我们可以现在就打开。或者等到晚上。”

“那现在就打开吧。反正还得等你要的鳝鱼眼睛。”

伊恩不知道是不是现在就应该把信打开，但既然玛蒂这么开心，他也就点点头。“想先看你的吗？”

“好的。”

他把背包拉链打开，递给她胶卷筒。玛蒂把面前的食物推到一边，打开了胶卷筒，小心翼翼地把里面的小纸卷铺平。妈妈熟悉的字迹几乎让她的心跳都停止了。

玛蒂：

我的宝贝女儿，你觉得印度怎么样？当你看到泰姬陵的时候，有什么样的感受？你是不是觉得飘到了空中？那样的景色有没有让你想到爱？想到魔法？我敢肯定，你心中的那个小艺术家也一定受到了一些启发吧。也许你还坐下来，把它画在了纸上。也许在那一刻，你会明白艺术家的能力。艺术是人类最美丽、最长久的成就之一。玛蒂，你不需要为自己的画技感到害羞。我知道，要和别人分享、要向世界敞开自己的心灵需要勇气。但是，真的，真正重要的是你要喜欢自己的创造。如果你的画给你带来了快乐，那么你就应该把画笔永远用下去。

你还记得那年夏天，我想让你从跳水板上跳下去的情形吗？你刚刚学会游泳，站在跳水板的边上，看着深深的水底，你是那么害怕。你一次次走到跳水板的边缘，看着下面的水，但始终不敢跳下来，尽管我会在下面接住你。有时候，你后面的小朋友会笑话你，我知道你听到了那些嘲笑，但你还是一次次地走上跳板。每一次，你走到跳板尽头的时候，我都为你感到自豪，因为我知道开始那段旅程和结束它一样让人害怕。

还记得那天晚上，正是夏天快要过完的时候，我们一起走上了跳板，讨论着到底要不要跳。最后，大家都走了，只剩下你和我。你又一次走上了跳板，终于跳了出去。你在空中飞舞。落水的时候溅起大大的水花。你开始大笑。笑啊，笑啊。那天晚上，我们又跳了很多很多次。至少有五十次。救生员都已经准备回家了，但他之前看到我们在跳板上犹豫，看到你很想跳。于是便特别允许我们多待一会。我们全身冷得发抖，皮肤都泡皱了，像是葡萄干一样，但我们还是跳啊，笑啊，相互给对方泼水。那是我生命中最快乐的一个夜晚。

如果你又遇到了这样的情形，想一想我们在泳池跳水的那天晚上。想一想跳进水中的那一刻是多么开心，夜深人静的时候我们却在水里嬉戏，那是多么好玩。不要害怕跳出去，玛蒂。

我是那么爱你。你是我生命中的光，无论你的光芒以后照射在谁的身上，你都会永远成为我的这道光。你让一切成长、茁壮。你让这个世界更加美好。

我爱你，就像沙贾汗大帝爱着亚珠曼德那样。我也给你修建了一个漂亮的地方，就像泰姬陵那么漂亮，它就在我的心里。

妈妈

玛蒂把妈妈的信看了两遍。她周围，吃饭的人们来了又走，碗碟里的美食或是被人吃掉，或是放到变得冰冷。天上的云朵散去，露出靛蓝的天空，摩天大楼似乎更加光芒四射了。

玛蒂把信纸卷好，重新放进胶卷筒，看着爸爸。“妈妈希望我……不要害怕。”

“她说了些什么，小袋鼠？”

玛蒂看着一艘小船朝深海划去。“她给我讲了以前她是怎么教我从跳水板上跳水的事情。我当时非常害怕，但最后还是跳下去了。终于跳下去了。她希望我不要停下来。”

伊恩握着她的手。“我也希望你不要停下来，宝贝。”

“快看你的信，爸爸。看她写了些什么。”

他打开胶卷筒，既兴奋又害怕，想知道凯特到底写了些什么。他想看到她在纸上留下的字迹，但他担心自己会伤心，因为她写给自己的信又少了一封。

伊恩：

今天晚上我累极了。我感觉就像是一条被成百上千万人踏过的旧木板。我筋疲力尽，我知道自己撑不了太久了。

你刚刚抱着睡着的玛蒂回家了。你是一个了不起的父亲，千万不要小看了自己。你并不总是在我们身边，我知道。但你做的一切都是为了我们的家更好，而你也成功了。玛蒂对你的爱就和她对我的爱一样。你也许不相信，她也许并没有一直都表现出来，但这确实是真的。

我很担心你，我的爱人。我希望你能帮我做一件事情——可能不会很容易。我不知道你还记不记得，我的朋友乔治娅和她的女儿霍莉现在就住在香港，乔治娅在银行上班。你还记得我们和她们在周末一起出去玩吗？霍莉和玛蒂玩得是那么开心，而乔治娅也从我最好的朋友变成了我们全家人的朋友。你和我一样，也很喜欢她。

我永远都不会明白弗兰克为什么要背叛她。他让她内心的某个部分心如死灰，但她仍然很坚强。她带着霍莉搬到了香港。现在，她已经在那里住了两年了。

在过去的这几个月里，我每周都要给她发几封电子邮件。她真是一个好朋友。可以说，是一个真正的朋友。她想来看我，但我不想她来，我不想让她看到我现在的这个样子。

无论如何，我现在以你的爱人和你最好朋友的身份，请求你，在你们离开香港之前，去看一看乔治娅和霍莉。我希望你能和另外一个女人一起开心地笑一笑，伊恩。我知道你会躲着这种事情，会逃避。但乔治娅和我是一起长大的。她让我觉得很开心。而且我知道，她也会让你开心的。开心去笑不是错事，我的爱人。它并不意味着背叛，或是屈服，只会让我们都更加坚强。它意味着我们选择了生活，而不是死亡。

我在下面的诗里也写了一些这样的想法。这首诗是这样的：

明天

昨天，我感觉到你的轻抚，
我听到了你的欢笑，
你看着我时，我看着你。
昨天，我的梦都是真的。
我梦到了你，
梦到了你和我在一起。

昨天，我从来没有想过明天。
只想着那一刻，
我们的思想、我们的身影、我们的爱交融在一起。

现在到了今天。
新一天的黎明却更加黑暗。
我不想跨越这个界限。
今天痛苦而悲伤。
我的很多梦想都破灭。
粉碎。
但还有很多梦想仍在。
像是春天在积雪下发芽的郁金香。

今天，我还有希望。
为了你。

为了玛蒂。

明天，你必须抛开一切。

抛开我。

抛开我们。

你可以在一个秘密的地方抱着我。

但在公开的地方，你必须抱着别人。

明天，你必须再次欢笑。

你必须牵起另一个人的手。

明天，你的心必须欢快起来，

必须足够宽广，才能容下超越我们的爱，

必须足够坚强，才能迎接那样的爱。

你不会忘记昨天。

我们的爱永远不会消失，也不会减弱。

我们是一体的，也会永远如此——

我们是同一本书中不同的页。

但生命很长，你不应该独自走过。

请你不要独自走过。

再去寻找幸福吧。

找到另一个版本的我们。
在那个版本中，
庆祝我们曾经有过的日子，
我们一起创造的生活，
我们相伴走过的道路。

只有当你感到幸福，你才能在回忆我的时候，再次露出微笑。
我希望能在天堂看到你的微笑。

我希望看到你的重生。
带着记忆，
带着欢乐，
带着希望。

记住……
爱是不受驯服的狂野，
是奔涌向前的河流，
是永不反悔的承诺。
我爱你。

伊恩拿着信，努力不让自己露出任何表情。他和乔治娅很熟，知道她是一个迷人、聪慧、漂亮的女人。他明白凯特想要他干什么，但他并不想去做。实际上，仅仅是这样的想法都让他觉得自己背叛了凯特。他和凯特之间的爱是无法复制的，他觉得凯特提起乔治娅的时候一定是在犯糊涂，仿佛他能轻易地将伴侣从一个女人换到另一个女人。

伊恩把信放回胶卷筒，试着笑了笑，对玛蒂撒了个谎。他觉得凯特应该没有跟玛蒂提过霍莉，否则玛蒂一定会说些什么的。她会很兴奋。所以，到底要不要去见他们的老朋友就完全取决于伊恩了。

他喝着茶，用茶杯遮着脸。她对我提出的要求太多了，他想。太多太多了。这不对。我一点也不想去见乔治娅，虽然我一直以来和她是朋友，虽然玛蒂也会和霍莉玩得很开心，但我还是不愿意去。

“怎么了，爸爸？”玛蒂问，伸出手抓住他的胳膊，把茶杯从他嘴边拿走了。

“没什么，宝贝。什么事情也没有。”

“她还说了些什么？告诉我她说了些什么。”

伊恩叹了一口气，希望还有更多的时间思考，比较一下各种回答。“是个惊喜。她希望我给你一个惊喜。”

“什么惊喜？”

“别再问了，小袋鼠。我很快就会告诉你，我保证。”

“为什么不能现在说？”

他看到一位服务员，做出买单的手势。“我们去给卢比寄包裹，然后做一点学校里的作业，也许我会在吃晚饭的时候告诉你。”

“爸爸！”

“我说了，宝贝。现在不能和我讨价还价。”

“还要写作业？”

“这周我们要学习光合作用了。”

玛蒂伸出手去拿给卢比的东西。“好吧，但是我想在寄包裹之前给他画一幅画。我会加快速度的。”

“要不画从这里望出去的景色？让他好好看一看香港。”

“可以啊。”

玛蒂在面前清出一块地方，伊恩继续看着她的脸，如果她见到霍莉一定会非常开心的，但他并不愿意去见乔治娅，伊恩比较着这两个选择。他知道，如果下午能去见一见霍莉，玛蒂会和她玩得非常高兴。但他不想向乔治娅走去，因为这样好像是在从凯特身边走开。一想到从她身边走开，伊恩就觉得很脆弱。他不能同意她的提议——他的心里再也没有能够容下另一个女人的地方。永远都不可能。

他们还在一起的时候，凯特往往都是对的一方，但这一次，她却看错了他的心。他的心不可能再接受一段新的爱情，无论是乔治娅，还是其他什么人。他的心可不是一幢敞着门的房子——无论谁想进来，都无阻拦地接收。

无论他内心还有多少力量、多少希望、多少爱，都只会留给玛蒂。他的心永远只向玛蒂、向她的妈妈敞开。但对其他任何人，他只会关上心门。

整个夜晚好像都充满着矛盾。酒店的房间很冷，但香港岛上依然炎热潮湿。太阳已经落山，所有的高楼却被灯光照得通亮，闪闪发光，好像是挂着节日的彩灯。虽然楼下的出租车、火车和轮船川流不息，但在四十层的高楼之上，窗户紧闭，只能听见空调低沉的嗡嗡声。

伊恩躺在床上，玛蒂的身边，他闭着眼睛，脑子却很清醒。虽然现在已经过了半夜，他还是无法入睡。他从卢比想到玛蒂，又想到凯特提出的那个请求。他不知道还要怎么去帮助卢比，但他知道必须继续帮助他。他不知道怎样才能让玛蒂多笑笑。他想起了凯特和乔治娅以前在一起说笑的样子，他的妻子是那么的生气勃勃。

伊恩在确定玛蒂已经睡着以后，小心地从床上爬下来。他看见了大窗户边的望远镜，但他还是决定不去偷看别人家的生活。他走到浴室。虽然他很想把浴缸放满热水，好好地泡个澡，但又不想吵醒玛蒂。于是，他只是吃了两片抗酸药，然后走回房间，坐在窗户旁的一张椅子上。

钱包就放在旁边的桌子上，他把里面凯特的照片拿出来，抚摸着照片上她的脸庞。不知道当自己临终之时，是不是还会记得这张脸。他还能够再见到她吗？哪怕是死去以后？

他弯下腰，揉着额头，多么希望能够回到过去，这样他就可以对她的病有更多的准备，能够找出救她的方法。他一直都很聪明——考试总能过关，所有人都说不可能的时候他还是成功建立起了公司。但他却没有能够救活凯特。他被她复杂的病情和医生们相互矛盾的建议弄糊涂了。虽然他一直都相信科学的力量，但科学却没有救活凯特。他曾经周游世界，建立公司，雇佣员工，却没有办法救活妻子。他宁愿用所有的成就去弥补这个遗憾。

伊恩深吸了几口气，咬着嘴唇，他的情绪混杂着愧疚、混乱、愤怒和伤心。他把凯特的照片放到一旁，用手指梳理着头发，转过身看着玛蒂。她躺在床上，把被子拉到下巴边，就像一个裹在棉被里的小天使。

凯特，我永远也不会离开你，去找另外一个人，伊恩又一次看着夜空这样想。我们有过的爱是任何东西都无法取代的。你弄错了，错得很离谱，但我会按照你的愿望去做。我明天就给乔治娅发一封电子邮件。以前玛蒂和霍莉在一起玩的时候是那么开心，我也希望看到我们的小女儿再次开心起来。我知道，你也想。在这个世界上，我们最希望的就是让她开心。

但是我必须告诉她，我的爱，我们不能永远旅行，很快我们就要回到现实，回到学校和工作中。她必须和霍莉说再见，就像她对卢比说再见那样。如果她觉得她美国的朋友们都有着完美的生活，那我们也只好找出在那种完美中生存的方法。

但我永远都不会离开你。我心中还剩下的爱都会给玛蒂。她比其他任何人都更加需要爱。现在来说，这是我觉得唯一一件重要的事情。我知道我让你失望了，但我不会让她失望。无论我成为什么样子，我都不会让我们的女儿失望。我们创造了她，她是我们最棒的成就。只要有她，总有一天，我也会在回忆的时候露出微笑，我不需要另一个女人的爱。这就是她赐予给我的，也让我得以继续前进。

我是那么那么爱你，凯特。我现在要去睡了。请在我的梦中来找我。像你以前来找我那样，背后藏着一个惊喜，或是你找到的一朵鲜花，或是满手的冰块。我都不介意。只要来找我就好。

城市上面的山顶展示了香港的另外一面——一个几乎被摩天大楼完全包围的巨大港口。这里的景色与玛蒂和伊恩在喜马拉雅山区看到的景色完全相反。在尼泊尔，自然主宰着一切。而在香港，人类征服了自然。海水、山峦和天空都很美，但只是城市的背景。一幢幢冲上云霄的摩天大楼像是茂密森林中争取更多阳光的大树。各种船只在港口来往。飞机在天空中飞过，留下纵横交错的痕迹。

伊恩、玛蒂、乔治娅和霍莉来玩的这个公园到处都是岩石、滑梯和秋千。旁边有十几个小孩，很多正在从一块石头上跳到另一块石头上。伊恩看着霍莉和玛蒂一起荡着秋千。两个孩子刚一见面时还很沉默，但那沉默只持续了几分钟时间。现在，她们一起笑着、玩着，好像她们这辈子的每一刻都是这样度过的。

伊恩转过身看着乔治娅，她坐在他旁边的一张石凳上。她和他记忆中的模样差不多——顺直的红色头发梳到后面，绑成一个马尾，她的皮肤很白，眼睛是淡绿色的，有着运动员一样的身材。她穿着一件和眼睛颜色一样的无袖裙子，手腕上戴着一个银色的古香古色的手镯，耳朵上戴着镶玉的银耳环。她穿着象牙白的矮跟鞋，脚指甲经过了精心修饰。

伊恩从来对衣着打扮没有什么兴趣，但他看着自己身上的牛仔裤和一件夏威夷风格的旧T恤，觉得在这样的场合下，自己的穿着实在是太寒酸了。毕竟他们是在香港，全世界最时尚的都市之一。他和玛蒂却打扮得像是要去钓鱼一样。

“玛蒂看上去很好。”乔治娅说，声音低沉而柔和，她双腿交叉，纤细的小腿露在阳光下面。“你一定很为她骄傲，伊恩。”

他笑了，他很高兴，因为几分钟之前乔治娅抱着玛蒂，把玛蒂的头发拨到后面，告诉她一切都会很好。“霍莉，”他回答，“她就跟你一样。有其母必有其女。”

“也不完全是。跟我还是不一样的，不过那也好。”

霍莉笑着，伊恩看着她荡着秋千。她穿着白色的紧身裤、格子裙、深红色衬衫，脚蹬黑色小皮鞋。她的头发也是红色的，比乔治娅的发色浅一些，用发夹别在两边。她的头发是卷着的，很短，很像一个世纪以前模特们时兴的发型。

“霍莉看上去很开心。”他一边说，一边想，霍莉只比玛蒂大几个月，却显得更加自信、更加成熟。

乔治娅喝着一瓶矿泉水。“确实。香港的生活很适合她，非常适合。当然，一开始也很难。但是去年一整年她都很开心。她喜欢她的学校和她的朋友们，甚至学起了中国话。”

一对老两口从他们身边走过——老太太打着一把遮阳伞——伊恩不知道乔治娅是怎么让霍莉的生活充满如此多欢乐的。“那你喜欢这里吗？”

乔治娅把水瓶放下。“喜欢。这里是一个全新的开始。在西雅图，我努力让每个人都开心。但是……但是弗兰克对这个漠不关心。所以，当这里的银行给了我一份工作，一份很好的工作时，我就接受了。我不想家。”

“为什么？”

她看着远方，脖子显得纤细而优雅。“因为家里的一切并不像我预料的那样美好。”

他想起有一天晚上，乔治娅深夜给凯特打了一个电话，凯特之后和他谈过。当时乔治娅马上就要生孩子了，却发现弗兰克和他公司的实习生背叛了自己。那一整晚，凯特都在劝她，和她一起流泪，支持她。乔治娅一直都没有想过和弗兰克永远待在一起。但她也不知道要如何离开他。最后还是凯特帮了她的忙。

在后来那一年中，伊恩、凯特和玛蒂经常都会去找乔治娅和霍莉。两个女孩子六岁的时候，他们一起去了迪斯尼乐园庆祝生日。后来，乔治娅因为工作原因去了纽约，她也会经常带上霍莉住在凯特和伊恩家里。从某个角度来看，玛蒂和霍莉是一起长大的，更像是表姐妹而不仅仅是好朋友。她们从来没有在一间教室里上课，但经常在节假日见面，有时候还一起睡在同一个房间。

乔治娅转过身看着伊恩，她伸出手想去握他的手，但最后还是缩了回去。“我很想去纽约，我想去帮她。但凯特不让我去，我不知道是为什么。我一遍又一遍地问她，但她总是不回答。所以我们……我们在电话里说了最后一句再见。这太可怕了。”

伊恩点点头。“我也很抱歉。我也想让她改变主意。”

“但是为什么呢？为什么她不让我去？”

他看到她的眼中泛着泪光，微微摇着头。“我想她作出这个决定也不容易，”他回答，“凯特在最后的日子里一心想着的就是我和玛蒂。她计划了这次旅行。还做了其他很多很多事情。她知道自己的时间不多了，所以她……把精力都放在我们身上。顾不上朋友或是亲戚。她只跟我说了一两次，让我和我的父母和好，没有别的了。”

乔治娅落下一滴眼泪。她揉着眼睛，把睫毛膏都弄花了。“凯特帮助过我。当弗兰克……那样做的时候，她帮助了我。每一天。我是那么需要她……而她就在我身边。但我却没有帮助她。虽然我很想去帮她。这让我觉得心里空荡荡的。”

伊恩把手伸到背包里，拿出一张纸巾递给她。“你不会想让霍莉看到那一幕的，”他压低了声音说，“相信我，你没有去是对的。有时候玛蒂还会做噩梦，梦到凯特身上的那些输液管……梦到凯特逐渐衰弱的样子。我想，这也是凯特不想让你去的一个原因吧。”

乔治娅用纸巾擦着眼睛，把目光从他身上移开。“你知道吗，我有一次给你发过一封电子邮件，说想去看你们。你却没有给我回信，老实说，我觉得有点伤心。”

他用大拇指搓着手掌。“我……我当时心里太乱了。不知道该说些什么。”

“所以你就什么都不说？”

他等到她的视线回到自己身上以后才说。“我当时迷失了自我。现在也依然。但我真的很抱歉，那样子太没有礼貌了。”

她点点头，吸了吸鼻子。“玛蒂怎么样？”

他又道了一次歉，然后看着自己的女儿爬到一块大石头的最上面，把手伸给霍莉。“我也不知道。这趟旅行——我觉得还不错，有一些改变。但我希望她能多笑笑，希望她在同龄的小孩子中间不会觉得自己很不同，很老气。”

乔治娅的手机响了，但她把它设成了静音。“不同也不一定就是一件坏事，伊恩。凯特就很与众不同。你觉得有多少从大学毕业的女孩子会跳上一架飞机，飞去日本呢？当时她没有工作，也不会说日语，但她还是去了。然后在那里遇到了你。”

“凯特没有经历母亲的过世。”

“但至少玛蒂还有你。这就足够了。你觉得，当霍莉发现爸爸更关心赚钱而不是和她在一起的时候，她不伤心吗？我丈夫和我离婚的时候她不伤心吗？她当然很伤心。这些都伤害到了她。但小孩子的恢复能力是很强的，比大人强多了。虽然霍莉有时候想起爸爸的时候也会哭，但我才是真正害怕的那个人，我从此以后再也不敢约会，再也不敢相信任何男人了。霍莉在很久以前就已经看开了。玛蒂也一定会看开。”

“但是——”

“日子会一天天过去，一周又一周，一月又一月，一年又一年。

玛蒂的伤心……按照一般情况……也会过去。在她内心所剩余的东西不会拖累她的人生，也不会束缚她。相信我，伊恩。我很了解玛蒂，我知道她一定会再次开心起来的。"

伊恩很想相信她的话。他想让她再把每句话的每个字重复一遍，把她的这些看法写下来，好让他每天早上都看一遍。他谢了她，稍稍转过身去看着自己的女儿，玛蒂正头朝下趴在滑梯的最顶端，准备朝等在下面的霍莉俯身滑去。

几个钟头以后，伊恩、玛蒂、乔治娅和霍莉朝市中心走去。霍莉充当着小向导，她牵着玛蒂的手，也沿着人行道的台阶往下走，和人行道平行的是几台电子扶梯，扶梯上都是生意人模样的行人，他们正从市中心往位于山上的家中匆匆赶去。扶梯没有台阶，而是有点陡的平滑道。钢筋玻璃的顶棚保护着电梯不受雨淋，但扶手两边却没有任何遮蔽。

电子扶梯旁边的步行道铺着地砖，很宽敞。霍莉显然已经形成了自己走路的节奏，连走四步然后往下爬一级台阶，一遍又一遍地重复着这个过程。"玛蒂，每一天这些电梯都从山上往山下开，从上午六点开到十点。"霍莉说，她的语速和她的脚步一样快。"他们把所有上班的人都送到山下。然后这些电梯会改变方向，从上午十点到半夜十二点，从山下开往山上，把人们送回家。我妈妈和我每天都坐这些电梯去上班、上学。我们基本不会像现在这样走楼梯。但因为我们现在是往市中心走，别人都是从市中心离开，所以我们的方向是错的，只好走啊，走啊，走啊。"

玛蒂笑了，看着购物归来或是下班回家的人坐着电梯往山上走。

很多乘客正在看杂志或报纸。其他人则在用手机打电话，发短信，或是相互聊天。“我想和他们比一比，”玛蒂说，“从山脚一直爬到山顶。”

“可以啊，吃完晚饭以后，你可以一直爬到你住的酒店。”霍莉从人行道上下来，过了一条街，又走上了另一段台阶。她朝旁边一台电梯上的一个中国女孩子招了招手，用粤语和她打招呼。“她是小莲，”霍莉说，“是我学校的同学。她有七个兄弟姐妹。想想看——我猜他们家一天光卫生纸都要用掉好多卷。”

“你……你会说中文？”

“我会说一点粤语。这是中文的一种。等你习惯以后，其实也没有那么难，至少比不上去学怎么在水下说话一样。”

玛蒂的目光从霍莉梳得整齐漂亮的头发，看到她的白色窄腿裤，再看到她的格子裙。玛蒂也希望自己会说粤语，希望自己每天都能坐着电梯去学校。她回过头看着爸爸，爸爸正在和乔治娅聊天。“你喜欢住在这里吗？”玛蒂问，看着旁边街道上一辆黄色的双层大巴开过。

霍莉笑着点点头。“还记得我们去过的迪斯尼乐园吗？香港就有点像是一个大的迪斯尼乐园。只不过这里没有米老鼠。”

“也没有睡美人。”

“也没有小美人鱼，或是白雪公主。”

玛蒂笑了。“也许我们可以像以前那样装扮一下。”

“我们可以开个舞会，就在我住的地方开。我可以借你我的中式裙子。”

“真的吗？”

霍莉朝一群女孩子打招呼，她们把一根很长的绳子系在一处停车场周围的铁链栏杆上。一个女孩子握着长绳的另一端，抡着绳子。两个女孩子正在跳绳，另外两个女孩子在旁边等着。“那些都是我的朋友，”霍莉说，“想认识她们吗？”

“好呀。”

霍莉去问她妈妈，她们可不可以玩一小会。然后牵着玛蒂的手，带她过了马路，走过一家露天的餐厅，朝停车场走去。她走到那个几乎是空着的停车场以后，用普通话和同学打了个招呼，又用英语补充了几句。“这是我的朋友玛蒂，是从纽约来的。”

那些女孩子都穿着校服，蓝色衬衫的外面是灰色无袖的套裙，还扎着深红色的小领带——她们都停下来，用英语向玛蒂问好。玛蒂很惊讶，因为每个人看上去都是那么漂亮，头发梳得整整齐齐，都穿着白袜子和黑皮鞋。她觉得自己身上的旧牛仔裤、T恤衫和歪歪扭扭的麻花辫很傻。她多么希望妈妈那天早上也能给她打扮打扮。她向大家问了好，便走到队伍的最后面。她看到爸爸正专心地看着她。

很快绳子又抡了起来。霍莉的朋友们笑着，用双脚或是单脚跳着，她们转来转去，用英语重复说着一些歌谣，让玛蒂咯咯直笑。轮到她跳了，她走到绳子旁边，看着它在头顶和身边来回翻滚。她精确地计算着自己应该什么时候起跳，霍莉和那些女孩子则开始念：“火警，火警，假警报。波比抱着玛蒂笑。他们亲了多少下？一，二，三，四，五，六，七，八——”

玛蒂的脚绊到了绳子，女孩子们立刻停止了数数。玛蒂的脸都红了。“这个游戏是不是很傻？”霍莉说，“我们在学校老是玩这个，而且编很多新歌。编了一首又一首。”

“我要看你跳。”玛蒂说，她很想参与到唱歌的行列中。

轮到霍莉跳了，她的朋友们声音越来越大，跳绳也越抡越快，霍莉哈哈大笑，一直跳到跌了一跤，然后轮到其他女孩子。十步开外，伊恩看着这一切，笑着，他很庆幸自己最终联系了乔治娅。

女孩子们继续笑着，唱着，直到一个女人的声音从头顶某个地方响起。两个女孩子回答了一声，然后她们说了句再见，把绳子收起来，朝电梯走去。霍莉和玛蒂也和剩下的女孩子们道别，然后跟着乔治娅和伊恩走回了人行道。她们又往山下走了五分钟，走到了电梯的尽头。前方都是平坦的大路，到处都是摩天高楼。

乔治娅带着他们走进一幢钢筋玻璃的建筑。他们乘坐电梯来到楼顶的餐厅，从这里可以看到港口的部分景色。成百上千位衣着时髦的顾客坐在精致的餐桌旁，桌上摆着各种汤，还有整条的鱼、饺子、热气腾腾的蔬菜、油炸大虾，还有各种头脑所能想象到的美食餐点。

服务员带着他们坐到远处窗户旁边的一张桌子。伊恩帮着玛蒂坐在椅子上，不知道自己是不是也应该帮乔治娅把椅子拉开。看着周围也许会被浪费掉的大堆美食，他突然想起了卢比，不知道他现在怎么样。就在那天早上，在他们和乔治娅、霍莉碰面之前，他们又给卢比寄了一个包裹。这个包裹里面是给他和孤儿院的小朋友买的书——有关于英语学习的，还有科普、数学和艺术方面的。买书是玛蒂的主意，她还在包裹里又给卢比寄了一张画——画着香港的夜景。

服务员把菜单递给他们，两个小姑娘又开始笑起来。“你们两个小家伙到底在笑什么？”伊恩问，装出气愤的样子。

玛蒂咬紧嘴唇，还在偷偷笑着。“我告诉霍莉你是怎么吃鸡爪的。”

他揉着肚子。“你告诉她了？其实很好吃，真的好美味。实际上，我觉得我今天还要点一份。”

“爸爸！”

伊恩把餐巾放在膝盖上。“你看，霍莉，我们这只小袋鼠都不敢尝试这么美味的食物。要不你替她点一些好玩的东西，让她试一试？”

霍莉笑着点点头。“要不来份蛇羹？或是皮蛋？”

“蛇羹？”玛蒂问，把面前的盘子推开。“我绝对不吃。”

伊恩笑了。“霍莉，你就用粤语来点。玛蒂永远都不会知道你点了些什么。”

两个小女孩继续说笑，乔治娅点了一杯红酒。伊恩则点了一瓶当地的啤酒。乔治娅朝伊恩笑了笑，他有点无所适从了。在凯特过世以后，和一位如此美丽的女士说笑，他觉得有点愧疚。当服务员把她的红酒端来以后，她举起酒杯，和他碰了个杯，长长地喝了一口。

伊恩觉得应该对乔治娅说点什么，也许可以感谢她。但他很矛盾。他内心的一部分不想和她在一起，不想让自己受到任何诱惑。但另一方面，他又很高兴他们在一起度过了一个愉快的下午，他需要让她知道他对她的感激。

服务员回来了，霍莉用普通话说了几句什么，边说边笑，把飘到脸上的刘海拨开。女服务员笑着离开了。“你点了些什么，霍莉公主？”乔治娅问，她察觉到了伊恩的不自在，想缓和他的情绪。

“这是秘密。”

“只有你一个人会说粤语，这不公平，”乔治娅说，“虽然我年纪大了，但并不意味着我就学不会新的语言了。”

霍莉耸耸肩。“那好呀，你可以和我一起学。我今天晚上就要考考你。”

“你点了蛇羹吗？”

“可能点了，也可能没点。”

玛蒂把椅子从霍莉身边挪开。“我可不想看到蛇。”

霍莉又把她的椅子朝玛蒂拉近。“不是那样的，傻瓜。蛇肉都是切好的，像是一块块的鸡肉。”

“但这不是鸡，是蛇。”

“但吃起来像鸡肉，真的非常好吃。”

“恶心。”

乔治娅转过身看着伊恩，伊恩正拿着一份菜单，眼睛却在看着霍莉手上的彩色指甲。“你想吃点什么？”

“不知道。我的脑子都是糊涂的。”

她翻开菜单，想着他们两家人之前一起去迪斯尼乐园时的情形。伊恩是个很好的父亲——逗得两个小姑娘哈哈笑，陪她们去玩所有的游乐项目。她真心为凯特感到开心，因为她找到了一个像伊恩这么好的男人。乔治娅不敢想象存在这样的男人。她认识的父亲中起码有一半人宁愿周末去打高尔夫球，也不愿意和家人待在一起。凯特一直告诉她，伊恩和那些男人不同。虽然经营公司占据了他很多时间，但只要他完成了工作，家庭就成为了他世界的中心。

即便是现在，他看上去也是那么不同。当然，在凯特过世以后，他一定也有所改变。但他现在似乎看起来有点不自在，似乎内心有些后悔来到这里。乔治娅继续看着菜单上的各种餐点，两个女孩子还在为蛇的事情说笑。不知道为什么，她突然想起来，在自己怀孕五个月的时候，她曾经要求丈夫和自己做爱。他们当时正在吃晚餐，她的这个提议让他出乎意料。他不敢看她的眼睛，只是说还有工作没有完成。一开始，乔治娅以为是怀孕让丈夫失去了这方面的兴趣。但一周又一周过去，他变得越来越冷淡。他下班回到家中总是垂头丧气，去上班的时候则是兴高采烈。一切都很奇怪——直到乔治娅在一个展览的开幕仪式上看到了他的实习助手，看到了他们相互看着对方的眼神。

从很多方面来看，伊恩现在的行为和弗兰克当时的行为很像。他看上去有些心不在焉，总是望着远处的天空，也许是希望自己能置身别处。他的身体远离着她的方向，似乎在避免和她靠得太近。他看上去比在公园里的时候更加不自在，她不知道发生了什么变化。她并不想他不自在，她希望能够让他放松一些，但又不至于过界。

“没关系的，伊恩，”她朝他靠过去，轻声说，“一切都会很好的。”

伊恩抬起头，看了一眼两个女孩子，然后看着乔治娅。他不知道她说的对不对，但他知道，为了玛蒂，他必须振作起来。“对不起，”他点着头回答，“我只是……只是不知道是该点海参还是燕窝羹。”

乔治娅笑了。“我可不会尝海参，吃上去就像是黏糊糊的橡胶。”

“你听到没有，小袋鼠？”他问，“乔治娅建议你点海参。”

“绝对不要点。”乔治娅举起酒杯回答。

玛蒂摇摇头，辫子来回甩动着。“我才不会相信他说的。”

乔治娅把酒杯放下。“你真是个聪明的孩子。”

服务员来点菜。玛蒂从包里拿出一支红色的铅笔，在霍莉面前的一张餐垫纸上画出了一只装着活蛇的碗。女孩子们笑了，伊恩看到玛蒂又恢复了同龄小孩的那种傻乎乎、幼稚，还有点聒噪的行为，他很高兴。在凯特生病前的每一天，她都是这个样子。这才是他宝贝的小女儿。

“我觉得霍莉的胃口都被你破坏了，小袋鼠，”他说，“你不能画点别的吗？”

“才不呢，船长。”玛蒂回答，递给霍莉一支蓝色铅笔。

“我来画海参，”霍莉说，“它们可以和你画的蛇一起联欢。”

“不错。”

伊恩笑了，内心感谢乔治娅提醒了他一个明显的事实——玛蒂玩得正开心。“你说的对，”他朝乔治娅举起酒杯，“一切都很好。”

她喝着酒。“我们已经是老朋友了，”她轻声说，“应该继续做好朋友。这就是我的想法。所以你不用担心。”

“我是个傻乎乎的澳大利亚人。有时候，我觉得，事情都需要明明白白的我才能懂。”

“凯特很擅长这个。”

“确实，她很擅长。”

“你知道吗？你是一个很棒的父亲。带着玛蒂绕过了半个地球，来到这里。做着这一切。”

他直视着她的眼睛。“你也一样。”

“我当时是在逃跑。”

“不是的，完全不是那样。你做的这一切都需要勇气。看看现在的你……这么漂亮、这么优雅。一个国际银行家。身边还有一个这么可爱的女儿。你做的一切……都带来了很好的结果。我觉得这不仅仅是运气。”

乔治娅笑着看着玛蒂画一个鸟窝。“她很棒。真的很棒。”

“你说的对，不过连我都不知道她那画画的本事是从哪里来的。反正凯特和我是什么都不会画的。”

“爸爸笨手笨脚的。”玛蒂笑着说。

“说什么呢，你个小家伙。”

服务员端着热气腾腾的开胃菜回来了，很快又端来一盘大份的主菜。她把碗碟放下，摆到每个人面前。玛蒂吃的是海鲈鱼、虾仁菜心和糖醋白菜——就是没有蛇羹。伊恩、玛蒂、乔治娅、霍莉就像是坐在他们周围的一个个家庭一样，笑着，分享着彼此的故事，品尝着传统美食，直到天色越来越暗。

吃完了晚餐，他们走出餐厅，玛蒂和霍莉央求各自的爸妈，希望第二天还能在一起玩。由于第二天正值星期六，所以乔治娅同意了这个请求。伊恩也同意了，还表示要帮助策划日程。玛蒂和霍莉互道再见，像两个最好的朋友那样相互拥抱。然后乔治娅和霍莉招手叫了一辆出租车，打算再去书店看一下，玛蒂和伊恩则朝电梯走去，所有的电梯都是在从山脚往山上开。

玛蒂牵着爸爸的手，带他过了马路，走上电梯。“真好玩。”她说，前后摇晃着，让伊恩想起了她以前活泼爱动的样子。

“霍莉人很好，对不对？”

“她让我开心极了。”

“我觉得你们两个都很开心。”

玛蒂点点头。“爸爸？”

“什么事，宝贝？”

“我觉得……觉得我们来这里妈妈会很开心的。因为我们一直都在告诉她。我们在许愿树上给她留了信。我敢肯定，她看到那些信的时候一定很高兴。”

伊恩在玛蒂的话中听出了她的天真、善良和信念。他也很想有和她一样的想法，相信她所相信的。他不知道玛蒂是不是能够理解很多他无法理解的东西，因为她和凯特之间的联系显然比他和凯特之间的更加强烈。

他握紧她的手。“我在这里看到了好多许愿树，都在山上。”

“我也看到了。”

他弯下腰，吻着她的前额。“要不我们去吃点冰淇淋吧，小袋鼠？想在回酒店之前走一走吗？”

“那我们就走吧。”

“遵命，大副。”他说，牵着她从电梯上走下来，走进了一个继续让他困惑、让他惊讶的世界中，他感觉自己并不是一个年过四旬的中年男人，而像是一个十岁的小孩。

第二天早上十点半，伊恩和玛蒂在山顶的电梯旁和乔治娅、霍莉碰了头。两个女孩子一见面就拥抱在一起。伊恩和乔治娅的拥抱则显得僵硬很多——两个人的身体和思想被迫合在一起，但又不知道该如何和对方相处。这四个人随着永无尽头的人潮走上电梯，下山朝市区走。他们决定去看看香港最著名的一处集市，然后回到乔治娅住的地方，让两个孩子游游泳，再一起吃晚餐。

伊恩前一天晚上大半夜都坐在酒店房间的窗户边，凯特写给他的信就放在他膝盖上。他一遍又一遍地读着她的诗，想着她的话，虽然不再有背叛的感觉，但却感到了失望。她以为他能够那么轻松就爱上别人吗？如果是他死了，她会在十九个月以后就去和别人约会吗？

现在，他手里拿着一杯咖啡，正下山往市区去。伊恩看着乔治娅和霍莉，注意到她们俩的衣着打扮都很时髦。她们戴着大大的太阳帽，穿着无袖裙子。伊恩记得他们在曼哈顿碰面的时候，乔治娅从来没有穿过这么漂亮的衣服，也许是住在香港让她更加时尚了。他们身边很多年轻女孩穿得好像是马上要去参加模特比赛一样。伊恩决定要带玛蒂去买条像样的裙子，他牵着她的手，希望她不会觉得自己很老土。

乔治娅和两个小孩聊着天，伊恩想起了她在丈夫出轨以后所流下的眼泪。她曾经很痛苦，但现在似乎都已经恢复了。她有着成功的事业和活泼的女儿，表现得自信而优雅。她是怎么走到这一步的？她是不是比自己更加坚强？

霍莉则特意走在玛蒂旁边，牵着她的手，带着他们从一台电梯换到另一台电梯。她用粤语应答着街头卖食品、衣物和太阳眼镜的小贩。玛蒂看着他们走过的店铺。她那天早上醒来的时候都在想卢比，感觉自己好像是抛弃了他。他想她吗？他孤独吗？她很担心他，吃过早饭以后，她和爸爸一起给孤儿院的院长写了一封电子邮件，询问了卢比的状况。

玛蒂看着周围一切的奢华，她不明白为什么有人这么富裕，而卢比却那么贫穷。虽然她无数次地问过爸爸，但还是不明白这世界的不公平。她觉得爸爸也没有完全明白。当她问他这些问题的时候，他总是要停顿很久才能给出答案，他的视线会到处游离，最后才落到她身上。

玛蒂决定去集市上给卢比买点东西，便跟在霍莉身边急匆匆地走着，虽然两个小女孩年纪差不多，但玛蒂却觉得自己好像比霍莉小很多。玛蒂觉得，霍莉的行为举止看上去起码都像是十三岁的人。她对香港非常熟悉。她会说粤语。她化着妆，还穿了耳洞。

但玛蒂没有意识到的是，其实她和霍莉是很像的。自从霍莉的爸爸离开以后，霍莉就非常伤心。但这么多年过去以后，她看到了妈妈是如何处理那种伤痛的，她也去仿效妈妈——努力工作，漂亮打扮，让自己变得越来越好，不去理会他人的指点。她们刚来香港的时候，霍莉觉得自己和这里完全不适合。虽然穿着校服，但她看上去一点也不像班上的其他同学。她很想融入他们，所以她努力学习，放学以后还学粤语和普通话，试着去和当地同学聊天，努力按照他们的衣着风格而不是自己的风格去穿着打扮。

几个月之后，让霍莉惊讶的事情发生了——当地的同学们都接受了她。他们纠正她的中国话发音，教她怎么和小贩讨价还价、怎么去坐巴士，告诉她当地最好的爬山线路在哪里。整整一个星期过去了，她甚至都没有去想爸爸。想到他只会让她伤心。

霍莉带着玛蒂走过两扇大红门，走进了一个巨大的露天集市。她们走到的第一个区就是当地人所说的“干货区”。霍莉拉着玛蒂走到她最喜欢的一个卖海鲜干货的摊位。小摊旁边的架子上挂着一张灰白相间的鲨鱼皮，鲨鱼皮很大，被撑开摆着，像一个风筝。

玛蒂把眼睛从鹅卵石的小路上抬起来，看着那张鲨鱼皮。霍莉笑了。“这已经在这里挂了一周了，不用害怕。”

鲨鱼皮是完好无损的，它的鱼鳃和鱼鳍在太阳下闪闪发亮。“为什么？”玛蒂问，“为什么这鲨鱼会在这里？”

伊恩和乔治娅也走过来，伊恩笑着看着玛蒂脸上的表情。“这个人把晒干的鲨鱼卖给餐馆，”霍莉说，指着摊主，摊主的年纪看上去就像他们脚下磨光的鹅卵石一样古老。“这里的人都喜欢吃鲨鱼肉。非常、非常、非常喜欢。”

玛蒂研究着小摊的其他货物，摊子上摆满了晒干的鱿鱼、章鱼、海鱼、鳗鱼还有大虾。她朝摊主笑了笑，摊主用粤语和霍莉说了几句。霍莉点点头，笑着用同样的语调回答了他。“他说什么？”玛蒂问。

“他问你喜不喜欢鲨鱼。”

“我可不要吃。”

“我也是这么告诉他的。”

霍莉跟摊主说了再见，又牵着玛蒂的手，朝市场里面走去。很多小摊都是卖海鲜干货的——一串又一串去了头的干鱼，尾巴倒挂在粗粗的绳子上。霍莉右转一个弯，朝一条不同的过道走去。突然之间，一切都变了——现在，小摊上的货品都变成了水果和蔬菜。一个个的篮子里面摆着西瓜、苹果、梨子、橘子、猕猴桃，还有很多玛蒂从来都没有见过的水果。

“我们能买点水果吗？”霍莉问妈妈。

“当然可以，”乔治娅回答，“也许你可以教教玛蒂，怎么像香港人那样讨价还价。”

霍莉笑了，她把刘海拨到一边，整理了一下发夹。“你想吃什么，玛蒂？”

玛蒂看着面前的各种选择，指着一个西瓜说：“那个怎么样？我们可以来个吐西瓜籽比赛。”

霍莉依然笑着，问了摊主西瓜的价格。“五十块。”霍莉给玛蒂翻译。

“五十块！”

“是五十港币。不是美元，傻瓜。你知道吗，差很多呢。”

玛蒂点点头。旅行的路上，爸爸也给过她一些当地各个国家的钱，她已经很习惯计算汇率的变化了。“那大概是……七八美元吧，是不是？”

“对的。”

“你觉得怎么样，小袋鼠？”伊恩问，“觉得这价格还公道吗？”

玛蒂摇摇头。“好像有点贵。这个西瓜挺小的。”

“那你举起四个手指头。”霍莉说。

“什么？”

“告诉她你只愿意出四十块。”

玛蒂摇来摇去，不知道是不是应该让摊主放低点价钱。那个女人看上去很累，衣服也旧旧的。玛蒂举起了四个手指头，然后还是把五个手指都举了起来。摊主点点头，把西瓜拿起来，放进了一个塑料袋。

“四十五块！”霍莉笑着说，“太贵了。以后再也不让你讨价还价了。”

玛蒂看着爸爸给那个女人付了钱，很高兴最后还是多给了她五块钱。“这个看上去……很好吃。”

“这西瓜只有一个柚子大！”

“挺好的。”

霍莉翻了翻眼睛。“我们去找点鱼吧。”她牵着玛蒂的手，拽着她往前走。“但是这次让我来还价。”

这个市场就是一排排相互连通的过道，有些地方上面还铺着帆布顶棚。成千上万来买东西的人仔细看着一排排新鲜的肉类、禽类，成桶的活鱼，用钩子挂住鼻孔的猪头，还有一盆盆的活鳝鱼。霍莉走到一个女人的摊位前，她拿着一把大砍刀，把还在扑腾的鱼的内脏剜了下来。霍莉用普通话和那女人讨价还价了一两分钟，找妈妈要了两百港币。乔治娅把钱递给她，她很喜欢看着霍莉在市场上和别人还价的样子。

他们一行四人又买了些东西，然后朝电梯走回去，电梯现在已经改变了方向。他们乘坐电梯朝山上去，伊恩问着乔治娅她工作的情况，玛蒂则在请教霍莉怎样用粤语说一些物品。伊恩看着女儿努力地想要说对发音。虽然霍莉是个很棒的小老师，但他还是看得出来，玛蒂想学会的东西实在是超出了她的能力范围。她学习成绩一直都不是最拔尖的，现在却似乎迫不及待地想要赶上霍莉说中国话的水平。

伊恩朝乔治娅靠过去，把脸低到她宽檐太阳帽的下面。“你能不能帮我一个忙？”他轻声说，看着前面的两个小女孩。

“什么忙？”

“等一下，你能不能让玛蒂给你看看她的画？”

乔治娅点点头，把手放在伊恩肩上。“每一幅画我都想看。”

他们两人靠得很近。“太好了。”他说，回到了原来的位置。

乔治娅点点头，她想起前夫从来都不会有这样的想法，他宁愿花上一个钟头去参加正儿八经的晚宴，也不愿意和霍莉在一起。她看着伊恩的视线盯着玛蒂，心想，如果凯特不是她最好的朋友，她也许会乐意和这样一个男人约约会，再追求一下自己已经不再追求的那些东西。“玛蒂有画，”她说，“那你有什么？你的公司？你的工作？”

“我的公司？我已经把它卖了。我已经工作到厌烦了，但老实说，有时候也会想它。”

“那么是什么呢？你现在还有什么呢？”

“女儿。她就是我的画。”

乔治娅笑了，她看着电梯旁边，人们正把一箱箱的啤酒搬进一家餐馆。“嗯，那你确实拥有很多，”她说，“无论我们做了些什么，我们都是带着两个漂亮女儿离开了原来的那个世界。”

他又转过身对着她，显得很惊喜。“这就是我想要的一切。”

电梯到了头。霍莉带着玛蒂穿过一条马路，急匆匆朝另一台步行梯走去。伊恩拿着他们买的东西，绕过一辆停着的出租车，跟在两个孩子后面。他还想和乔治娅聊聊，希望能够得到一些她的意见，向她倾诉一些秘密。她和他生命中的其他人都不同，她似乎能够理解他所经历的一切和他必须前进的方向。

“你什么时候回美国？”她问。

她转了转手上的银手镯，炎热潮湿的天气让手镯都贴到了皮肤上。“回去？几年之内应该都不会回去。霍莉上的是一家很好的国际学校，她的成绩也不错。我的工作也很充实。她的学校和我的办公室离我们住的公寓走路只要五分钟，所以在这里我们相处的时间比在美国还要多。”

“你不想念美国吗？”

虽然乔治娅很想念美国的很多东西，她还是摇摇头。“我要努力向前看。香港是个不错的地方。"

他们面前又出现一条街，霍莉从电梯上走下来，右转弯，朝一幢很现代化的楼房走去，楼房是黑白相间的颜色，大概有三十层楼高。两个女孩子兴奋地蹦蹦跳跳，乔治娅也笑着，穿着高跟鞋努力跟上她们的步伐，她很高兴看到霍莉和玛蒂在一起玩得这么带劲。

伊恩跟着乔治娅走进公寓楼里面，目光从大理石的地板扫到穿着制服的门卫。电梯里面是不锈钢的，墙壁上没有任何涂鸦或字画。霍莉按了电梯的二十六层，他们开始往上升。"我们能不能吃午饭前先去游泳？"霍莉问，她很想带玛蒂去看看泳池。"拜托，拜托，拜托了。"

"可以吗，爸爸？"玛蒂也对伊恩说，拽着他的手。

"我觉得我们应该问一问女主人。"

电梯门打开，乔治娅走了出去。"那我们先吃点零食，再去游泳吧。"她眨眨眼，"这样可以吗？"

霍莉和玛蒂欢呼起来，伊恩跟着乔治娅走进了一个狭窄但很整洁的走廊。乔治娅走到走廊尽头的一扇门前，打开门，把客人们领了进去。伊恩跟在两个小姑娘后面，微笑着看着霍莉带着玛蒂到处逛。房间很现代化，黄色的墙上挂着一些现代艺术的画，地板是黑色大理石的。最远一面墙的三分之二都是大大的窗户，能够看到让人震撼的城市风景。客厅里摆着一个红色皮沙发，一个玻璃茶几，还有一块颇有东方风味的地毯。客厅旁边的厨房很小，但也铺着大理石，摆着各种不锈钢厨具，一个专门装酒的小冰箱里放着十来瓶红酒。让伊恩惊讶的是，他没有看到电视机。客厅对面的两个角落里只放着柚木的书架。

玛蒂走到窗户边，注意不让自己的脏手摸到玻璃，她朝下面望去。“哇，”她望着下面的汽车感叹，很想把自己看到的一切都画下来。“你们住在这上面就像是小鸟一样。”

“这里不大，”乔治娅帮着把伊恩手上的购物袋拿下来，“但我们很喜欢这里的风景。”

“这里太漂亮了。”他回答。两个孩子跑进霍莉的房间，他把购物袋打开，把西瓜、鱼和各种蔬菜递给乔治娅。她把鱼放进一个小冰箱，把其他东西放在厨房的台子上。她拿起一个遥控器，按了几个键，爵士乐的声音飘了出来，但伊恩并没有看到音响在哪里。然后她开始削苹果，切成块，希望女孩子们在游泳之前能先吃点东西。

“你想吃什么？”她问。

“不用了。有什么需要我帮忙的吗？”

“也没什么事情。不过我觉得你可以叫两个孩子穿上泳衣。你也可以去换上泳衣。”

伊恩谢了她的热情款待，走到客厅的走廊，把玛蒂的泳衣从背包里拿出来。看到霍莉房间的装饰时，他不由得笑了——墙上画着翠绿的山峦和一座城堡。城堡周围是奔驰的骏马、一丛丛的鲜花，还有穿着漂亮裙子的女孩子。伊恩拍拍玛蒂的背，把泳衣递给她。

“我很喜欢你的房间，霍莉，”伊恩说，他看到旁边的桌子上放着一堆课本。“在这样的房间里睡觉真是太棒了。”

霍莉指指床，床很高，铺着粉红色的床单。“我们晚上在这里看书。”

“看上去好舒服。我能不能在这里打个盹？”

“爸爸！”玛蒂转过身对着他。

“我只是开个玩笑，宝贝，”他又看着墙上的那座城堡，“你每天晚上都看书吗，霍莉？”

“一般我们都看。”

“不看电视？”

“我们没有……电视机。我和妈妈会相互给对方念故事听。妈妈读两页，我再读一页。她再读，我再读，直到我读累了为止。或者我学习中文，她看书。”

“你们真棒。怪不得你这么聪明，你会说两门语言，还比我只会说的一门语言都要娴熟。现在，你们两个小家伙赶紧把泳衣换上，我们一起去游泳吧？”

他们点点头，伊恩走到客厅。他走进浴室，把门在身后关上。这里很小，大概只有几个衣橱大，却放着一个小小的浴缸，浴缸上面还有喷头。浴室一角是马桶，坐垫是自动加热的。伊恩把衣服脱下来，在乔治娅的家里赤身裸体让他感觉有些不自在。他把泳裤换上，这泳裤看上去就像是条旧短裤，然后他又套上了一件T恤衫。等他从浴室出来的时候，大家都已经在厨房里了。乔治娅穿着一件白色外套，戴着红色的太阳帽，穿着凉鞋。霍莉穿着蓝色比基尼，玛蒂身上则是一件退了色的黄色连体泳衣。伊恩从来没有想过给玛蒂买一件比基尼，他也不知道玛蒂是不是想要。

大家吃了些苹果和虾仁味的米花糖，然后坐电梯来到楼顶，楼顶是一个正方形的游泳池，几乎占据了楼顶面积的一半。让伊恩感到惊讶的是，泳池里竟然没有人。泳池中央有一个圆形的小岛，岛上有大石块和一些热带的鲜花。泳池旁边摆着白色的长椅，有些椅子旁边还撑着绿色的伞，遮挡着正午的阳光。四面八方都是更高的摩天大楼，这让伊恩觉得自己好像是在一个鱼缸里面。

他笑着看着玛蒂和霍莉跳进水池，但当乔治娅把外套脱去的时候，他自己却有点不知所措了。他一时不敢看她，但又发现这样很傻，便把目光重新转回到她身上。她穿着一件深红色的连体泳衣，身材很漂亮，衣服仿佛是为她量身定做的，但又不过于暴露。伊恩不敢看她身上的任何地方，只是看着她的脸。他用眼睛的余光扫过她的胳膊、肩膀和胸部，把目光集中在她的眼睛上。虽然他也觉得她很漂亮，却没有任何心动的感觉。他还记得凯特身体的模样，熟悉得就好像是他自己的身体，只要一想到其他女人的肌肤或是柔软的身体，就让他觉得自己是在背叛凯特。

“想游泳吗？”他问，终于把T恤衫脱了下来。

她摇摇头。“我就想放松一下腿脚，如果你不介意的话。”

“不用担心，”他回答，不用和她一起游泳让他松了一口气。“那我就和孩子们玩一玩。只要她们还想和我玩。”

“她们会想和你玩的。”

伊恩笑着跳进温暖的池水中。玛蒂和霍莉坐在池子中央一块水下的礁石上。他朝她们俩走去，走进玛蒂身边，朝她浇水。玛蒂笑着，朝他浇回来，他便潜到水下，睁开眼睛，抓住她的腿，轻轻地咬了一口。玛蒂拼命挣扎，用拳头捶他的背，直到他浮上了水面。

“爸爸！”

“什么事，宝贝？”

“不准咬我！”她笑着说。

“你不想玩鲨鱼游戏吗？”

“不想。今天不想。”

“那玩马可波罗的游戏呢？”

玛蒂转过身看着霍莉，霍莉点点头，从礁石上跳下来。“那就开始吧！”玛蒂叫着，跟着霍莉跳进了深水区。

伊恩闭上眼睛，让孩子们游开。他还记得凯特曾经和玛蒂还有玛蒂的朋友们一起玩马可波罗的游戏。他也参加过几次，但通常把大家逗得开心大笑的都是凯特。她边笑边泼水，而他则在游泳池边拿着笔记本电脑，翻看电子邮件，或是写工作报告。那时的他是多么愚蠢啊。

伊恩决定不要让自己的情绪低落下来，便朝女孩子笑声的方向走去。“马可。”他大声说。

“波罗。”她们小声回答着。

他笑了，朝她们声音的方向走去。“马可。”

“波罗。”

“我根本都听不见你们两个小家伙的声音！”

“波罗。”

“声音更小了！”

水面飘来笑声。伊恩听到乔治娅在搬动椅子，他不知道她是不是在看。他深吸了一口气，潜到水底，朝着他认为的两个女孩子的方向游去。虽然他伸出手，朝各个方向摸索，拼命地蹬水，但他最后还是游到了一个没有人的角落。

“马可！”他假装很失望地叫着。

“波罗。”

“小袋鼠，我听不到你的声音！”

“波罗。”

“这次好点了。看来，你们是游到浅水区了，是不是？好吧，我来了。”他又潜到水下，但这一次，很快又浮了上来，感觉到两个小家伙咯咯笑着正准备从他身边游过去。“马可，”他右转朝着水花溅来的方向。“我说了马可！”但回答他的只有笑声，他朝笑声的方向游去，终于碰到了一个人。他睁开眼睛，发现自己抓住了霍莉的胳膊。她尖叫着想逃脱，她看着他，她的微笑让他觉得很开心。就在那一刻，他在想，不知道再有一个孩子会是什么样的感觉，去爱另一个小女孩或是小男孩，也感受到他们的爱。

乔治娅看着他们玩闹。如果是平时，她也会加入到他们的行列，但她看着他们的微笑，希望能让伊恩和她们单独相处一会。玛蒂很崇拜伊恩——这很明显。但让她惊讶的是，霍莉很快也和伊恩熟悉起来。霍莉和很多成年男人相处时都很冷淡，她不想再冒险受到另一次伤害。但在伊恩面前，她却不同，霍莉看着玛蒂爬到伊恩的肩上，然后跳到水中，霍莉也照做了。她和他一起笑，朝他泼水，从他伸出来抓她们的手中逃走。

乔治娅把视线从霍莉和伊恩身上转开，她仔细看着女儿的一举一动，看着她的表情。她看见她的内心好像是出现了什么变化。那不仅仅是快乐，或是希望，而是一种小心翼翼地想要和她父亲同样年龄的男人打交道的愿望。当然，乔治娅之前也看到过这样的愿望，但是在伊恩面前，霍莉的这种愿望更加明显。她对伊恩的关注甚至超过了她对玛蒂的关注。

她们玩了一个钟头。最后，其他一些人也来游泳，他们的游戏便结束了。玛蒂和霍莉躺在乔治娅旁边的长椅上，霍莉在妈妈的包里找到一瓶指甲油，给玛蒂涂起指甲来。伊恩看着两个女孩子，霍莉小心地涂着，玛蒂微笑着看着她。他开始在泳池里游起圈来，他的肚子也不疼了，全身充满了力量，这种感觉已经很久都没有了。他一直游到肩膀开始酸痛，才和她们一起去晒太阳。

过了一会，他们的防晒霜失效了，皮肤开始变红，便裹上浴巾，朝电梯走去。他们回到公寓，吃了点东西，轮流去两个浴室洗澡。乔治娅和玛蒂先去，浴室位于公寓相反的两端。等到伊恩洗完澡出来的时候，他看到乔治娅和玛蒂正肩并肩坐在沙发上，看着玛蒂的画。玛蒂正给乔治娅介绍每幅画的由来，伊恩听到女儿声音中的热情和开心，不由得也笑了。他走进厨房，找到一块砧板，把洋葱和大蒜放在上面，开始切菜。

十分钟过去了，霍莉才洗完澡出来，她和玛蒂一起说笑。乔治娅便走进厨房，问伊恩想不想喝杯酒。她打开一瓶红酒，把他的杯子倒满，然后递给他。她已经换上了一条象牙白的露肩长裙，裙子直拖到脚踝，上面印着青色和蓝色的热带植物树叶。

“今天谢谢你了。”她说，朝他举杯。

“应该是我要谢谢你。”

她朝冰箱走去，但又停下来，朝他走回来说。“伊恩？”

“什么事？”

“很高兴……我们能够做朋友。我觉得凯特是想我们多接触接触的，这样玛蒂和霍莉就能像以前那样，经常在一起玩了。”

“我知道，”伊恩回答，他不知道为什么凯特在她生命的尽头，还能想着把他们俩撮合在一起。“凯特总是替每个人着想。”

乔治娅再次举起酒杯。“敬凯特一杯。”

敬你一杯，我的爱人。伊恩想着，也举起了酒杯。

“我很想她，你知道吗？”乔治娅喝着酒说。

“我知道。”

乔治娅把音乐声音调小，听着从旁边房间传来的笑声。“她们居然一点也没有疏远，真是神奇，对不对？”

“她们这是在弥补没有在一起的时间。”他回答，小口喝着红酒，酒精喝下去让他感觉很放松。他想着乔治娅之前说过的关于做好朋友的那些话。他在大学和在日本的时候，认识了不少女性朋友。但自从和凯特结婚，开办了公司以后，他和那些朋友就疏远了。他不知道还能不能和乔治娅做好朋友，乔治娅很聪明，也很漂亮。他希望交一个女性朋友的愿望已经被压抑得太久了，所以当他突然很想握住乔治娅的手时，他有点不知所措。于是他只是保持着微笑，转过身继续切大蒜。

乔治娅看着他转过身去，想着凯特给自己的最后一封电子邮件，她在信中说伊恩和玛蒂可能会去香港。是你让我们走上了一条通往彼此的道路吗？她不知道，她多么希望在凯特去世之前能够见上她一面。这就是你为什么不想在去世之前让我过去的原因吗？因为你不想伊恩和我是为了你的去世才重聚，而是为了别的什么才重聚？

乔治娅从冰箱里拿出鱼，她发现自己是希望再次见到伊恩的，她不想他离开。“你们两天之后走吗？”她问。

“是的。两天后我们就要去越南了。”

她点点头，等着他再说点什么，不知道他还有没有要说的。

“对玛蒂来说……要离开霍莉会很伤心的。”他补充道。

“我知道。我也会很伤心。”

“你时不时可以回纽约，去看看我们。”

她伸出手拿过酒瓶，把他们的杯子加满。“我不知道，伊恩。我真的不知道。但也许是可以的。”

“玛蒂会很高兴的。”

她放下酒瓶，感觉到一种熟悉的伤痛，那是一种失落的感觉。她伸手去握他的手，但又停住了。她知道，他一定会离开她，但他不会离开凯特。而且她也不想他离开凯特。所以，她只是喝着酒杯里的酒，整理着思绪，然后离开他，去和两个孩子打招呼了。

第二天，伊恩和玛蒂坐在一家服装店里。他带她来买几件漂亮衣服，虽然他们马上就要离开香港了，他还是希望她能开心笑一笑。即便是用曼哈顿的标准来看，这家商店也是相当高档的。玻璃橱窗里站着穿着漂亮衣服的模特，不过这些模特都是活生生的青少年，他们都是中国人，一动不动地站着，朝过往行人微笑。穿在模特身上和挂在银色衣架上的衣服都相当时髦漂亮。伊恩想让玛蒂也穿上一件试试，希望让她看看自己漂亮的样子，开心一下。

但玛蒂对这些裙子并没有兴趣。她内心那个艺术家的部分在欣赏着这些衣服精美的设计，而那个小姑娘的部分却并不想挑选任何衣服。她只想和霍莉在一起，一起笑着玩马可波罗的游戏。一想到第二天他们就要坐上飞机，飞到越南，她就觉得好像是发了高烧躺在床上般难受。她已经和妈妈、和卢比道了别。她不想再离开霍莉。即便爸爸就在身边，她还是觉得没有办法承受又一次的离别。

她不想成为爸爸的负担，因为她知道他在努力让自己开心，他在遵守着妈妈的计划。如果是平时，她也许会兴奋地和他一起挑选裙子。他从来没有带她来过这样的商店，她很高兴他想到了这个主意。但她此刻就是没有办法高兴起来。她想着霍莉，想着她们以后很可能要很久、很久都无法见面了。

一位穿着入时的女子让玛蒂站起来，给她量尺寸。玛蒂把手伸直，看着橱窗里的模特们相互对着对方微笑，她也很想和他们一起笑，但却感觉到身上的力气正在一点点消失。她的手开始颤抖。她摇摇晃晃起来。突然，她连站着的力气都没有了，朝前面的一个皮沙发栽下去。爸爸接住她，对店员说了几句什么，把她抱起来，走到外面，吻着她的额头。她把脸埋在爸爸胸前，感觉到阳光就照在脖子后面，感觉到爸爸正在往前走。他什么话都没有说，只是又吻了吻她。

她觉得，他走了一千多步。她睁开眼睛，发现他把自己带到了一个公园。公园里有高高的大树和茂密的灌木。他朝一张石凳走过去，坐下来，把她放在膝盖上。

“怎么了，宝贝？”他问，抚摸着她的脸颊。

“我……我不想走。”

“你不想离开霍莉，是吗？”

“是的。我再也不想说再见了。拜托了，爸爸，不要让我再说再见了。”她深吸一口气，觉得都快要喘不上气来了。“我还在……还在和妈妈说再见。有时候是在晚上。但我不想。我也不想和霍莉说再见。”

“为什么，小袋鼠？为什么你还在和妈妈说再见？”

玛蒂又涌出了眼泪。“因为，有时候……有时候她就在这里。然后她又不见了。我就只好再说一次再见。”

他紧紧抱住她。“哦，宝贝。你不需要这样。当她来的时候，你只需要跟她问好。下一次她再来的时候，你就和她问个好。你不需要说再见。”

她还是继续哭，没有办法停下来，她靠在他身上，全身颤抖。这让他也伤心不已，他可怕的担心、内心最深处的伤痛都浮现出来。他吻着她粉红色的手指甲，肚子又开始痛起来，他的整个世界仿佛都失了火。

伊恩抬起头，希望能够见到凯特，但他只看到一棵棵树的树顶。风吹动着树叶，这是来自北方的风，来自中国内陆的风。风很轻柔，一点也不猛烈，但它却好像给他带来了一个答案——好像是在对他说着什么，又好像是凯特送给他的一份礼物。“小袋鼠，”他说，看着她泪光闪闪的眼睛。“把你想要的东西写下来。你想和霍莉在一起。把你的愿望写在一张纸上。”

玛蒂坐起来，擦干眼泪，打开背包。她拿出一张纸，把她想再见到霍莉的愿望写了下来，然后把那张纸折好。“现在怎么办呢？”

伊恩指着一棵茂密的大树。“现在就爬到那棵树的第一根树枝上面。把你的愿望留在那里。”

她点点头，站起来，牵着他的手朝那棵树走去。他站在地上，把她举起来，让她抓牢最下面的树枝。她紧紧抓着树枝，把腿迈到树干上，又用手抱稳了树干。树上缠绕着藤蔓，她拉住其中一根粗藤，试了试它的牢固程度。她发现树藤还挺结实，便把那张纸夹在了树藤和树干之间，她闭上眼睛，向妈妈问了一声好。她又在树上待了几分钟，默默地重复着自己的愿望。

伊恩帮助玛蒂从树上爬下来。“我不知道她们会怎么说，小袋鼠，不过我会去找乔治娅，看她和霍莉愿不愿意和我们一起去越南。她们可以和我们一起旅行几天，我觉得我们一定会玩得非常开心的。”

“真的吗，爸爸？你会去问她？”

“当然会。”

“你觉得她会同意吗？”

他指着树干上她的那张许愿纸。“这是我见到过的最像许愿树的一棵树，小袋鼠。你看它的枝叶是多么茂密，长得多么高，它有那么多树枝，大家都可以把愿望留在上面。”

“我看到了。”

“这棵树不会让你失望的。你妈妈也不会让你失望。她看到了你的心愿，我觉得她一定会让它实现的。”

玛蒂紧紧抱着爸爸的腰。“谢谢你，爸爸。”

“你快把我憋死了，宝贝。”他笑着回答，他不知道乔治娅是否会同意这个想法，但他希望她能同意。

“我们去给她们打电话，”玛蒂说，“现在就打。免得她们有了别的计划。”

“不用担心，小袋鼠。但我要先说清楚一件事情。如果她们不能和我们一起去越南，那我们也没有办法，只好下次再说。即便她们和我们一起去了，我们可以一起去走走，但还是要和她们在越南道别。我们这趟旅行快要结束了。”

“我明白。”

他吻了吻她的后脑勺。“你妈妈一直都很注意倾听别人的话，和你一样。”

“所以呢？”

“所以，我们就看看她决定怎样实现你的愿望吧。”

越南

她眼眸中的光芒

我熬过了最开始的那些日子，那是最痛苦的时候。每天，我都恢复一点点，慢慢地，我就好了。因为时间就是我的朋友。一天一天，变成了一周一周，一周一周又变成了一月一月，一切都在慢慢变好。

“吃水果的时候，要想想种下这棵果树的人。”

——越南俗语

伊恩和玛蒂坐上一辆破旧的吉普车，从胡志明市[①]中心开出了一个钟头之后，谢过司机，朝高台教神庙走去。伊恩很想来看看这里，因为一个世纪以前，这个神庙的修建者创立了高台教——这个教派融合了佛教、伊斯兰教、基督教、印度教、孔子的儒家思想，以及全世界各地的其他各种信仰。他还记得上一次来到越南的时候去过这里，希望这次能够带玛蒂看看。

神庙有三层，黄色和粉色相间，正门两侧各有两个宝塔形的建筑。伊恩牵着玛蒂的手，走过一条宽阔的大路，路上几乎没有任何车辆，这可和胡志明市车水马龙的街道完全不同。在大路的对角，一位穿着白色裤子、黑色T恤，戴着越南传统斗笠的男人拿着一个竹编的鸟笼。鸟笼里是一只灰白色的鸽子。

“你想把鸟放生吗？这会给你带来好运。”男人走上前问伊恩，“只要五美元。五美元买好运气很划算，很划算。”

① 即以前的西贡市。——编者注

伊恩朝这个陌生人笑了笑，摇摇头，他迫不及待地想到神庙里面看看，神庙的大门开着。里面和他记忆中的样子差不多——又大又敞亮。粉色的巨大柱子支撑着屋顶，柱子上环绕着绿色的、像是巨蟒一样的龙。龙张着嘴巴，像是在笑。蓝色的屋顶上画着白云。但最令人震惊的是地板，这里没有任何可以让人坐的长椅，只有一片宽敞的空地，铺着精美的棕色和白色瓷砖。墙上画着一只只眼睛，发出金灿灿的光芒，好像是在从四面八方看着庙里成百上千位虔诚朝拜的人们，这些信徒坐在地板上，穿着白色、黄色、蓝色、红色的长袍。没有人说话，只听得到鸽子咕咕的叫声。

伊恩带着玛蒂往前走了几步，走到寺庙的另一边。她见过无数雄伟的教堂和庙宇，但那些建筑都给她阴沉压抑的感觉。这个地方却开放、有趣、色彩缤纷。她觉得自己来到了一个神奇的魔法盒子里面。她身后的墙上画着三个男人，看他们的穿着打扮应该还是在这座寺庙修建的时期。一个男人似乎是来自欧洲，一个来自中国，还有一个来自越南。欧洲人和中国人正在天空中的一扇窗户上写着什么东西。窗户里的文字是用法语和中文写的。玛蒂翻开司机给他们的一本小册子，找到了一页关于这幅图画的介绍。那些文字的意思是“上帝与人，爱与公正”。

她想着这两句话，然后悄悄问爸爸，能不能把画本拿出来，把寺庙的里面画下来。他点点头，悄悄坐到地板上，姿势就和他们前面朝拜的信徒一样。玛蒂也坐下来，把画本放在膝盖上，又从背包里把彩色铅笔拿出来。她四处看了看，不知道到底应该把什么作为重点来画。寺庙最远处似乎有一个神坛，上面放着一个巨大的、蓝绿色的球。

玛蒂决定从那个球开始画，她拿出一支绿色的铅笔，本能地画了起来。她希望给妈妈画一幅漂亮的画，因为妈妈已经听到了她的心愿，并且让它实现了。乔治娅和霍莉再过两天就会来胡志明市和他们碰面，然后他们四个人会一起沿着海滩旅行，再去山区。霍莉来过越南两次，很清楚有哪些地方应该去看看。当乔治娅同意这趟旅行的时候，她和玛蒂一样兴奋不已。两个小女孩手牵着手，跳着舞，转着圈，而伊恩和乔治娅则在商量会面的方式和地点。

心愿成真只是玛蒂想为妈妈画画的众多原因之一。他们来到这座寺庙，是希望能在一个漂亮的地方打开妈妈留下的最后两个胶卷筒。玛蒂并不愿意看妈妈最后的这封信，但她必须在霍莉来之前完成这个任务。无论妈妈最后说了些什么，玛蒂都打算给她留下一幅画，告诉她自己是多么爱她。

玛蒂不慌不忙地画着寺庙。她希望这幅画能够画到最好。她喜欢这里，信徒们融合了世界各地的不同宗教，她觉得在这样一个地方，妈妈应该更容易找到她。“你能看见我吗，妈妈？”她轻声说，在纸上把那条龙画了下来。

一个多小时过去了，她还在一心一意地画着。她把画拿给爸爸看，爸爸小心地拿着，点点头，吻了吻她的脸。他们站起身来，沿着寺庙边上走了出去，他们走到一扇侧门，进入一个小花园，花园里面有纵横交错的人行道，长满了各种大树、灌木、鲜花和草坪。玛蒂朝一处阴凉的地方走去，坐在树下的铸铁长椅上。她能感觉到背包中的那个胶卷筒，但她还没有做好打开它的准备。

“你觉得她会和我们说再见吗？”她低下头问。

伊恩摇摇头。“不会的，小袋鼠。你妈妈永远都不会和我们说再见的。不要担心。”

他拿过她的画，把画铺平，仔细看着上面的作品。“我相信，小袋鼠，她就在你心里，从某个角度来看，你就是她的转世。她帮着你学习画画，你又很喜欢画画。她教会你怎么游泳，而你又很喜欢大海。她的内心非常善良、温暖、美丽，就和你一样。”

“你真的这么想吗？”

“我觉得她会永远留在你的心里。”

玛蒂咬紧嘴唇。“我们要不要把信打开呢？”

“看你想不想。”

她没有走开，很快她就把手伸进了背包。她打开胶卷筒，把一张纸条展开。

我的天使：

这是我写给你的倒数第二封信。还有一封信需要你在十六岁生日的时候找到它，然后打开。但是现在，在这趟旅行中，以下就是我要说的最后的话。

我希望你能喜欢越南。这个地方过去只有战争和苦难，现在已经大不一样了。现在，那里充满了希望。我觉得你会看到这种希望，并从中学到很多。

我知道你觉得自己的旅行即将在越南结束，但完全可以不必这样。我希望你和你爸爸再找一个新的国家，一个他和我以前从来没有去过的地方。我希望你们两个人能够创造属于你们自己的回忆，去一个新的城市，看看它神奇的地方，感受那种从脚底到头顶的奇妙。我希望你能通过你的想法、你的梦、你的画，告诉我那些神奇。

说到你的画，你能不能为我做一件事呢，玛蒂？你能不能为你爸爸和我办一个画展，展示一下你所去过的这些地方？我很想看到你的第一次展览，一直都很想，但是我没有这样的机会了。但只要你办了这样的展览，我一定能从天上看到的。

我很为你骄傲，玛蒂。我是那么那么爱你。请你不要为我伤心。我觉得自己即将要去到一个美丽的地方旅行。我不知道要去哪里，但我并不害怕。我会很好的。当你从高中毕业的时候，当你去上大学的时候，当你独自一人闯荡社会的时候，我都会陪伴在你身边。当你决定要结婚、要生小孩的时候，我还是会陪伴在你身边。无论你的生活是高潮，还是低落，我都会一直陪伴着你。

在过去的这个月里，我也看了很多关于死亡的书，这是我即将要踏上的旅程。你知道阿尔伯特·爱因斯坦是怎么说的吗？他说："我们的死亡并不是结束，只要我们的力量可以在孩子们、在后辈们的身上继续延续。因为他们就是我们，我们的肉体只不过是生命之树上枯萎的叶子。"

玛蒂，我全心全意地相信他的这番话。我会永远和你在一起，宝贝女儿。就像太阳永远和天空在一起；就像冬天绿芽会深埋在泥土中，一到春天就发芽。

玛蒂，开心一点。让我看到你去跳舞、去唱歌、去欢笑。母亲和女儿之间有着一种特殊的联系，这种联系是无法割断的。它可能会受到考验，但它会持续下去，永永远远。

我爱你，你是我的开心宝贝。现在，去欢笑吧，去找到你的自由吧。

妈妈

玛蒂松开手，信纸又卷了起来。她又把信看了两遍，用手指抚摸着妈妈最后的话。最后她终于把信放回了胶卷筒。“她和你说的一样，爸爸。”

“什么意思，宝贝？”

“她说她就在我心里。”

他握紧她的手。“当然。”

“你要看你的信吗？”

伊恩点点头，把自己的胶卷筒也拿了出来。他看着庙宇、天空，看着女儿的脸。

我的爱人：

我在写给玛蒂的信中，要求你们俩在离开越南以后，去一个新的地方。你能不能做到呢？我希望你们去体会一个我们从来没有去过的国家，你和玛蒂可以去创造属于你们两个人的回忆。我希望你们在回美国之前能够以这样的方式结束旅程。去一个漂亮的地方，一起去感受那里的神奇。

这是我写给你最后的信了。但还有一封，希望你将来能找到。现在，我要停笔了。我太累了。我就要离开这具肉体了。我跟玛蒂说过，我马上就要开始我自己的旅程了。虽然这段旅程会让我离开你们，但我会再见到你和玛蒂的。爱就是有这样的能力，它能创造我们相互之间的桥梁。我会走过这些桥梁，来到你身边。我会来找你们，我会支持你们作出的任何决定，支持你们去往任何地方。

我要把笔放下了，我的爱。我要休息了。但是，我留给你最后一首诗。至少是现在的最后一首。

合二为一

他来了，
从房间的对面走来。
他的声音如此陌生
伸出了手。

真的有一见钟情吗？
我只知道一种爱。
那种爱是他在我心里种下的，
那种爱吸收着光和水，
我们从来不会觉得它来得理所当然。
那种爱会不断生长，
一开始很慢，
像是黎明一般，逐渐变得温暖。

他不是用他的眼睛、微笑，或力量俘获了我，
而是用那样的温暖，
那温暖好像是在飞翔，
好像是太阳生出了翅膀。

我的家就是他的家，
他的秘密就是我的秘密。

我们一起旅行，
合二为一。
在石头的高山和思想的高山上，
上上下下。
我们一起创造了一个小生命。
分享着她的成功与喜悦，
通过她的双眼见证美好，
她能看到天使看到的一切——
通常被世人所忽视的奇迹，
满园玫瑰中生出的小野花。

日子一年年过去，
太短了，太快了。

我们也争吵，
也要买柴米油盐，
掉进了生活单调的模式。
但我们的内心仍然结合在一起，
系在彼此身上。

爱情会遭到破坏、被浪费、被撕裂。

但我们的爱情牢不可破——
像是还没有落山的太阳，
还没有读到的诗歌。

即便是现在，
我的眼睛觉得如此沉重，我的生命即将要到尽头，
我还是感觉到我们是一体的——
你是我们孩子的父亲。
我的支柱。

你给了我如此多的恩惠，
我非常感激。
我的命运不再苦涩。
它就是如此——我的命运。
不要再为我哭泣，伊恩。
继续往前走，
往前走，
走到新的地方。

如果你听到脚步声，
或是看到某个人影，
你就会知道，我还是和你在一起。
这辈子、下辈子、以后的每生每世。

我以前是属于你的，现在是，

永远都是。

我爱你。

凯特

伊恩小心地把信卷好，放到一边，擦去眼泪。他站起来，朝玛蒂伸出手牵着她走出寺庙。他注意到路边有个男人，拿着鸽子笼。

“你想把鸽子放生吗，宝贝？”伊恩问。

玛蒂点点头。“妈妈会很喜欢的。”

“那我们就让她高兴一下。”

他们朝那个男人走去，伊恩递给他五块钱。这个当地男人笑了，露出缺了几颗的牙齿。“当你把鸟儿放生的时候，”他说，“你也就向世人展现了你的善良，你就会有好的运气。这会让你长命百岁，天天开心。”

鸽子咕咕叫着，扑扇着翅膀，好像是知道自己就要飞走了。

伊恩转过身对玛蒂说。“要不你来放飞她，小袋鼠？”

她看着那只鸽子，希望自己和爸爸都能有好运气，希望整个世界都知道他的善良。“我们可以一起吗？”她问那个男人，“如果我们一起，是不是就都会有好运？”

“当然，我觉得是。一只鸟有两个翅膀。所以可以有两个人一起放飞它。”

“它会飞得很高吗？飞到天上的人那里？”

男人抬头看着，在太阳光下眯起了眼睛。然后他低下头看着玛蒂，似乎是在仔细打量着她。“七年前，我父亲死了。所以，我就到河边，把我最喜欢的一只鸽子放生了。我把它送给了父亲。那只鸽子飞得那么高，好像它也很想见到我父亲。这让我很高兴。现在，这只鸽子看上去很机灵，我觉得它一样也能做到。"

玛蒂微微笑了笑，看着鸽子，想着妈妈的信。"我们把笼子举高一点，爸爸。这样我们就能帮她飞得更高了。"

"好的，宝贝。这个主意好极了。你真棒。"

男人把笼子递给玛蒂，她把笼子举到和眼睛平行的高度。鸽子仍然在咕咕叫着。

"你能把门打开吗？"玛蒂问。

伊恩把手放在精致的竹笼门上。"乐意之至。"

"再见了，小鸟，"玛蒂说，"飞高一点。向这个人的爸爸，还有……还有我妈妈问个好。"

笼子门打开了。有那么几秒钟时间，鸽子突然安静下来。然后，它似乎是感觉到了眼前的自由，往前跳了几步，张开翅膀，飞了出去。它飞出去的时候，一根羽毛飘了下来，它飞过街道，变成了蓝天中一道模糊的白影。鸟儿越飞越高，玛蒂牵着爸爸的手。它继续往上飞着，一路朝南，好像是早已知道回家的路。

最后，鸽子消失了。

伊恩谢过了那个男人，玛蒂弯下腰，捡起了那根羽毛。她打开画本，把羽毛夹在里面。我会永远保存着你的，她想，然后，她合上了画本，再次牵住爸爸的手。

两天之后，伊恩和玛蒂来到胡志明市的机场外面等候乔治娅和霍莉。成百上千的当地人聚集在栏杆后面，等候着他们的爱人、朋友或商业伙伴。大家都很有秩序，但每个人都想靠栏杆近一点，一旦有一些空隙，就都往前走。幸好，伊恩在这群人里几乎算是个子最高的，玛蒂坐在他肩膀上，这样，即便他们站在后面，也仍然能把从机场出来的乘客看得清清楚楚。

伊恩等着，想自己是不是疯了，在这里等着和乔治娅碰面。他内心一部分希望能够见到她，但他又担心，即将到来的会面只会让玛蒂更加困惑。他们计划一起旅行六天，然后玛蒂不得不再次说再见。这一次，她和霍莉将会有很长一段时间无法见面。他和玛蒂即将按照凯特的要求，去一个新国家。然后他们就会回到美国。无论玛蒂和她的新伙伴之间建立了怎样亲密的友谊，都只会暂时停止。无论她已经往前走了多少步，都可能前功尽弃。玛蒂希望有一个兄弟姐妹，但霍莉并不是她的姐姐，也永远不会成为她的姐姐。

“她们到哪儿了？是不是应该到了？”玛蒂焦急地问。

“别着急，宝贝。我们马上就要见到她们了。”

“希望如此。”

玛蒂的手在伊恩肩上不停地敲着，他看着她右手的手指头起起落落的指甲上一片健康的粉红色。希望她不会就此喜欢上涂指甲油。他朝左转身，看着机场外面不断变深的夜色。旁边一家停车场周围停着不少破旧的出租车和摩托车。每隔五十英尺左右就有一根不锈钢的旗杆，上面飘着带黄色五角星的红旗。虽然太阳已经落到了地平线以下，但天空中仍然还有光，似乎在照亮着每一个从机场走出来的人。

很多中年女子穿的是从头到脚的合体的传统越南长裙。但年轻人大多穿着夏威夷风格的T恤衫、牛仔裤、短裙和衬衫。

伊恩想到十年之前，胡志明市的每个人几乎都骑着自行车。现在大家似乎都换成了摩托车。这些黑色和红色的摩托车在城市里到处飞驰，像是许许多多被放归到小溪中的鱼儿。还有其他很多地方也发生了改变。他还记得胡志明市原来是没有任何摩天大楼，也没有什么现代化建筑的。现在，虽然这里从建筑奇迹的角度来看，还是与香港无法匹敌，但西贡河边十几幢高楼大厦仍然让伊恩惊讶。其他的地区则到处是巨大的吊车，开发商在迫不及待地修建酒店和商务中心。

乔治娅和霍莉已经来过越南两次了，他们的计划是首先碰头，在胡志明市休息一晚，然后坐车前往大叻，这是越南南部山区一处非常热门的旅游景区。伊恩和玛蒂都很期待再次去山区游玩，远离大都市的繁杂喧嚣。

伊恩正想着，自从上次他和凯特去过大叻以后，不知道那里发生了怎样的变化，玛蒂突然夹紧他的脖子，往前靠过去，使得他也往前走了好几步。“她们在那里！”她指着前面说，“看到没有，爸爸？就在那里！”

乔治娅和霍莉正从机场走出来，一人拖着一个箱子。乔治娅穿着简单的白衬衫和棕色长裤。红色的头发扎成一个长长的马尾。霍莉穿着一件白色裙子，上面还有蓝色、绿色和紫色的小圆点。

“霍莉！”玛蒂大声叫，拼命挥手。“这里！”

乔治娅转过身，跟在霍莉后面跑了过来。她们看到了伊恩和玛蒂，也朝他们挥着手。玛蒂让爸爸把自己放下来，她从伊恩肩上跳下，他赶紧抱住她，免得她摔到地上。他们急匆匆跑到乘客出口的地方。霍莉放下箱子，拥抱了玛蒂。乔治娅看着两个孩子，转过身，走上前拥抱了伊恩。他们并没有像两个女孩子一样紧紧抱在一起，而是抱了一下就分开了。但是，他还是吻了一下她的脸，她笑了。他们相互问候着，伊恩拿起箱子，朝旁边的一辆出租车走去。他和司机讨价还价，达成了一个价格后，便做出手势，让乔治娅坐到前面。

霍莉、玛蒂和伊恩坐在后面，出租车离开了停车场，很快开上了一条挤满卡车、公车、摩托车和自行车的街道。伊恩原以为乔治娅和霍莉应该想先去酒店休息，但霍莉却迫不及待地想到处看看。两个小姑娘在一边唧唧喳喳地说着话，伊恩便让司机先去酒店停一下，他把箱子交给门卫，请他帮忙拿到乔治娅的房间。门卫高兴地同意了，很快出租车又开回了街上。

“今天晚上你们想出去吃饭吗？”伊恩问，看着乔治娅转过身来看着他们。

玛蒂点点头。“我们去哪？”

“去个好玩的地方？”霍莉回答说，“要不去河边？”

伊恩把背包的拉链拉开，拿出导游书，但霍莉却朝司机靠过去。她开始用粤语说了几句，发现自己错了，赶紧又换成英语。“不好意思，先生，我们想吃晚餐应该去哪？有没有什么特别的地方？”

司机朝后视镜看了一眼，笑着说：“你们是想吃越南菜，还是法国菜？”

“能两样都吃吗？”

他点点头。“这样的话，我建议你们去庙店。”

“庙店是什么？”

“是一座古老的中国寺庙，”他回答，开车绕过了一辆抛锚的巴士。“现在是一家餐厅。里面非常漂亮。”

霍莉看着大家。“我觉得还不错。你们觉得呢？”

玛蒂、乔治娅和伊恩都点点头。司机把车开上了一条拥挤的大街，开始讲述庙店的历史。窗外，胡志明市仿佛是在有节奏地跳动着，它奇怪地融合了法国殖民地时期的建筑、破旧的公寓楼和现代化的摩天大厦。人行道的两侧都是热带树木，挤满了游客和小贩。开始下起小雨。司机把雨刷器打开，继续说。

几分钟之后，出租车停在一幢漆成黄色的两层楼房前。伊恩付了司机车钱和小费，跟着乔治娅、玛蒂和霍莉走进餐厅。庙店非常优雅典致，并不像他所担心的那样俗气。外壁是粗糙又古朴的砖墙，高高的白色屋顶，陶土的地板上铺着东方风味的地毯，餐厅里还摆放着一尊古老的佛祖石像，墙上是装饰用的挂毯和壁灯，空气中飘着爵士的音乐。

一位服务员把他们带到了一张木桌边，木桌台面的中间是白色大理石的。伊恩先帮乔治娅，然后又帮两个孩子拉开椅子，让她们坐到高靠背的柚木椅子上。一位穿着越南传统长裙的服务员走过来，给每个人一份菜单。霍莉笑着接过菜单，又说起粤语，但马上意识到自己的错误，赶紧把嘴捂上了。

“我们这是在越南。”玛蒂笑着说。

“我知道，我知道。”霍莉翻着眼睛。她抬起头看着服务员。“对不起。我们刚刚从香港来。所以我才和你说粤语。”

那女人把手合着，放在腹前，笑着说：“没关系。没关系。你们要喝点酒吗？”

每个人都点了些饮料，很快服务员就把它们端上来了。其他顾客坐在旁边的餐桌上，既有外国人，也有当地人，狭小的房间里回荡着各种语言的对话。外面，则是远处传来的雷声和夹杂在其中的摩托车喇叭声。乔治娅和伊恩讨论起他们接下来的行程。玛蒂则牵起了霍莉的手。“你来了我真高兴。”

“我也很高兴。”

“我们这一趟旅行……马上就要结束了。我爸爸和我很快就要回纽约了。”

“我知道。妈妈和我在飞机上说过了。你就要回去和你的朋友们见面了，回学校上学。”

玛蒂点点头。“你能再教我几句中国话吗？这次我想学普通话。”

“普通话？”霍莉把饮料杯放下。“你马上就要回家了。”

“嗯，也许我可以去……中国城看看，和那里的人聊聊天。如果有一天我爸爸和我又回到香港找你，那就不止你一个人会说中国话了。”

“我喜欢说中国话。”霍莉笑着回答，她把刘海拨到一边。

“你说得也很好。”

“Ni–Hao。”

“什么？”

“这就是你好的意思。”

“Ni……Hao。”

霍莉摇摇头。“不对，不对，不对。你摔了一跤把膝盖摔伤了，这是Ni① 。然后你问怎么样，这是Hao② 。所以是这样，Ni–Hao。”

“Ni–Hao。”

“对了！说得很好。”

“Ni–Hao。”

---

① 英文中膝盖knee和Ni同音。 ——译者注

② 英文中怎么样how和Hao同音。 ——译者注

“对我妈妈说。”

玛蒂转过身对着乔治娅重复了这两个字。乔治娅笑了，表扬了玛蒂，玛蒂又去问霍莉怎么说谢谢你。两个孩子研究新词的同时，他们的晚餐也端上来了。很快，桌子上便摆满了一盘盘的烤鸭、烤鲈鱼和新鲜蔬菜。大家都从盘子里舀了一些，放到自己盘子上。碗碟刀叉的碰撞声和各种聊天的声音中，始终飘荡着路易斯·阿姆斯特朗[①]的歌声。

“你介不介意我做点游客的事情？”乔治娅问伊恩，从包里拿出一个小小的数码相机。她还拿出了一面小镜子，补了补口红。

“当然不介意。”

等服务员再回来的时候，乔治娅请她帮忙拍一张照片。服务员笑着同意了，伊恩和乔治娅站在两个女孩子后面。相机的闪光灯亮了两次，把四个人快乐的笑脸永远留了下来。然后伊恩和乔治娅回到各自的座位上。伊恩问玛蒂怎么用普通话说谢谢，玛蒂便把霍莉刚刚教会她的两个字告诉了伊恩。伊恩觉得玛蒂还想跟霍莉学更多的词，便转过身和乔治娅聊天，他发现她吃东西很慢，她的手指修长而纤细。

他递给她一筐新鲜的羊角面包。“我问你的时候你觉得惊讶吗？”

“问我愿不愿意来越南和你们碰头的时候？”

“是的。”

她拿起一块面包，用一把银质餐刀把它切成两半。“我不知道，也许有点吃惊吧。但你问的时候我还是很开心的。我希望你来

① Louis Armstong，1901~1971，美国著名歌手，是爵士音乐的灵魂人物。
——译者注

问我。”

“为什么？”

她小心地把餐刀放在桌上。这时，坐在餐厅角落里两个金发碧眼的外国人笑了起来。“我……我说不上来，”乔治娅回答，“反正现在说不清楚。但我很高兴你来问我。”

伊恩咬了一口鱼，想着她的话，不知道她是不是对别的什么东西还有所期待。他还没有准备去爱上她，也没有准备让她爱上自己。“山区一定很漂亮。”他笑着说。

她发现他衬衫的领口都已经破了，本能地就想去把它补好，虽然她完全不懂针线活。“你还好吗？”

“哦，我挺好的。身子骨还不算老。”

“凯特希望你能好好照顾自己。”

三十分钟以后，所有的盘子都一扫而光，伊恩和乔治娅平摊了账单。他们跟着玛蒂和霍莉走出餐厅，来到马路上。阴沉的天空仍旧下着雨。一个男孩子举着伞，匆匆向他们跑过来，把地上的小水坑都溅起了水花。他正在卖花，伊恩给乔治娅、霍莉和玛蒂一人买了一支紫色的鸢尾。

“我们是不是叫辆出租车？”他问，跨过一个水坑，“还是在雨中走走？”

玛蒂看着霍莉，霍莉笑着踏进了那个水坑。

“那就走走吧。”伊恩说，他把脚放下，落在背上的雨滴让他感觉很开心。

伊恩和乔治娅走在两个女孩子后面。他问她需不需要伞，她拒绝了，她宁愿和霍莉、玛蒂一样淋个湿透。她还记得自己年轻的时候走在雨中，全身淋湿也不觉得难受，只感到开心快乐。她希望能挽着伊恩的手臂，和他一起踩路上的水坑。但她知道，自己不能伸出手去触碰他，于是她只是往前走着，看着面前的霍莉和玛蒂。

他们走到酒店，乔治娅去办入住手续，而伊恩给两个孩子买了棒棒糖。玛蒂和霍莉笑着舔着棒棒糖，伊恩跟着乔治娅走上楼梯，他试着不去注意她衣服淋湿后展现出来的身体曲线。他们的房间分别在走廊的两头。玛蒂给霍莉一个拥抱，说了晚安。伊恩靠近乔治娅，感觉到她很想自己抱住她，但他还是退后了。“我看我们都有点累了，那就早点睡觉吧，”他点着头对乔治娅说，又朝霍莉点点头，“我们明天吃完早饭就出发。”

乔治娅多么希望他们还在雨中走着，多么希望他的手不要如此遥远。“晚安。”她打开门，吻了一下玛蒂的脸，跟在霍莉后面走进了房间，她听见伊恩的脚步声越来越远，她不想听，但她控制不了自己。

九个小时去会安的车程中，玛蒂和霍莉都没有安静下来过。会安是前往大叻途中的一个沿海城市，通往会安的公路很破旧，穿越了森林和山谷，还有开阔的海滩。路上大部分时间，伊恩和乔治娅都在和两个女孩子玩游戏。他们乘坐的面包车后面有四个座位是相对的，他们很容易就在中间架起了一个小桌子。伊恩教乔治娅和霍莉玩二十一点。乔治娅还带来了一个磁铁棋盘，在摇晃颠簸的车上，这可是再好不过了。他们还一起听音乐，讲故事，用数码相机拍下乡村的美景，再打打瞌睡。

现在，面包车往山下开，远处是惊涛骇浪的大海，伊恩拿起一瓶水，喝了一口，看着两个孩子。她们好像是在争吵，这可是她们自从见面以来的第一次。两个人都很累、很无聊，脾气都有点不好。伊恩已经阻止了好几次可能发生的争吵，他不想再这样做了。他在座位上转过身，问司机前面有没有什么地方可以停下车，让他们舒展舒展腿脚。司机名叫可汗，是个不错的人，大概已经有六十多岁了，他微笑着说再过二十分钟，他们就能到一处海滩了。

伊恩看着面包车的后面，堆满了他们的行李箱，还有一些拐杖和两箱老虎牌啤酒。他和乔治娅还有两个女孩子都挤在一个很狭小的空间里，他想，如果自己坐到前面的副驾驶座上，她们可能会觉得宽敞一些。“我觉得你们可能不想听我唠叨了，”他说，爬到前面的座位，“你们可以一起聊聊男生什么的，好不好？”

乔治娅把视线从窗口转开，她朝伊恩眨眨眼。“玛蒂，你听霍莉说了他们班新来的那个同学没有？”

霍莉拍了一下妈妈的膝盖。“妈妈！”

“什么？”玛蒂朝她们靠过去，“什么新同学？”

“那天他不是还给你递了张小纸条吗？”乔治娅接着说，握住霍莉的手。

霍莉拼命在妈妈怀里挣扎，伊恩已经在前面座位坐下了。车厢后面传来的嬉闹声让他也不由得笑起来。他把窗户摇下来，看着一片翠绿的田园景色，到处都是水田、热带树木和花岗岩的悬崖峭壁。

“可汗，去会安还有多远？”他问司机。

可汗眯起眼睛，好像是在探视着前方还没有踪影的目的地。“嗯，不是太远了，”他用英语回答，他的英语说得不错，很容易听懂。“可能还有两个小时。”

“那里有什么变化吗？像胡志明市一样？”

“会安？也许有一点点变化。就像女孩子的面容，也是一年不同于一年。”

伊恩笑了，他很喜欢可汗这个人，他戴着黑边眼镜，有满口洁白的牙齿。“我能问你一件事情吗，兄弟？”

“尽管问。”

“车厢后面的拐杖是做什么用的？”

可汗看了一眼后视镜。“我自己做的。我每次到北方来的时候，都会带上。”

“为什么？”

“因为山区有很多地雷。有时候农民或是小孩子会踩到，他们的腿就被炸掉了。所以我会把拐杖送给那些行走困难的村民。”

伊恩看着窗外掠过一片树林。“难道……难道人们就不能找到这些炸弹，把它们拆掉吗？”

“不可能。太多了。这些炸弹就和地上的石头一样多。而且炸弹的金属很值钱。有时候，一些穷人到处找这些炸弹，拿金属卖钱。这些炸弹会爆炸。或者有时候，小孩子会踩到上面。”司机耸着肩，摇了摇头。“所以我会做些拐杖，开车把它们送到北方。我经常过来。”

“你做了多少了？”

“每天一副。这是我的目标。我还想多做一些，但木材很贵，我的手也不灵活了。”

“我很抱歉。”

“这又不是你的错。”可汗回答，一辆卡车从对面开来，他又眯起了眼睛。“你知道吗，当时我才十三岁，但已经帮胡志明的军队打美国人了。”

伊恩转过去看着他。“怎么打？”

“我们秘密修建了许多铁路，这样胡志明就可以从北方的河内把各种物资送到南边正在和美国人打仗的部队。这些铁路都非常重要，美国人也知道这一点，所以他们想尽办法要炸掉铁路。有一次，我有六个星期的时间都在一条河上修桥。美国人每天早上坐着飞机来，把我们修完的部分炸掉。我们下午重修，到了晚上，我们的卡车开过桥朝南边走。第二天，美国人再来炸，我们再修，循环往复。最后，我们决定把桥修在水面以下，这样美国人就不知道它的存在了。我们花了十一天才修完这座水下的桥。从那以后，美国人就不来炸了，他们以为我们终于修烦了。但并非如此。每天晚上我们的卡车都可以从桥上过河。”

伊恩试着想象当时的情形，一个十三岁的男孩子看着炸弹掉下来，把一切都炸毁。“而现在你又做起了拐杖？”

“是的，因为我懂木工活。这还是我修桥的时候学会的。”

公路从山上来到了海边，海水是湛蓝色的，似乎比路面都要平坦。“你需要我帮助你吗？”伊恩看着可汗满是伤疤的大手问。

“什么意思？”

“也许我可以从美国给你寄一些拐杖来？”

可汗转过来，扶了扶眼镜，再一次眯着眼睛看着他。“从美国寄拐杖？真的吗？不是很麻烦吗？”

“不用担心。我有你们老板的名片。我可以把拐杖寄到他的办公室。”

车正在下坡，可汗把脚从油门上放下来。“我确实需要……需要更多的拐杖。你真的愿意这么做吗，麦克莱先生？你真的会寄拐杖给我？”

伊恩伸出手，紧紧地和可汗的手握在一起。“我会的，我保证。”

“谢谢你。非常感谢你。”

“我觉得应该是我谢谢你。谢谢你送我们，也谢谢你的善良好心。”

可汗点点头，再次把车加速。“过了这座桥，就是我后来大一些了打仗的地方……我犯过一些错误。我不像你们以为的那么好心。这一切我都不怪美国人，我做的一切我也不能归咎于美国人。所以，现在我只想尽我所能去帮助别人。我会一直做拐杖，直到我死的那一天。”

伊恩原打算问他过去的一些事情，却没有问出来。“我会给你寄拐杖的，很快。”

“你很好心。对我这么一个老人，对孩子都很好心。我会跟他们说起你的。说有一个很好的人，他住在美国，却给我们寄来拐杖。”

“谢谢你，兄弟。但真的，你也很好。你知道吗，其实你仍然还在修桥——能让孩子们重新走路的桥。”

右侧出现了大海，海浪拍着黑色的礁石，给空气中带来了一种肃穆的味道。伊恩看着可汗，可汗笑着晃着头，仿佛正在打着音乐节拍。

车厢后面，乔治娅正和玛蒂、霍莉讨论着关于男生的话题。伊恩听着她们的对话，很好奇，不知道乔治娅会给女孩子们怎样的建议。她告诉她们不用担心这些事情，因为她们长大以后可能一辈子都要担心关于男生的问题，所以没有必要现在就急匆匆地开始这种感情。玛蒂问看一个男孩子的人品应该看哪些方面。乔治娅犹豫了一下，但很快就回答说，找男孩子应该就像是在沙滩上找贝壳一样。她建议，不要总是去找最漂亮的贝壳，应该找最有意思的，这样的贝壳会让你时时想把它放在耳边，它会给你讲故事，让你觉得自己仍然还在海边漫步。

玛蒂和霍莉还在问各种问题，伊恩靠回自己的座位，笑了。他很高兴玛蒂在面对生活中关于异性的困惑情感时，能够听到乔治娅的观点。虽然乔治娅遭遇了丈夫的背叛，但她并没有对所有男人产生憎恶。至少她没有把这些感受表达出来。她没有说所有的男生都是坏人，也没有让玛蒂离他们敬而远之。她只是说，在一片到处都是贝壳的沙滩上，要花很长的时间才能把它走遍，才能最终决定最喜欢的贝壳是哪一个。

可汗眯起眼睛，指着海边一处空的停车场。他尽量把车开到离海近一些的地方，然后停下来。伊恩问玛蒂和霍莉想不想休息一会，女孩子在座位上跳上跳下，迫不及待地打开车门。

这片海滩大约只有一个篮球场大小，周围都是岩石。可汗从座位旁边拿出一桶润滑油，打开车前盖，伊恩跟着乔治娅、霍莉、玛蒂朝沙滩走去。女孩子把脚上的凉拖鞋踢掉，走进了海水中。乔治娅坐在一个被海水冲上岸的树干上，树干非常光滑，不过已经被太阳晒退了颜色。伊恩坐在她身边，把她忘记在车上的相机递给她。

“谢谢。”她说，把相机的绳子挂在脖子上，给两个女孩子照了一张相。

“不客气。”

伊恩很想和孩子们一起下水，但还是决定就让她们两个好好玩一玩。“她们很快就会像两姐妹那样打起来。”

“是，两个人都互不相让。”

“我觉得两个人脾气都不小。”

“脾气？”

“应该是在热带待的时间太长了，让人抓狂。”

她笑着，依然用脚划着沙地。“你有时候说话我都不知道你是怎么想的。也许你才是抓狂的那个人。”

“我？”

“对啊，就是你。”

他假装挠了挠眼睛。“疯狂一点也没什么不好，我觉得。可以让很多事情更好，更有意思。”

“你一直都是这样。”她回答，又笑了。

玛蒂扔了一把海草到霍莉身上，霍莉尖叫起来。伊恩拿起一块石头，扔到了海浪中，他想起自己和兄弟们在澳大利亚的时候，也喜欢这样扔石头。下一次他再出国旅行，一定要回澳大利亚看看，他想。他想带玛蒂去看看澳大利亚南边的海滩，让她看着袋鼠在沙漠里跳来跳去，认识一下她的堂兄弟姐妹。他的兄弟们都很幸福，都娶了自己心爱的女人，伊恩不知道自己是不是准备好去见证他们的快乐了。虽然他很爱父母，但父母却因为他搬去美国而从来没有原谅过他。要弥补这个裂痕，他必须把凯特的过世、把自己的失落抛开。

他看着沙滩上乔治娅的脚。她的脚趾很漂亮，可能是因为长期穿高跟鞋，她的脚趾都挨得很紧。脚指甲上涂着淡紫色的指甲油，配着白色的皮肤，不会觉得很突兀。她的小腿露出来一部分，他看着她小腿优美的曲线，一直延伸到裙子的边缘。他突然意识到自己的行为，赶紧把目光转向两个孩子，叹了一口气。

“怎么了？”她转过身问他。

霍莉抓住玛蒂，朝她踢水。

“你觉得，”他问，“我们在一起旅行奇怪吗？”

“奇怪？你是认为不妥吗？”

“也不是不妥。只是……你觉得我们为什么要来这里？为了霍莉？为了玛蒂？还是为了别的什么？”

她看着两个孩子。“我不知道，也不愿意多想。你邀请我们来，我们就来了。我觉得来是对的，没有什么不妥。”

他抬起头，突然之间，他的情绪没有一分钟之前高涨了，他觉得看着乔治娅的腿就相当于在背叛凯特。“应该死的人是我，而不是她。”

“你为什么要这么说？”

“因为她比我更好。”

乔治娅摇摇头。“不要这么说。夫妻之间……没有谁好谁坏。他们是一体的。”

他坐在树干上转过身，看着她的眼睛。“我能问你一件事情吗？”

“只管问，伊恩。”

他挠了挠身上一个被蚊子咬的包，点点头。“我还记得……你离开弗兰克的时候，你是那么伤心，但现在你看上去又如此满足。你是怎么做到的？”

她闭上眼睛。不远的地方，一只海鸥在叫。“一天一点点，”她回答说，又用脚在沙滩上划着，“这就是我恢复的方法。我熬过了最开始的那些日子，那是最痛苦的时候。每天，我都恢复一点点，慢慢地，我就好了。因为时间就是我的朋友。一天一天，变成了一周一周，一周一周又变成了一月一月，一切都在慢慢变好。我并不是说我现在的生活就完美了，但它已经足够好了。”

“他那么伤害你实在是太不应该了。他太蠢了，真是个浑蛋。”

“他还和她在一起，所以我也不知道他是不是真的很蠢。他看上去很开心。我已经不在乎他了。也不再恨他了。我恨他恨了那么多年，对自己一点好处也没有。显然对霍莉也没有任何好处，反而让我……做了一些卑鄙的事情。”

“不可能。”

“我伤了他，伊恩。”

“不会的，你——”

“是，我做了。”她打断他的话，把目光转向两个孩子。

“怎么回事？”

她一动不动。“你真的想知道吗？”

“只要你愿意告诉我。”

远处响起一声喇叭。乔治娅朝公路的方向望去，她压抑了许久的回忆慢慢涌上心头。“要伤害他并不难。我弄了一个假的电子邮件地址，给他展览馆几个主要的捐款人发了一封匿名信，我告诉他们在晚上……在他们的展览馆里，在他的办公室里，在那些储藏室里都发生了什么。你觉得他们知道了这件事情还会慷慨捐助吗？你觉得我还不够卑鄙吗？他的捐助人都离开了他，他也没有持续下去。他梦想中的工作就这么没了。我算是报了仇，但是却比以前更加痛苦，因为最后我还伤害到了博物馆其他人。他们的工作都要靠这些捐助。我没有办法弥补他们，永远都不能了。”

“你只是对自己的遭遇做出了反应。”

“但我做的事情是不对的。所以我不再恨他了。”

“不过他仍然还是个浑蛋。”

“也许吧。但对我来说，他已经不存在了。”

玛蒂和霍莉已经跳进了水里，朝伊恩、乔治娅挥着手，叫他们也过去玩。“想去海水里走走吗？”伊恩问，“也许会感觉舒服一些。”

“好啊，去走走吧。”

伊恩跟随乔治娅的脚步，走在温暖的沙滩上。我到底在干什么？他问自己，海水轻抚着他的脚趾，玛蒂朝他伸出手，把他拉进了更深的水里。他朝她笑着，吻着她湿漉漉的额头，看了一眼乔治娅。她也在看他，他转过身，抱起玛蒂，吻着她的脖子。

伊恩觉得自己好像又一次背叛了凯特，便赶紧把所有的注意力都放在玛蒂身上，他挠她的痒，心中的情绪却像他周围翻腾的沙子和海水一样混乱。他觉得很内疚，很后悔，但又感觉到自由和希望。

霍莉跑上前帮着玛蒂挠伊恩的痒，他们抱成一团，三个人倒在海水中，伊恩看到乔治娅正盯着自己，他们四目相对。突然，两个孩子倒在他身上，把他推倒在海水和沙滩中，把他从乔治娅身边推开，这正是他需要逃离的方向。

当天晚上，他们住进了会安的一家旅店，办完手续后，四个人沿着一条安静的街道散步。他们的左边是一排黄色的两层楼的商店和餐厅，屋顶都铺着锡铁片。屋檐下挂着红红的圆灯笼，发出幽幽的光芒。街道的另一边是一条通往遥远大海的运河。运河两边铺着花岗岩的砖石，河上是传统的越南平头小木船。

虽然每个人坐了一整天车，都非常饿了，但乔治娅和伊恩还是决定给两个孩子一个惊喜，先带她们去会安的一家裁缝店看看。伊恩想给玛蒂买件漂亮裙子。会安最著名的特产之一就是为顾客量身定做的丝绸裙子和羊毛衫，这些衣服如果是在欧美国家，可能要几百上千美元，但在这个被人遗忘的城市，却只要十几二十块。

霍莉还像在香港的时候一样，带着大家往前走，用越南语向路上的当地人打招呼。玛蒂也学着她的样子，她尽量紧跟霍莉的脚步，也像她一样打着招呼。玛蒂和往常一样，背着背包，但自从前一天早上开始，伊恩就没有看到她把画册拿出来过，这让他有点惊讶。在他的记忆中，她每天至少都是要画一幅画的。

霍莉终于选定了一家商店，两个中年妇女坐在店外面的塑料椅子上。她们穿着黑裤子和白衬衫，喝着饮料，指着远处的什么东西。霍莉用越南语向她们问了好，这让她们露出一个大大的笑容。然后，她又用英语问她们能不能做裙子，她们立马从椅子上站起来，牵着霍莉的手，带着她走进了那幢古老的木头房子。

霍莉边走，边告诉那两个女人，玛蒂需要一条很特别的裙子，因为她们第二天晚上就要出去用餐了。两个女人把霍莉带进了一个好像是寺庙的房间。房子里面有两层楼，楼顶的天花板是用深色木料做的，墙壁是木头的，从石块地板一直延伸到屋顶最高处的粗柱子也是木头的。横梁上用旧链子挂着几个红灯笼，虽然灯笼没有点亮，颜色依然很鲜艳，它们挂着的样子就像是正在织网的蜘蛛。墙壁上一排排柚木架子搁着一捆捆颜色鲜艳的丝绸。没有脑袋的模特身上展示着各种式样的传统衣服和现代时装。

这两个女人看上去好像是双胞胎，她们站在房子的中间。“你是喜欢越南风格的还是西式风格的？”一个裁缝用蹩脚的英语问，她的眼睛就和天花板一样漆黑，鼻子旁边还有很大一颗痣。

“等一下，姐姐，等一下，”另一个女人生气地说，“首先，欢迎你们来到我们的小店。你们想喝点什么或是吃点什么吗？”

霍莉看着玛蒂。“你想要什么？”

玛蒂看着那两个女人，她们点点头。“要不来点喝的？”

那个面容光洁的妹妹笑了。“可口可乐？芬达？”

“那就可乐吧，谢谢。”

那个女人又看了看霍莉、乔治娅和伊恩。每个人都要了饮料之后，她便匆匆跑到街上。留下的裁缝点燃一支香，拿起了一个卷尺。“我妹妹金姆马上就回来。我叫阿萍。今天还没有人来我们店里，你们是第一批顾客，这就意味着你们很幸运，我们会给你们优惠的。”

乔治娅看到霍莉点点头，又坐在石凳上。伊恩走到她旁边，他肚子有点疼，这才想起，自从到越南以后，他就再也没有吃过药了。

“你觉得呢，”霍莉问玛蒂，“是越南风格的还是西式的？”

玛蒂看着那些模特。她走到一件传统的越南长裙前面，裙子几乎到了脚踝的长度，里面还有一条白色的丝绸长裤。裙子是蓝色的，从脖子一直到一边肩膀的下面是一长条纽扣。裙子的上半部分是各种颜色的混合，像是透过雨水模糊的窗户看着一个大花园。玛蒂觉得自己看到了玫瑰花、郁金香，还有成百上千种其他的鲜花。她喜欢这种走在花园里的感觉，她摸着裙子柔软的布料。“我喜欢这一件，”她说，“这贵吗？”

“不贵，”阿萍回答，“给你就算十五美元。”

霍莉摇摇头。“但我们是你今天的第一批客户，你的幸运客户。我觉得应该给我们算八美元。这才像话。你卖给我们八美元以后，就会有更多的好运。运气好得让你做衣服都不想收人家钱。”

“八美元！”阿萍装做吃惊的样子，“给你十二美元吧。这是最后的价钱。可以吧。”

“不行，不行。九美元。这是我最后的价格。就这样吧。”

“十块！”

“九块！”

就在霍莉和裁缝讨价还价的时候，玛蒂看到了一套男孩子穿的西装，她想起了卢比。“爸爸，我们能给卢比也做套衣服吗？”她问，“做点特别的？”

伊恩顺着她的视线看到了那套西装，他不知道如果卢比穿上这样的衣服，孤儿院里其他的孩子会有什么反应，也不知道为什么他三天前给孤儿院院长发的一封电子邮件至今都没有回复。“我不知道，宝贝，”最后他回答，“如果孤儿院里其他的孩子都很嫉妒卢比穿上这样的衣服怎么办？或者我们可以给他们寄一些毯子？那样不是更好吗？”

“那毯子和这个一样柔软吗？”玛蒂问，又摸了摸那条裙子。

“是的，大副。和这个一样柔软。”

玛蒂笑了，谢了爸爸，霍莉和阿萍终于达成了一致，十美元成交。玛蒂很高兴看到霍莉的笑容，也很高兴马上就要给卢比孤儿院的小孩寄去柔软的毯子，当阿萍从口袋里拿出一个卷尺时，她很乐意地往前走了一步。她还记得自己从香港那家服装店里跑出来的情形，现在，她却站得笔直，看着爸爸。

阿萍并没有立刻取玛蒂的尺寸，而是捏了捏她的手背，摸着她的脊背，又摸了摸她的锁骨。玛蒂觉得自己好像是在看医生，她朝霍莉望去，霍莉正捂着嘴笑。

“你是个很结实的小姑娘。”阿萍说，拉开卷尺，她记下玛蒂的颈围、腰围，还有手脚和身子的长度，每量完一下，她就弹一下舌头。

金姆从街上回来了，她把饮料递给乔治娅、霍莉和伊恩。“小心点，不要让我姐姐用卷尺把你勒得喘不上气了。”她笑着说。

阿萍皱起眉头，用越南语回了几句，又用英语补充道，“金姆很会做衣服，但是更会说话。如果不管着她，她就要从早说到晚。只要你让她说。去，金姆，去外面给他们拿点吃的来。”

金姆依然笑着，转过身对伊恩和乔治娅说。“阿萍平常都没有什么好点子，不过这个主意还不错。你们想吃点什么？要烤鸡肉还是烤鱿鱼？”

“要量很久吗？”伊恩指着玛蒂问。

“是的，”金姆回答说，“如果要给你们每个人都量尺寸，恐怕还要一会儿，尤其是如果阿萍还要量你的尺寸的话。她肯定一次量不准。”

伊恩把饮料放在一边。“我觉得不用给我量了。”

“要的，要的，”玛蒂转过身对他说，“你需要一件漂亮的新衣服，爸爸。这样明天晚上我们一起吃饭的时候你就可以穿上了。”

“是吗？”

“是的是的，”乔治娅也回答说，走到旁边一个摆放着深色布料的架子，摸着那些料子，“和女士们在一起应该穿一件漂亮的羊毛衫。”

伊恩笑了，“那好吧，既然是这样，我想我们每个人都来一件吧。”

“我现在就去，”金姆说，“很快就给你们带好吃的回来。你要看着我姐姐，不要让她量错了。有时候她的眼睛和脑子不是那么好使。”

阿萍用越南语说着什么，把金姆赶走了，她们都笑了。金姆离开房间。阿萍记下了几个数字，走到霍莉身边，重复了整个过程，继续弹着舌头。霍莉饶有兴趣地看着模特，直到最后才决定不要黑色的裙子，而是要一条和玛蒂一样的长裙。她希望能成为玛蒂的双胞胎姐姐，哪怕只有一个晚上。

阿萍又花了二十分钟，才把霍莉、伊恩和乔治娅的尺寸量完。这中间，金姆拿着一串串的烤鸡肉和烤鱿鱼回来了。她把吃的东西放在木盘子上，端给他们，特意把这些热气腾腾的美食从她姐姐面前端过，但就是不给她。玛蒂和霍莉开始吃东西，乔治娅伸开双臂让阿萍量尺寸，伊恩则给金姆做了个手势，让她跟着自己走到街上。

“您需要什么吗？”她问，“啤酒？摩托车？还是想来个足底按摩？”

他笑了，从口袋里拿出三片海玻璃[1]，这是他那天早些时候在沙滩上找到的。它们是绿色的，经过无数海浪的冲刷，已经非常光滑

---

① 海玻璃是玻璃在海里经过海水不断冲刷以后变成的圆滑的碎片。——译者注

了。和他的大拇指指甲差不多大小，看上去就像是在地底深处发现的宝石。他把那三片海玻璃递给金姆。“你能把这三片海玻璃做成三串项链吗？或者你知道有谁会做？”

金姆把海玻璃放在手掌上，用手指拨动着。“什么样的项链？”

“能和她们的裙子搭配的？要不……要不用黑色的皮绳配银质的镶底？”

“我有个朋友，她能做。会做得非常漂亮的。大概要……二十美元。”

伊恩朝她靠过去。“商量一下，好不好？如果你能保密，我就再多给你一些钱。但是明天早上一定要做好。等我们来拿裙子的时候，你就把项链给我。”

“没问题。我现在就去找我朋友。”

他把手伸进背包，递给她二十五美元。“请告诉你朋友，做得特别一点。”

金姆把钱放进口袋，仍然拿着那三片海玻璃。“你妻子，她很幸运。”

伊恩的笑容消失了。“乔治娅？她……她不是我妻子。”

“不是吗？”

“不是。”

“哦，无论怎样，她都很幸运。如果你找到这么漂亮的东西，然后送给她，那我觉得她就是幸运的。那两个女孩子也一样幸运。”

“晚安，海玻璃先生。”

伊恩看着这个越南女子离开，他想，不知道是不是所有的当地人都以为他和乔治娅是夫妻。“对不起，我的爱人。”他看着夜空轻声说，但夜空中却只有闪耀的星光。

裁缝店里，阿萍已经给乔治娅量完了尺寸，正和玛蒂讨论着关于丝绸毯子的事情。伊恩走进房间，靠在一面墙上，听见女儿和霍莉正同阿萍就毛毯的价格讨价还价。玛蒂显然不擅长做这样的事情，霍莉听到玛蒂贸贸然就同意了一个价格，显得很不高兴。但玛蒂却很开心，这也让伊恩露出了微笑。

他递给阿萍几张钞票，从盘子里拿出一串烤鱿鱼。“谢谢你，”他说，“我们明天上午再来。然后就要出发去大叻了。你能把所有衣服都做完吗？”

阿萍揉了揉钞票，“我们今天晚上不睡觉了，通宵做衣服，明天再补睡。这挺好，尤其是对金姆来说——这下她就可以说一整晚上的话了。”

“那好，祝你们聊得开心。”

“也祝你们开心。”

他们互道了再见，伊恩带着乔治娅和两个孩子走到街上。他咬了一口鱿鱼，热乎乎的，还有一点甜味。“我能带你们去看样东西吗？”他问。

大家都点点头，他走到两辆出租的自行车前面，把目的地告诉骑车的人，伊恩和玛蒂便坐到一辆自行车的后座，乔治娅和霍莉坐上另一辆。两个车夫努力地踩着踏板，车子越来越快，进入了空旷的小路。他们经过了有着两百年历史的临街店铺。街灯忽明忽暗地闪烁着。玛蒂和霍莉伸出手，紧紧牵着对方。

两辆车又走上了一条泥土小路，像是两只正在比赛的海龟，颠簸着往前走去。会安市的灯光在他们身后渐渐隐去，天上的繁星显得越发明亮了。路的两旁都是高高的椰子树，它们的叶子仿佛在风中窃窃私语。很快，他们又听到了海浪的声音。面前出现了一大片灰色的海滩。

伊恩给两个骑车的人付了钱，让他们等一会。他牵着玛蒂往海边走去。乔治娅和霍莉跟在后面。天上的星星就像他们脚下的沙粒一样，无穷无尽，点缀着夜空。他们右边一百来步远的地方，一群越南人聚集在篝火边唱歌。篝火照亮了附近的一部分海滩。歌声与海浪拍岸的声音融合在一起。

“这里真美。”伊恩说，躺在离海水二十英尺左右的沙滩上，整个夜空仿佛都触手可及。“我和我的兄弟们还很年轻时，我们在野外的丛林里经常这么做，”他补充说，“我们有时候也会点燃一堆篝火。我们把它叫做丛林电视机。不过看夜空中的星星更美。”

玛蒂、霍莉和乔治娅也走到沙滩上，抬头看着星空。一开始，谁都没有说话。天上的繁星一闪一闪，偶尔，还有流星从不知名的星座旁滑过，消失在海面上。还有几颗卫星——它们不过就是几个光点——钢铁的外壳上反射出来自世界另一边的太阳光芒。没有月亮，也没有云朵，整个天空是属于星星的世界，属于它们的回忆和纪念。

乔治娅意识到，他的前夫虽然是个博物馆馆长，理应是个热爱美好事物的人，但从来没鼓励过她去做像是凝望星空这样的事情。“你看到了什么？”她听着海浪的声音问，看着一颗卫星。

霍莉抓了一把沙子，又让它从指缝间流走。“我觉得流星是最漂亮的。它就像……就像是一个看不见的巨人在我们头顶挥舞着蜡烛。然后它们就像燃着的蜡油一样开始滑落，掉啊，掉啊，掉啊，最后掉到了海里。”

“你呢，玛蒂？”乔治娅问，“你在天空中看到了什么？”

玛蒂在繁星中看到了妈妈，看到了她的美丽、优雅和坚强，这让她觉得自己是自由的。“我……我看到了妈妈。”最后她这样回答。她没有一整天都想着妈妈，这让她觉得愧疚。她看着夜空，担心自己会忘记妈妈的声音和脸庞。她越来越慌张，伸出手牵住爸爸。爸爸紧握着她的手，她知道他的想法也和自己一样。

“你妈妈很漂亮。”他说，显然不知道在乔治娅和霍莉面前应该说些什么才好，“你是对的。她就和这星空一样。她不是一颗星星，而是很多很多颗。”

玛蒂眨眨眼，眼泪刺痛了眼睛。“所有的星星。”

“你知道还有什么也很美好吗，宝贝？”

“什么？”

“我们四个人躺在这里，躺在中国南海的海边，看着这美丽的星空。我们四个都是朋友。就像是兄弟姐妹。我觉得这也是很美好的一件事。”

玛蒂点点头，紧紧抓住他的手。“我们……有点像是一家人。”

他愣住了，转过身对她说。“像一家子的好朋友。”

乔治娅躺在玛蒂的另一边，她多么希望自己这个时候能够看到伊恩脸上的表情，她希望他能帮助霍莉生起一堆篝火，让两个女孩子往火堆上添加木柴，而她可以把头靠在他的胸前。她和他相处的时间越多，她就越想感受到他的心声，但她绝对不会鼓励他。“我很高兴我们能在一起。现在，我最想待的地方就是这里，最想见到的人就是你们。”

“我也一样。”霍莉说，朝玛蒂靠过去。

伊恩没有回答，她不知道他是怎么想的。她仔细回想着伊恩的话，大家都沉默下来。终于，她无法忍受这样的沉默了，坐起来。“你想点堆火吗，玛蒂？”她问，“就像那边的那些人一样？我们点一堆火，然后讲故事吧。”

玛蒂站起来。但伊恩的动作要慢得多，他在黑夜中看到了乔治娅的身影，她觉得他的视线仿佛都凝固了。至于它为什么凝固，她不知道，但她不想从他的目光中躲开，有那么一瞬间，她觉得自己好像是暴露的，好像是没有穿衣服躺在他面前的一个浴缸里。有什么东西似乎在紧紧联系着他们，把他们拉到一起。然后，伊恩转身看着两个孩子，那个东西也就消失了。

第二天，他们一行四人坐在面包车的后面，看着窗外掠过的一座座越南的高山。他们越靠近大叻，山也就越高——长满了高大的常青树，还有小河、瀑布和各种野生动物。空气中弥漫着松柏的芬芳。道路上几乎没有人和车，只有两侧茂密的、未被破坏的树林。乔治娅曾经在西雅图周边登山探险，她觉得仿佛回到了太平洋的西北岸。她从来没看到过越南的这一面，她很高兴他们最终决定来到大叻，这里很久以前就是越南富人夏天度假的胜地。

他们在路上停下来两次，每次可汗都会把一些拐杖留给他所信任的一些人。每个人一想到那些需要拐杖的孩子，都觉得很伤心。他们已经见到两个这样的孩子了——是被同一枚地雷炸伤的两个小男孩。但从某一个方面来说，这两个小男孩又是幸运的，因为炸弹只炸掉了他们每人的一只脚，有了拐杖，他们还能到处走动。他们还可以过自己的生活。可汗给他们解释怎么用拐杖的时候，玛蒂带着霍莉走进了旁边的一家商店，她们把自己的零花钱凑到一起，买了两根钓鱼竿。两个男孩子收到这份礼物的时候，真是惊讶极了。

现在，可汗开着车继续往山上走，车厢后面只剩下三副拐杖了。玛蒂很难相信，在周围如此美丽的森林中居然还有炸弹。她问可汗炸弹都在哪里，他只是时不时地斜望一眼，指着远处的弹坑。有些弹坑已经很有些年头了，都已经长满了草。如果是玛蒂自己，她绝对不会注意到这些地上的小坑，很多坑里面还灌满了水，像是一个个圆圆的小池塘。但也有一些弹坑显然是刚刚被炸开的。可汗告诉她，很久以前，大叻周边的地区就已经扫清了地雷，但是在郊外，还有无数的地雷埋在地下。

玛蒂知道越南人很相信鬼神，她看着那些森林，心想不知道死去的亡灵会不会还游荡在里面。她觉得，那些田地、山谷、溪水和瀑布中正在孕育着无数的生命。但也正是同样的这些地方经历过战争。玛蒂对战争知之甚少，但她肯定，如此突然、如此痛苦的威胁和折磨一定会让一些人陷在生死两界之间。她知道，妈妈有足够的时间来做好准备，面对死亡，去理解它。所以妈妈并没有害怕。

玛蒂拿出画册，用黑色的铅笔画出了群山和松树的轮廓，又用绿颜色把它们填满。她没有画任何鬼魂，但是在画的下面加上了一排脚印，就好像有人正在林间行走。虽然她不知道为什么要加上这排脚印，但她觉得这样画才是对的。这片森林并不是一直都如此空旷的。她觉得把它画得空无一人是不对的——一方面是因为有那么多人死在了这里面，另一方面也是因为她坚信妈妈并没有远去。

车开到一座山的山顶以后，大叻渐渐出现在车窗外。车开始下山，那座城市好像消失了，几分钟之后，它又出现了。路边现出了一条小河，河水奔涌跳过河中的巨石，从一处悬崖直落下去，展示出巨大的力量，也发出震耳欲聋的声响。玛蒂还从来没有见过这样的瀑布，哪怕是在喜马拉雅山区也没有。在这条瀑布周围，空气都感觉更加凉爽了，她深深地吸了一口气，把湿润的水汽吸进肺里。

大叻的周围都是青葱的大山，看上去和玛蒂去过的其他越南城市完全不同。池塘、小溪、松柏都成为大叻一个不可分割的部分，创造出一个层层叠叠的绿色天堂。

到酒店后，伊恩冲了个澡，刮了胡子，换上一件白色衬衫和新的浅绿色羊毛衫。他把那三条海玻璃项链放进口袋。玛蒂换衣服的时候，他看着窗外，想起了凯特，他是那么后悔，以前总是把有她的日子视为理所当然。他希望无论她现在置身何处，都能原谅他。

很快，玛蒂从浴室出来了，她穿着新裙子，伊恩觉得她就是世间一切美好事物的化身。他告诉了她自己的想法，他们拥抱在一起。然后伊恩拿起一把梳子，小心地给她梳头发，他按照凯特以前给她梳头发的样子梳着，回忆着一家人团圆的时候。他把玛蒂的头发梳到一丝不乱，才把梳子放下来。她看上去那么漂亮、那么可爱，但又显得那么成熟。他吻了吻她的额头，握着她的双手，好像不握紧她就会飞走一样。

他们在旅店大堂和乔治娅、霍莉碰头。虽然伊恩觉得谁都不可能有自己的女儿那般美丽，但乔治娅和霍莉的样子还是让他吃了一惊，乔治娅穿着一件紫色的无袖长裙，而霍莉的微笑仿佛让整间房子都充满了光芒。伊恩带她们走到外面一辆正在等客的出租车旁。他帮乔治娅打开门，自己坐到前面，告诉了司机他们要去的地点。

乔治娅和两个女孩子讨论着各自的裙子，伊恩看着窗外闪过的城市。他转过身，想看看身后她们的笑脸。乔治娅问玛蒂需不需要帮她稍微化点妆，玛蒂看到霍莉的嘴上涂着唇彩，便说也要。乔治娅于是把一只小刷子蘸进一瓶半透明的液体中，然后均匀地涂在玛蒂嘴唇上。

司机把车开上了一条刚刚铺好的马路。整个城市似乎都显得很遥远，道路两旁只有高大的松树。过了几分钟，他们来到了一家两层楼的木屋，这就是餐厅了，它坐落在一个小山上，可以俯瞰到山下的湖泊。湖边都是正在开花的大树和青草。远处青葱的大山仿佛直插云霄，夜色开始降临，天空也变成了深蓝的颜色。湖泊的形状很像是一只乌龟。湖面上飘着一些游船，游船设计成天鹅的造型，很多船上坐满了带着孩子来玩的家长，但也有不少船上坐着情侣，他们把船划到湖边远远的一角。

他们到餐厅就坐、点餐后，伊恩把手伸进口袋。“我有东西要送给你们。这是昨天我在沙滩上找到的。纪念一下我们一同的旅行。”他给玛蒂、霍莉、乔治娅一人一条项链，小心地不要给错了对象。做项链的人在每块海玻璃的上面和下面都缠了一条银线。按照伊恩的要求，项链是用一根细细的黑色皮绳串起来的。

玛蒂第一个把项链戴上了，她拿起那块海玻璃，仔细地看着。“我很喜欢，爸爸，”她摸着海玻璃说，“你找到的？真的吗？”

“是的，宝贝。你们在海水里玩的时候，我发现的。”

乔治娅也把她的礼物戴到了脖子上。“真漂亮，伊恩。太漂亮了。非常谢谢你。”

“不客气。这是我的荣幸。”

霍莉还从来没有从除了妈妈以外的人那里收过首饰这类的礼物，她只是拿着项链。“你……你把这个……送给我？”她问，手停了下来，眼睛直直盯着伊恩。

“当然。你是玛蒂的好朋友。也是我的好朋友。”

她看着那块海玻璃，还没有注意到自己的眼睛都在发亮。“这……这太漂亮了。”

“就和你一样漂亮，霍莉。就和你一样漂亮。”

乔治娅笑了，她帮着霍莉把项链带上。“这和你的裙子很搭呢。和你们的裙子都很搭。”

霍莉的手还摸着那条项链，感觉着它的形状，用脚把椅子勾了一下，朝伊恩靠过来。“谢谢你，”她说，声音比以往更加轻柔、更加缓慢，“这条项链太美了。你替我找到了一条完美的项链。”

“海玻璃也许不久以后就会消失了，”伊恩回答，“现在什么东西都是塑料制的。把塑料扔进大海可变不成这么漂亮的东西，和我在那片小沙滩上找到的这些可不同。”

玛蒂转过身对着爸爸，“但我们并没有送给你什么。”

“没关系，小袋鼠。你给我的已经够多了。”

服务员端着饮料回来了，还拿着一个像是灯笼的小竹篓。

“这是什么？”玛蒂问。

那女人指了指湖面。太阳正在落山，萤火虫在湖面和湖边到处飞舞。“看到那些小孩子没有？”她回答，“看到他们在抓萤火虫了吗？你们也可以去下边抓，然后把它们带回来。”

玛蒂看着一群群的小孩追着萤火虫，把它们抓住，放在同样的竹篓里。她站起来。“我们可以去吗，爸爸？拜托了？”

“我们都去吧。好像很好玩的样子。”

伊恩脱掉外套，搭在椅子上，跟着两个孩子和乔治娅走下楼梯，霍莉转过身朝他笑了笑，手仍然放在项链上。他拿起小竹篓，很高兴旅店的经理给他推荐了这家餐厅。这里的一切看上去都是那么完美，他看着玛蒂和霍莉穿着新裙子朝湖边跑去，自己也开心极了。这里好像经过了精心打理——草坪上的草整整齐齐，光滑的大石头旁边种着一丛丛鲜花。到处都是萤火虫，它们亮那么一两秒钟，然后就消失在不断变深的夜色里。孩子们追在后面，家长帮忙捉住那些小虫，放在玻璃瓶子或是从餐厅拿来的竹篓里。

玛蒂和霍莉开始去追在一棵开花的大树下盘旋的两只萤火虫。她们边笑边追，小虫躲开了她们，一下就消失了，突然又出现在几步之外。伊恩也笑了，他想到玛蒂和霍莉之前都不曾看到过这么多的萤火虫。在曼哈顿和香港那样的大都市里长大，她们并没有这样的机会。

霍莉第一个抓到了一只萤火虫，她笑着跑到伊恩面前。伊恩把竹篓下面的一个小口打开，她把手伸进去，摇了摇，让萤火虫飞进竹篓。玛蒂也匆匆跑来，重复着同样的动作，这时霍莉已经跑向了另一群萤火虫，一个越南的小朋友也跟在后面追着，但一只都没有抓到。

两个女孩子跟在萤火虫后面跑来跑去的时候，乔治娅朝伊恩走过来，举起了相机。她给霍莉和玛蒂照了几张相，然后对他说，“我给你照一张相吧，你穿的新衣服真好看。”

他笑了，伸出手跳起来去抓一只萤火虫，但它却飞走了。“看它飞走的样子，”他说，朝右边走了一步，站在那只萤火虫下方，“真是太漂亮了。”

乔治娅把他的微笑拍了下来，然后把照相机放下。“我觉得它不想被你抓到。”

“那我要向它说抱歉了。”伊恩拿着灯笼，好让玛蒂和霍莉把更多的萤火虫放进去，然后他朝乔治娅点点头。“要我帮你拍一张照片吗？”他问，玛蒂和霍莉又跑到湖边去了。

“帮我？”

“对啊。”

她把手伸进包里，拿出一面小镜子。“等一下。”

“你不用照镜子了。你现在很好看。”

她突然想起弗兰克以前告诉她，他觉得她怀孕后脸太肿了，一点也不好看了，她把头发拢好。“对不起，”她说，“我想这是个坏习惯。”

“一个不必要的习惯。就像每次下海之前，都要把纵帆船重新漆一遍一样。”

“纵帆船？”

“一种航海的老船。”

她笑着皱起眉头。“所以我是一艘准备下海的老船喽？”

“呃……差不多吧。但我们还是努力划起来吧。”

“尽管划。”

她笑了，他把她的笑容定格下来，一边是湖水，另一边是玛蒂和霍莉远远的身影。他把照相机还给她。“今天晚上的夜色真美。”

“不止如此。”

“怎么说？”

乔治娅又给两个孩子照了一张照片。“看看她们。看看玛蒂，她就像她自己正在追着的那只萤火虫一样在飞舞。”

“她走路总是蹦蹦跳跳，这倒是真的。她就像一只小袋鼠。”

“是啊，她是这样。所以，下一次如果你担心她开不开心的时候，就想想今天晚上。她并没有忘记要如何开心。你也没有忘记。”

他抓住一只萤火虫，用手捂着，透过指缝看着它的光芒，又把它放开了。“我也希望相信……这些。”

她朝他走过来，她很想阻止内心澎湃的情绪，但却无法否认它们的存在。“我能……牵着你的手吗？”她问，脉搏在加快，声音在颤抖。“就像两个好朋友那样？绝对没有其他的意思。我只是想牵着你的手，沿着湖边走一走，看看孩子们抓萤火虫。这是一个多么美好的夜晚……一个完美的夜晚。”

他仔细打量着她的脸，发现她不再是那个在香港大街上自信从容的女子了。“让我们把这个夜晚变得更加完美吧，”他说，朝她伸出手，“没有理由说好朋友就不能牵着手一起走走。”

“谢谢你，伊恩。”

“不客气。应该是我谢谢你。”

乔治娅笑了，她牵着他温暖的手，觉得自己好像突然之间年轻了十几岁。太阳已经落山了，湖面上落日仿佛在燃烧的倒影也不见了。整个世界都更加微妙了。玛蒂和霍莉来来回回地跑着，又把四五只萤火虫放进竹篓。

伊恩和乔治娅跟在她们后面，他们谁都没有说话，看着自己的女儿让他们觉得开心满足。一开始，伊恩牵着乔治娅的手还觉得有点愧疚，因为这样的行为好像是太亲密了。但很快，他的感觉就发生了变化。她需要他，而他也需要她。如果朋友连手牵手都不可以，那他们还怎么互相帮助呢?

小孩子们继续抓着萤火虫，或是把它们放生。虽然玛蒂离伊恩有一百英尺的距离，但他仍然听到了她的笑声，感受到了她的快乐。她爬上一根树桩，又跳了下来——她张开双臂，转着身，好像是变身。她五颜六色的裙子在空中飞舞，好像飞了起来，这短短的一瞬间让伊恩仿佛也飞上了天，他的恐惧都化成了希望，悲伤都化成了喜悦。他不假思索，没有任何担心、也没有任何保留地举起乔治娅的手，吻了一下，他吻在她的手背上，这时，玛蒂抓住了一只飞翔的萤火虫。

两个女孩子都向他跑过来，他把乔治娅的手放下。她紧握着他的手，朝他靠过来，她想张嘴说话，但又把嘴闭上，露出了一个微笑。玛蒂把萤火虫放进竹篓，在越来越深的夜色中，他们四个人走回餐厅。伊恩把乔治娅的手握得更紧，然后放开了。他把竹篓拿上楼，放在他们的餐桌上。还有十几张桌子上也放着同样的竹篓，成百上千只萤火虫似乎都在阳台上相互召唤着对方。

饭间，他们学着当地人的样子，一起分享所有的主菜，把盘子传来传去，把各种酱料混在一起，让每个人都尝到。整顿饭期间，他们的萤火虫都闪烁着光亮。到了上甜点的时候，玛蒂和霍莉才把竹篓翻过来，把门打开，看着所有萤火虫飞了出去。

吃完饭，霍莉带着他们朝一辆出租车走去，大家都一致同意，这是他们去过的最好的餐厅之一。乔治娅看起来尤其显得兴致高昂，让伊恩惊讶的是，她的这个样子反而让自己放心了。他从来没有打算过要让另一个女人开心，但知道自己做到了这样的事情，让他感觉很温暖。他并没有像自己所担心的那样，内心破碎了。也并没有完全失去方向。

他在出租车的前座转过身去，他发现，没有什么比看到玛蒂坐在霍莉和乔治娅中间开心笑着更让他感觉到幸福了，乔治娅帮玛蒂拍照，问她最喜欢今天做的什么事情。当然，玛蒂的回答就是抓萤火虫，她还说，她打算给卢比画一幅萤火虫的画寄给他。玛蒂不知道印度有没有萤火虫，但她希望卢比能够看到自己所看到的一切。玛蒂说着话，伊恩觉得，她的声音中仿佛有了一种新的自信。他不知道这种自信是来源于她和霍莉、乔治娅的相处，还是来源于其他什么。但每当乔治娅问她问题，当她妈妈最好的朋友像对待亲生女儿一样对待她的时候，这种自信就更加明显了。

伊恩发现，她们一起相处的时候，乔治娅总是试着多和玛蒂交流，让她开心。他很感谢乔治娅的这些努力，非常感激，也许这就是他去吻她手背的原因，是他想和她一起分享快乐的原因。除开他和玛蒂在一起的时间，这几个月来他做的最开心的事就是吻了乔治娅的手。他希望能再吻一次。

玛蒂说了什么让他笑了，他看着玛蒂，又把视线转向乔治娅，她的面容并没有笑容过多留下的笑纹，也没有生活养尊处优的悠然神态。她脸上既没有骄傲的表情，也没有装出一副无所不知、无所不惧的样子。她只是流露出一种热情、睿智和希望的神采。突然之间，伊恩很想像吻她的手一样去吻她的双唇。虽然他努力在内心深处埋葬了如此多的孤独，但他并不想感觉到自己是孤身一人。为了玛蒂，他不得不把那种孤独埋在心底，但现在，他看着乔治娅就坐在自己的女儿身边，他知道自己再也无法隐藏了。虽然他很爱玛蒂，但他所需要的远远超过了玛蒂所能给予的。他知道，如果他的精神得到了自由，玛蒂也会更加开心。

出租车开进了大叻市中心，正穿过一个比较老的市区。他和凯特以前住过这里。虽然有些地方发生了改变，但那些饱经风霜的建筑却依然熟悉。伊恩正想转过身看看乔治娅，突然，他看到了一条小河上的一座古老石桥。所有的回忆都涌上心头——他仿佛看到自己和凯特深夜站在石桥的一边。她构思了一首关于小桥的诗，说的是它厌倦了行人无数脚步的踩踏。还没等她把诗念完，他就抓住她，紧紧地抱着她，她笑着还想把诗念完。虽然她抗议，他还是把她举起来，抱着她走过了那座古老的小桥，走进旅店，走上水泥的台阶，走进了房间。他们在一床薄薄的垫子上做爱，周围是一顶蚊帐，头顶是摇摇晃晃的吊扇。

他一直盯着那座石桥，直到它消失不见。然后他朝前望去。一分钟之前还显得那么生气勃勃的城市现在好像突然死了。一切都是灰暗的、可怕的、陈旧的。伊恩揉着额头，多么希望那个时候能让凯特念完那首诗。他现在很想听到它，很想再一次听到她的声音。他一直都是那么喜欢她的声音，不管是面对面说话，还是打电话，又或者是隔着一条马路叫他。她的声音就像是一条小河，充满了激流，总能把他带走。但现在，她已经离开了，比她曾经喜欢的这座古老石桥还要先一步离开。

现在应该是你在这里，他想。我希望你能看到这座桥。它一点都没有变。而且你从来没有告诉我那首诗的结尾。是我搞砸了。我没有好好珍惜你。对不起，我的爱。我应该让你把诗念完。我应该坐下来，等你想到最合适的词。我真是个傻瓜。

伊恩吸了吸鼻子，这是一整天以来他第一次感觉到肚子疼。乔治娅问他是不是还好，他点点头，没有说话。他不想伤害她，因为他绝对不会再吻她了，也不会陪她走到她的房间，然后给她一个拥抱，再道声晚安。他曾经很希望这么做，但就在几分钟之前，那座小桥让他想起了凯特，凯特被迫离开他，在痛苦中死去。她都已经不在了，而他还能感觉到幸福，这是不对的。他觉得这是自己做的所有事情中最错误的。

最后，他转过身对乔治娅说。“你看能不能……让玛蒂今晚睡到你们房间多的那张床上？两个小姑娘会很高兴的，我觉得。我想出去走走，如果你不介意的话。”

“走走？”

“绕着小镇走走。舒展舒展腿脚。”

玛蒂和霍莉兴奋地说着一起过夜的事，伊恩却看到乔治娅正盯着自己，她的眼中充满了疑惑，她的嘴巴好像是在无声地说，“为什么？”

他并没有回答，只是摇摇头，转开身，他看着双脚，害怕自己还会在这个古老的城区看到其他充满回忆的地方。

第二天早上，玛蒂在霍莉身边醒来。她已经习惯和爸爸睡在一起，没有他，她觉得有点弄不清方向了。虽然她很喜欢深夜和霍莉说悄悄话的感觉，但一想到爸爸一个人在走廊对面的房间里，她又感到有些孤独。她一边想着爸爸，想着妈妈要她开画展的请求，一边把衣服穿好，走到房间一角，乔治娅穿着睡衣坐在那里，看着窗户外面。

“早上好。”乔治娅轻轻说，她抬起头看着玛蒂，牵住她的手。

“早上好。”

“你睡得好吗？我听见你们两个小鬼很晚了还在说悄悄话。是不是有点太晚了？”

“霍莉是个傻瓜。”

“她一直都是这样。”

“谢谢你让我睡在你房间。”

“不用客气。”乔治娅回答，紧紧握住玛蒂的手。

玛蒂在旁边的椅子上坐下来，尽量不弄出声响。“我能问你一件事情吗？”

“当然可以。”

“为什么我爸爸昨天晚上要出去散步？他为什么要离开我？”

乔治娅准备说什么，但又停下来了，她整理了一下思绪，控制住伤心的感觉。“我也不知道，玛蒂。”

“你有你的画，”最后她回答，“你的画让你……有可以清净的时间。是不是？”

“是这样。”

“你爸爸也需要一些清净。但他又不会画画。所以他去……走路。无论他的情绪怎样，散步能让他心情愉快一些。就像你的画也让你心情愉快。”

玛蒂点点头。“我猜……如果我不会画画，我也会去散步。我会走很远很远，一直走到鞋子都磨破。”

乔治娅朝玛蒂靠过来。“你一定要记住，你有很多天赋。会画画就是一个天赋。你爸爸也是上天赐予你的一个礼物。”

“妈妈……也曾经这么跟我说过。”

“她说的对。”

“她也是上天给我的礼物。”

乔治娅握紧玛蒂的手。“也是给我的。”

“我能再问你一件事吗？关于我妈妈的。”

“什么事？”

玛蒂把一根辫子拉到面前，咬了起来。“在她写给我的最后一封信里，她问我能不能为爸爸和她做一件事。”

“什么事？”

“她想我办一个画展，展出自己的画，画我在一路上看到的东西，让爸爸看一看……也让她看看。”

“那……你想在这里画吗？在我们的房间里？”

玛蒂继续咬着辫子，睡了一晚上，辫子都已经松了。“在这里她看不见。必须把画放在外面。”

乔治娅把脑海中关于伊恩的念头抛开，她俯过身帮玛蒂重新扎好辫子。“外面？哪里呢？”

“就在那个大石头中间的瀑布边上。”玛蒂回答，她希望乔治娅能同意，但又担心她会反对。“我想去那里，用粉笔在石头上画。我希望我的第一个展览就在瀑布旁边，妈妈一定会看到的。”

“你想霍莉和我陪你一起去吗？”

玛蒂点点头，她很喜欢乔治娅的手摸在她头发上的感觉。“拜托了。只去一会儿。等下我爸爸就要来了……你就可以做自己的事情了。”

乔治娅把她的头发扎紧，编成一个麻花辫。“我们当然会和你一起去。我们很乐意。”

“真的吗？”

“你知道吗，玛蒂，你妈妈是我最好的朋友。我们就像你和霍莉一样，常常说笑。我……我希望她能看到你的画。我也很想看。真的很想看。我们走吧。我们把霍莉叫醒就出发。现在就走，免得等会下雨，或者又有别的什么事情。”

玛蒂朝乔治娅靠过去，闻着她身上的香水味道。“你想我妈妈吗？”

“我会永远想念她的。最好的朋友之间不应该说再见，就像母亲和女儿之间也不应该说再见。”

“我不想说更多的再见了。”

“我也不想，”乔治娅摸着玛蒂的后脑勺，“你的头发很漂亮。让我想起了霍莉的头发，原来她的头发很长，后来她认识了那些香港的女孩，就决定和她们一样留短发了。”她吻了吻玛蒂的额头。“现在我们把她叫起来。然后我们去告诉你爸爸我们要去哪儿，让他等一会坐出租车去瀑布那里，要不两个钟头以后？”

“也许要三个钟头。”

“你去告诉他。我去叫醒霍莉，我们赶紧穿衣服。”

“谢谢你。”

乔治娅扶着她的肩膀。“我很高兴看到你的第一次画展，玛蒂。谢谢你邀请我，让我成为你这个重大日子的一部分。”

玛蒂笑了，从房间走出来，敲了敲爸爸房间的门。他一定是已经醒来一会了，因为他马上就把门打开，而且衣服都穿好了。他弯下腰来，紧紧抱着她。他的眼睛通红，吻了吻她的脸，笑着说：“早上好。”又吻了她一下，“你和霍莉睡得还好吗？”

“我们聊到很晚。”

“真的吗？不过好朋友都是这样。”

“她可真喜欢说话。”

他摸着她的脸。“那你睡在她们房间还习惯吗？我觉得你应该会喜欢的。”

“爸爸？”

“什么事，宝贝？”

“乔治娅、霍莉和我要出去一会儿。我有个惊喜要给你。你不能跟着我们。”

他刮了刮她的鼻子。“那我应该干吗呢，小袋鼠？就等在这里？像你一样，把我的手指甲也涂成粉红色？”

“等三个钟头。然后叫辆出租车去大瀑布那里，就在市郊。”

他还想再问一个问题，但乔治娅和霍莉已经站在门口了。乔治娅跟他说了一声早上好，她的笑容显得微弱而勉强。

玛蒂说了再见，跟着乔治娅和霍莉从走廊走出去。乔治娅叫了一辆出租车。她让司机开到大瀑布，车从市区开出了。她看到那座古老的石桥，觉得它很漂亮。然后车开过一片树林，清晨的空气中，那些松树仿佛更加芬芳了，好像清风还没有把它们的香味带走。

出租车停在瀑布之外几百步远的地方。她们沿着小路走，很快面前就出现了那道瀑布，瀑布比玛蒂记忆中的还要大，从悬崖上落下来，两边都是大树和灌木。它至少有五十英尺宽，五十英尺长。下面的水潭周围是卡车大小的巨石，长满了青苔。

玛蒂谢过霍莉和乔治娅，朝那些石块走去。她想着妈妈的要求，表情严肃，步伐稳健。她想画一幅很漂亮的画，能够从地上和天空中都能看到的画。前一天晚上，在霍莉睡着以后，玛蒂仔细想了下应该画什么。突然她的眼前出现一幅绚丽的画面，她知道自己可以把它重现出来。现在，她朝岩石走去，脚步越来越快。她把背包拿下来，把手伸进去，拿出一盒彩色粉笔。她找到一块干燥的岩石，把上面的树枝和碎石抹掉，紧靠着石块，抚摸着它的起伏，感受着它的质地。

玛蒂画的第一样东西很简单——一棵开满鲜花的樱花树，斜在河边。她一边画，一边看着霍莉和乔治娅走到旁边的岩石，也把它们都擦干净。玛蒂笑了，但她什么也没有说，手在不停地移动着，粉笔在岩石上，也在她的手上留下了各种颜色。在她的脑海中，她仿佛看到了东京那棵河边的樱花树，她把这棵树栩栩如生地重现出来。它的鲜花开满了整块岩石，它粉红色的花瓣饱满鲜艳，它旁边的小河中留下了落花的倒影。

玛蒂走到另一块岩石边，拿出了一根新的白色粉笔。她闭上眼睛，想象着泰姬陵的样子——在阳光下闪耀的穹顶、蓝天、古庙。她的手又开始画起来了，仿佛是手自己在移动，然后，一个部分接着一个部分，一个梦想接着一个梦想，泰姬陵重现在石块上了。她边画边笑，相信妈妈这个时候一定正在看着她，引导着她。所以她的手才能如此自由地移动，就像是她们曾经一起放飞的那只白鸽。

然后是尼泊尔的高山，山顶覆盖着白雪，山脚是一片片绿草和鲜花。接着，玛蒂又画了泰国的那艘船，船头站着他们曾经帮助过的那个女孩子。卢比是她画的第五幅画。画里他穿着新衣服，坐在一根树干上，对着她笑。她用粉笔画不出太多细节，但她画下了他的微笑，他脸上所闪耀的快乐。

她走到乔治娅和霍莉刚刚清理干净的另一块巨石上。玛蒂坐在石块前面，乔治娅蹲下来，把一朵白色的小野花别在玛蒂耳朵上，吻了吻她的头，走开了。

玛蒂的粉笔只剩下短短一截，她决定只画出香港的轮廓，就像从山顶看到的那样。港口、摩天大楼和整座城市的宏伟都在岩石上得到了重现。最后，玛蒂对自己的作品感到很满意，走到另一块岩石前，在上面画了一个湖泊。然后加上了很多黄色小点——那是她记忆中的萤火虫，那个她永远也不会忘记的夜晚。湖边她又画了四个小人。两个跳着在追萤火虫，另外两个手牵着手。

伊恩悄悄走到玛蒂身后的时候，她还在画。他仔细看着那些岩石，看着她的记忆是如何在上面重现的——都是美好的记忆，关于美和快乐的记忆。虽然他--直都知道玛蒂很有绘画方面的天赋，但当他站在那里的时候，他才意识到，她的才能已经超过了自己的想象。她的天赋远远超过了他所能做到的任何事情。虽然她画的泰姬陵也许没有完美的造型，但她抓住了它的神韵。卢比的身体比例也不是那么标准，他的笑容却像天使一般。

伊恩在玛蒂身后跪下来，吻着她的后脑，抱着她。她转过身，他一遍又一遍地点着头。她用沾满粉笔灰的小手抱着他。他紧紧抱着她，凯特过世以后，他第一次相信她确实能够看到自己和女儿。凯特让玛蒂画一些漂亮的画，她做到了。她妈妈现在一定就在看着她。

三十英尺之外，乔治娅和霍莉手牵手站着。霍莉的爸爸一直把自己的博物馆看得比女儿重要，霍莉也因为爸爸对自己的冷淡感到伤心，她没有想过自己会喜欢上绘画、雕塑或是诗歌。但她却被玛蒂所画的一切震撼了。乔治娅继续看着那块画着萤火虫的岩石，石头上的两个大人手牵着手。

玛蒂吻了吻爸爸的脸。她拿起一支红色粉笔，又走到另一块岩石前。她爬到石头顶上，画了一颗巨大的红心。在红心下面，她用白色粉笔写道，“我们爱你，妈妈。我也爱你，爸爸。”

伊恩走到岩石前面，把她抱下来，紧紧抱着她。他吻着她的前额，擦去她脸上的泪水，但自己很快也泪流满面了。但她还是微笑着。她的微笑是那么天真，充满了希望和骄傲，他把她高高举起来，让她可以看到自己所有的作品。他把她高举着转了一圈。

他抬起头看着天空，对凯特说他爱她，玛蒂也爱她。然后，他朝乔治娅和霍莉走去，他知道玛蒂很想和她们一起。虽然他自己还没有拿定主意，但他的步伐却非常坚定，两家人走到了一起，好像成了一家。

他们坐着可汗破旧的面包车沿着海滩玩了两天之后，回到了胡志明市，现在他们就走在胡志明市的动物园里。动物园不大，但有各种动物和展览。和欧美国家的动物园一样，这里也有人行道、可以遮阴的大树、池塘，还有五彩斑斓的花园。这天正是星期天，公园里挤满了越南当地人——用手推车推着孩子的家长，也有寻找僻静地方聊天的情侣。

玛蒂、霍莉、乔治娅和伊恩脸上的笑容都消失了。霍莉和乔治娅再过几个钟头就要离开了，所以她们把行李也拿到了动物园，因为这里正好在去机场的路上。玛蒂像是被关在笼子里的狮虎一样——无精打采、漫无目的地走着。她牵着霍莉的手，她们一起朝大象园走去，霍莉记得上次来就去看过。虽然霍莉对自己即将离开也很伤心，但她比玛蒂更能控制自己。她还记得更小的时候，一不开心就会和妈妈去看话剧《安妮》。安妮相信明天会更好，霍莉也有着同样的信念。

霍莉告诉玛蒂，在这家动物园里，一年前出生了一只小象。她很想去看看它，她希望玛蒂看到它的时候能够开心一笑。

“你在泰国骑过大象吗？”霍莉问，“我就骑过。我还给一头小象喂过食。”

玛蒂把目光从地上抬起来。“我没有骑过，但看到过一头大象。”

“嗯，那下次你可以试试。如果你再去的话，一定要去骑。你可以骑在它背上，骑完以后给它喂一点香蕉。它会把鼻子卷起来吃。”

玛蒂点点头，心里却在想，自己十天后就要回到曼哈顿了，在曼哈顿她可能永远都骑不了大象。“也许，有一天……我们可以一起去泰国。”

“会的，玛蒂。一定会的。”

“我也希望这样。”

她们身后二十英尺远，伊恩拖着乔治娅的旅行箱，看着玛蒂和霍莉走在前面。他发现，在即将到来的离别面前，玛蒂的情绪似乎比霍莉低落得多。自从凯特过世以后，他们度过的最快乐的一个星期马上就要结束了。

乔治娅努力掩盖着自己的情绪，但她也很伤心。自从那天晚上在湖边以后，她和伊恩就再没有过身体上的接触了，她没有指望再能牵住他的手。他还爱着凯特，他们仍然是一体的。她绝不打算破坏他们之间的那种联系。

但是，乔治娅需要听到他的声音，她转过身对他说。“你们……去埃及打算做些什么？”

伊恩知道，她很想自己去牵她，但他又一次想到了那座石桥，想到了凯特是如何含着泪水离开人世的。“我们还没商量过呢，”他靠近乔治娅回答，“我对那里并不是很了解。我想，我们会从开罗出发，去看看金字塔，然后去尼罗河。”

“这是你们旅行的最后一个国家？然后你们就回美国吗？”

“我们的旅行是该结束了。”

“嗯，我觉得你这个决定很好。玛蒂一定会很喜欢埃及的。”

伊恩看了女儿一眼，没有注意到右边已经是猴园了。“她看上去很伤心。”

乔治娅看到了他脸上的担忧，但不能像自己所想的那样去安抚他。“她还在寻找自己的路。不过她不会永远找下去的。”

“不会吗？”

“不会，当然不会。想想她这一路来都做了些什么。她是那么勇敢。而且她老是说起卢比，她想去帮助他。如果她只想到自己，只感觉到悲痛伤心，是绝对不会去做那些事的。”

伊恩点点头，又想到自己给孤儿院院长的电子邮件，不知道为什么还没有回复。这让他有些担心。“我很为她……为她感到骄傲。”

“本来就应该这样。而且我这也不只是在说她，也是在说你。”

“我？”

“对啊，就是你。”乔治娅回答，她把刘海拨到后面，好把他看得更清楚。“我说过了，她正在寻找自己的道路，但是你也在给她指导。我知道这一切是怎么回事。你做得很棒。”

“你真是一个很好的朋友。”他握住她的手，又一次让自己也觉得惊讶。虽然他经常都会想到凯特的那座石桥，但他也没有做好和乔治娅说再见的准备。“真是一个好朋友。一想到我们马上就要分隔那么远，我也觉得很伤心。”

“我也一样。”她回答，她想他来吻自己，她想和他牵着手，跟在他们的孩子后面，走上一整天。

“我觉得，对我们来说，这个世界实在是太大了。”

“你是什么意思？”

“我的意思是，我在曼哈顿，而你在香港。这很远……即便是对很好的朋友来说，也是很远的。”

“你觉得远，那才远。”

他看着天空，觉得脚步很沉重。“这倒是真的。但是……但是，老实说，凯特仍然是我的世界的一个部分，是我的空间的一个部分。无论我现在……怎么想，我都没有打算离开她。我不能……离开她。”

乔治娅摇摇头。“没有人让你离开任何人。我可从来没有说过。”

“我不是那个意思。”

“我绝对不会提出那样的要求，我连想都不会想。”

他停下脚步，转过身看着她。“我知道。对不起。”

她握紧他的手。“不要忘了，我也很爱凯特。我绝对不会希望你离开她。”

“对不起。我说了一些蠢话，说得不对。”

乔治娅看着伊恩低落的样子，他的脸看上去苍老了很多。虽然他刚刚说的话让她伤心，但她并不打算回击他。“你知道吗，凯特以前老是跟我说你，说她不想离开你。她是那么爱你。有时候，我自己会笑着跟自己说，不知道怎么回事，她会对你那么痴情。看上去都有点……幼稚。或者也许是天真。但是，现在我知道了。我知道她为什么会有那样的感受了。”

“为什么？”

一群孩子拿着气球从他们身边跑过，朝一只正在游荡的孔雀跑去。乔治娅看着孩子们，然后转过身对他说。“我不想再多说了，伊恩。不是现在。但我要说的是，你让我感觉又年轻起来。这让我很开心。”

他直视着她的眼睛，发现它们是那么脆弱——浅绿色的眼珠，淡淡的睫毛保护着它们不受外界灰尘的伤害。他不知道，如果他和她再相处一个月，会发生怎样的事情。他记忆中的那座桥会逐渐消失吗？他会想让她来吻自己吗？

“我……我并不想回家。”他说，发现两个孩子终于走到了大象园，停了下来。“但我必须回去。”

“我知道。”她再次握紧他的手，但又马上放开了，她看到他的脸是那么柔弱，她看到了他内心的伤痛。

“我会想你的。”他轻声说。

“我也会想你的。”

伊恩看着她走到栏杆边，问霍莉和玛蒂觉得大象好不好玩。她是那么坚强，他想。坚强而又美丽。

玛蒂和霍莉靠在栏杆边看着一头成年大象正在把头往树干上蹭。她们并没有看到小象，这让霍莉很失望，因为她很想让玛蒂看一看。霍莉看到妈妈指着手表，明白她们剩下的时间不多了。很快她们就要坐上飞机，回到香港。一切都要回复原状了。

“你觉得你们还会来香港吗？”霍莉摸着脖子上的海玻璃项链问，“我真的很希望你和你爸爸能再来。”

玛蒂耸耸肩，她很想把这头大象放生，就像她去放生那只鸟一样。“我倒是希望我们能住在香港。这样你和我就可以成为最好的朋友。我们就不用说再见了。”

“也许真的可以。也许你爸爸能在那里找到一份工作。这样，你就可以和我一起去上学了。”

“不可能。”

“嗯，也许……也许我们可以去念同一所大学。你可以学画画，我可以……去学金融学，像我妈妈一样。这样，我们就还是最好的朋友。”

“可那会是很久以后的事了。”玛蒂回答，她觉得自己就像这只大象一样被困住了，她很想逃跑。

“我们可以互相发电子邮件。我每天都教你一句普通话。你可以把你画的画寄给我。”

玛蒂看看大象，又看看通往远方的小路。她的腿在发抖，呼吸又短又急。

“你们在埃及会玩得非常开心的，”霍莉补充说，“非常非常开心。”

霍莉又说了几句话，她妈妈也说了些什么，但玛蒂一句都没有听见。她只是拥抱着自己的朋友，紧紧地抱着她。虽然她努力控制自己的眼泪，想像霍莉和乔治娅一样坚强，但她的泪水还是夺眶而出。她控制不住怅惘的情绪，眼泪一直流个不停。她听到乔治娅的声音，看到爸爸给了她一个拥抱，她觉得自己是那么孤独。她看着那只大象，很想爬到它背上，然后和大家一起骑着它回到森林，她也想让自己自由。

但她做不到。那只大象转过身，朝园子的另一边走去，那边的地都已经被大象们无数的脚步踩平了，在那里，游人的声音逐渐远去，只有风吹过树叶沙沙作响。

埃及

选择

在尼罗河上，她觉得自己好像真的回到了过去，这种感觉比在他们已经去过的任何一个地方都要强烈。她敢肯定，尼罗河就和这个世界一样古老。

“友谊让快乐加倍，让悲伤减半。”

——埃及谚语

从一家现代酒店二十层楼高的阳台上望去，古老的尼罗河逶迤不绝。这条巨大的河流主宰着整个开罗市，把它一分为二。驳船、游轮和埃及传统的白帆船都在河上来去，天空是那么灰暗，仿佛旁边的沙漠很久以前就把开罗的建筑用尘土沙石笼罩了起来。

虽然酒店楼下的街道挤满了行人和不断鸣喇叭的破旧汽车，但从楼上看，整座城市还是显得格外宁静，似乎是在对着仅仅几英里开外的金字塔朝拜。在现代化的开罗市区之外就是沙漠，高耸的金字塔俯瞰着整座城市，似乎完全没有受到这个充斥着钢筋、玻璃和水泥的时代的影响。

玛蒂和伊恩坐在两张退色的木头椅子上，看着太阳在尼罗河上慢慢落下。伊恩举起一瓶酒，往玛蒂手上的杯子里倒了一丁点。“大概很多人，”他说，“会说我这么做没脑子。但我觉得你应该尝一两口。”

她笑了，她还记得，以前他总是给妈妈倒酒。“这个喝起来和果汁差不多吗？”

“我觉得不是，小袋鼠。比果汁苦多了，”他朝她举起杯。“干杯，宝贝。敬你，也敬埃及。”

她的嘴唇碰到酒，尝了一小口，那酒劲让她很意外。她本来要皱起眉头，但又没有，她知道妈妈很喜欢红酒。“还……还不错。”她说，把杯子放在桌上。

他笑了。“你说谎一点也不像，宝贝。”

“才没有。我挺喜欢的。”

“真的吗？”

“这……有点浓。”

“浓？”

“让我的舌头发麻。”

一架飞机飞入了伊恩的视野，让他的目光也跟着往南看去，那边正是尼罗河的源头。他摸着一条柔软的紫色丝绸领带，这是霍莉不知什么时候悄悄塞到他背包里的。玛蒂脖子上也挂着她们送的一个小望远镜，他不知道霍莉和乔治娅是什么时候买的。霍莉给他们各写了一张小卡片，然后把礼物藏在他背包的衣服里面。直到他们到了埃及，才发现那条领带和望远镜。“我很高兴，小袋鼠，你想到霍莉的时候不用那么伤心了。”他说，仔细看着领带，一想到这是霍莉为他挑选，又偷偷塞进他包里的，他不由得微笑起来。

玛蒂一点也没有觉得好受，但她在掩饰自己。“嗯，你保证说我们一年后会再去香港的。”

“一定会。”

“拉个勾？”她问，伸出手指。

他也伸出小手指紧紧勾住。“拉勾了绝不反悔。”

“谢谢你，爸爸。”

他看着她的脸，发现她晒黑了，就像是楼下的城市和河流接受了太多的阳光。“你晒得好黑呀。明天，我要帮你涂防晒霜，而且你要把太阳镜戴上。”

她又喝了一小口红酒。“你有没有和你的朋友说过再见？”

“当然有，宝贝。”

“什么时候？”

“我十八岁的时候，当时我离开了澳大利亚的丛林，离开了我的家人和朋友，搬到悉尼去上大学。然后，毕业以后，又去了日本。”

“你觉得难过吗？”

“我爸爸和妈妈觉得很伤心。他们现在还对我很生气呢。”

“现在还生气？”

“是的。他们很不高兴。”他看着一只小鸟乘风向旁边一座高楼的顶上飞去。“像是那样的生活变化，像是你和霍莉分别，都会让人非常伤心。”

“确实。”

“我同意你的看法，小袋鼠。但是，你知道吗，这些改变，我所做出的这些改变，让我遇到了你妈妈。然后我们才有了你。如果我从来没有离开过丛林，那你也就不存在了。那我就没有办法创造出我生命中最美好的你了。”

“但是，你也许会遇到另一个女生。”

“也许会，也许不会，但我觉得那都不重要了。因为这个世界上只有一个你，我并不想要其他任何人。”

“我也不想要其他人来当我爸爸。”

“不会的，宝贝。恐怕你这辈子都得和我在一起了。”

他把手放在她膝盖上，摸着一块旧伤疤，想到她当时从自行车上摔下来的情形。“宝贝，我要谢谢你。谢谢你成为我一路上最棒的伙伴。”

“我们能不能下楼去看看你的电子邮件？卢比或霍莉可能给我们写信了。或者莱斯莉又从尼泊尔给我们发照片了。”

伊恩喝完自己杯里和她杯子里的红酒，看了一眼尼罗河，不知道如果凯特看到它会有怎样的心情，他多么希望她能亲眼见一见啊。她一直很喜欢水，无论是海水或是湖水，蓝色或是棕色。

伊恩把鞋子穿上，拿起钱包，带着玛蒂走出房门。她在走廊里走着，目光非常坚定，她迫不及待地想看看自己的朋友是不是发来了邮件。伊恩知道，她并不像自己假装的那么开心，她对于自己在动物园里的情绪崩溃还有点尴尬，努力试着表现得成熟一点。

酒店的一楼挤满了来自世界各地的人们。穿着西装或长袍的男人坐在茶几前谈着公事。有些女人戴着头巾，有些则没有戴，她们抱着小婴儿，照看着到处跑的小孩子。旁边有一间装饰精美的房间，一群群男人聚集在巨大的水烟管旁边，这些水烟管都是用银或铜做的，顶上还有一个用来放熏烟丝的小碗。他们吸着五颜六色的管子，喷出一团团烟雾。

酒店的商务中心有几台电脑、几张椅子和一台打印机。伊恩和玛蒂坐在离门口最远的一台电脑前，伊恩上网打开了电子邮箱。他也很想看看有没有邮件。让他失望的是，孤儿院的院长仍然没有回信，这让他的肚子又疼了起来。他不知道为什么院长至今没有回复，他决定第二天早上一定要打一通电话，问问卢比现在到底好不好。

但一封乔治娅发来的电邮却让他的情绪稍稍平复了一些。他打开她的信，坐到一边，让玛蒂也能看到。

亲爱的玛蒂：

我是霍莉，我在妈妈办公室的电脑上给你写这封信。我们已经回家两天了，我很想你，也很想越南。昨天晚上，我又把我的新裙子穿上了，还戴上了你爸爸送给我的项链。我把项链给我学校的朋友们看，她们都很喜欢。我也非常喜欢。

我希望我们能一起再去海里游泳。我们这里也有海滩，不过和我们在越南看到的海滩不同。

我问妈妈我们能不能有一天去纽约找你。她说，如果我成绩好，我们就可能去。也许是暑假的时候。我一定要认真学习，因为我很想再见到你。

打了这么多字，我的手指都疼了，我要和你说再见了。我妈妈在附件里放了一些我们旅行的照片。我看到的时候都笑了。请给我从埃及寄一幅画来吧。我还从来没有去过埃及。

对了，我妈妈也向你爸爸问好。我觉得，她和他在一起很开心。

你的朋友
霍莉

玛蒂把信又读了一遍，然后让伊恩把附件里的照片打开。第一张是玛蒂和霍莉站在齐膝深的海水里，然后是他们四个人在胡志明市的庙店餐厅，第三张是玛蒂和霍莉在追萤火虫，第四张是两个女孩子穿着新裙子。

玛蒂趴到电脑屏幕前。伊恩也凑过去，他看到照片中微笑的玛蒂，比她现在的样子更像是一个小女孩。在餐厅的那张照片中，他坐在乔治娅身边也显得很开心。他看到乔治娅的手放在桌上，想起了自己曾经握着她手的情形，想起了她手掌的温暖。

玛蒂和伊恩给霍莉回了信，又给孤儿院的院长发了一封邮件，便回到了房间，换上睡衣，爬到床上。他给她讲了一个小姑娘照顾受伤猎鹰，让它重获健康的故事。讲完故事，他吻了吻她，说过晚安，笑着看她把头枕在自己胸前，然后对自己说，一切都会好起来的。

开罗以南大约五百公里，阿斯旺大坝下游几英里的地方，玛蒂和伊恩坐在一艘游船的顶上，这艘船已经饱经风霜，可以搭载一百名游客。船顶有几张桌子和椅子，还有一些像是迷你高尔夫球场上的塑料绿草。由于烈日的暴晒，绿草都已经退色了，船上其他地方也一样。这艘船就是一个白色的长方形加上尖尖的船头，水面以上有两层，有一些可以看到河景的房间和一个大大的餐厅和娱乐室。楼下有些乘客正在看肚皮舞娘的表演，其他的乘客则聚集在船顶——照照片、喝饮料，一阵热风吹过船顶的时候，大家纷纷都把帽子扶稳。

阿斯旺大坝旁边的尼罗河和开罗市内的尼罗河显得完全不同。这里的河流没有那么宽，但水更深，是黄昏的那种颜色。大概半英里宽的河水两边，长满了青翠的稻田和棕榈树。距离河边不远是有着上千年古老历史的灌溉系统，现在还在浇灌着这片土地。灌溉系统之外就是沙漠，茂密的稻田在几步之外就成了荒漠的沙地。远处是荒芜的山丘，呈现出深棕色，岩石都剥落了。河边可以看到砂岩砌成的房屋，还有农夫和渔民，但是沙丘地区却好像什么都没有。它们死气沉沉，而尼罗河生机勃勃。

河上到处都有小帆船，它们看上去就和滋养了这里的五千年文明一样古老。帆船是用木头做的，有一根四十英尺高的桅杆，飘着又窄又长的帆。虽然小船看上去很简陋，还堆满了绳子和各种各样的杂物，但它们却优雅地在尼罗河上来去，轻松地顺流而下或逆流而上。这些船和河边的骆驼并没有很大区别——它们都是棕色的，都负担着沉重的重量，都很疲劳，很紧张，但都是这沙漠景色中不可缺少的一部分。

“埃及人也会把人的骨灰洒到尼罗河里吗？”玛蒂转过身问爸爸，他们将在船上度过几天时间，然后向北回到开罗，路上会在几处著名的寺庙和陵墓稍作停留，这样的安排让她觉得很开心。

他把旅行帽往上面推了推，这样就能把她看得更清楚了。“不会，宝贝。我从来没有听说过。”

“为什么呢？”

“我不知道。但我认为，他们也同样认为这条河流是神圣的。他们已经对它朝拜了几千年。古老的埃及人还有一个掌管河流的神。”

玛蒂坐在椅子上，朝前靠过去，想到了妈妈。“还有呢？”

“嗯，我在什么地方看到过，古埃及的法老相信，生命开始于尼罗河的东岸，结束于西岸。这也是为什么所有的陵墓都在河西岸的原因。”

“为什么他们会这样认为？”

“因为太阳。太阳从东边升起，从西边落下。”

玛蒂举起望远镜，看着远处的地平线，寻找着陵墓的踪影，不知道妈妈是不是也在西岸。“也许这些古埃及人是对的。”

“也许是的，小袋鼠。”

玛蒂继续搜寻着远方的地平线。“为什么埃及人给他们爱的人修建了这么多神奇的陵墓，但在美国我们却什么也不修呢？”

“我——”

“沙贾汗大帝给他妻子修了泰姬陵。日本人在他们房子里面就有供桌。但我们却没有给妈妈做任何事情。我们只是把她埋了。我不知道这是不是就够了。我觉得这完全不够。”

伊恩把自己的椅子朝她搬过去，把手放在她膝盖上。“不要担心，小袋鼠。我们是那么爱你妈妈。非常非常爱。”

“那么我们为什么不能给她修点什么东西呢？”

“沙贾汗是印度的国王。他想花多少钱，就可以花多少钱，所以才能修泰姬陵。”

“所以呢？他还是做了。我们也有钱。我自己的银行账户里就有四百多美元。我知道你的钱比我多多了。”

伊恩靠过去，吻了吻她的额头。“你想在我们家里给她弄一个供桌吗？就像日本人那样？”

“好。就像他们那样。摆上她的照片，我们可以跪在前面，为她祈祷。”

“那没有问题，宝贝。等我们回去以后就办，我们给她弄一个很漂亮的供桌。”

她点点头，从口袋里拿出曾祖母的戒指，她长满雀斑的脸上还看得到一些没有抹匀的防晒霜。“谢谢你，爸爸。”

“谢谢你，宝贝。这是你想出来的。这个主意很好。”

玛蒂摸着那枚戒指，希望自己的手能再大一些，她很想戴上这枚妈妈曾经戴过的戒指。一艘小帆船从他们的大船前面开过，朝西岸开去，船头站着一位穿白色短袍的年轻人。玛蒂看到他和他的船，还有他身后的棕榈树和沙漠，把戒指套在大拇指上，拿出了画册。一分钟不到，她就已经用一支蓝色的铅笔，画出了尼罗河的轮廓。

玛蒂开始画河上的帆船，伊恩却想起了乔治娅。他很想念她。她总是能让他感觉到安稳、平静。她也想牵住他的手，抚摸他。她没有被他对凯特的爱而吓跑。但是，乔治娅很敬重他们之间的那份爱情，也敬重他想要保持那份忠诚的努力。她没有主动追求他，即便是她内心的一个部分表现得很明显。

伊恩把手伸进背包，拿出一片抗酸药，扔进嘴里。他们越朝尼罗河的下游，河面也就越来越开阔。远处河面上有一处处砂岩建筑的废墟，伊恩发现自己不仅仅是在希望凯特能够看着这样的景色，也希望乔治娅和霍莉能一起分享。他看着西边，摇着头。为什么，我的爱人，他想，为什么你要让我们来走这一趟？是为了让我们的联系更紧密？是为了让我们有新的生活？是为了让我们和乔治娅、霍莉相处吗？你希望我爱上她，像你在诗里说的那样？我知道你写了那些话，是你的力量、你的意志把它们写在纸上。但那是你真实的想法吗？我开始有点喜欢她的时候，又看到了属于我们的那座石桥，你曾经在那里也想写一首诗。我没有办法停止想那座桥。它是一个暗示吗？如果它不是，你能给我一个暗示吗？你能告诉我，我该怎么办吗？我知道小袋鼠也想再见到她们。我内心的一个部分也这样希望。但我还没有准备好离开你，我的爱。虽然我很喜欢牵住乔治娅的手……吻她的手……但我不能放开你的手。

玛蒂画完画，把画举起来给伊恩看。“这真是一幅漂亮的大作，”他说，她把这条大河画得栩栩如生，还有远处的沙漠。“我喜欢那艘船。看上去它就像在往前开一样。”

“谢谢夸奖，爸爸。”

“画得很棒，宝贝。你很有才，知道吗。不过不是我传给你的。我可不会画画，我天生就笨手笨脚的。”

玛蒂点点头，把铅笔放到一边。“爸爸？”

“什么事？”

“我不想一周以后就回纽约。听上去好可怕。”

伊恩把她的画放下来。“可怕？为什么会可怕呢？那里是我们的家。有我们的朋友。是个很漂亮的城市。”

“我不想看到我们的家，也不想见我们的朋友。对我来说，那里有太多回忆了。”

“我的感觉也一样，宝贝。我明白。真的明白。但我们没有选择。我们已经出来太久了，必须回去了。我得找份新工作。你也要回学校了。”

“但我们在香港也一样可以做到。霍莉和她妈妈就做到了。”

他跪下来，把她的画本放到一边，握住她的手。“我们必须回家了，小袋鼠。香港不是我们的家。它是一个度假的地方，我们可以去那里看望我们的朋友。我们明年会再去的。”

“那是太久以后了。”

“不会的，只是——”

“你就是想让自己伤心，”她摇着头回答，把大拇指上的戒指取下来，紧紧握着，“所以你才想回去。这样你就可以继续伤心了。这样你就可以像以前那样一天到晚工作了。”

“我就可以伤心了？你在说什么呀，玛蒂？”

她把他的头推开，站起来。“你想让我和你一样伤心。所以我们要回纽约。”

“你根本就不明白自己在说些什么。一个字都不明白。”

“你说错了！我都明白！一切都会和以前一样，但我现在连妈妈都没有了。我会是一个人！”

“玛蒂。”

“你要开你的会，出差，还要接乱七八糟的电话，就剩下我一个人！”

“不会的。那——”

“放开我！”她叫着推开他的手，跑向通往楼下的楼梯。

他在她身后叫她，看见她的一滴眼泪落在自己的手背上。这滴眼泪在埃及的烈日下闪闪发光，让他伤心极了，让他的疼痛越发加剧了，好像有人往上面泼了一桶汽油，然后又把它点燃。在她的眼泪里，他看到了自己生活的失败和心痛，更糟糕的是，也看到了她生活中的悲哀。

他拿起她的画册，急匆匆追她，完全没有注意到周围游客的目光，也没有看到在他右侧出现的雄伟神庙。

第二天，玛蒂和伊恩从船上的大跳板走到了尼罗河边的石砖码头。他们的船停泊在一个古老的城市，卢克索，这里以凯尔奈克神庙群而闻名——它集中了各种神殿、方尖碑、狮身人面像、教堂，等等，有些已经有将近四千年的历史了。

玛蒂和伊恩手牵着手朝凯尔奈克神庙群走去，她努力让自己看起来高兴一些。虽然她前一天晚上发了脾气，但她后来听到爸爸半夜一直待在浴室，他把所有的灯都关了，待了两个多小时，直到他最后回到床上，玛蒂才睡着。她很后悔自己朝他发火，后悔自己从他伸开的双手中跑出去。是她让他躲在浴室里面的，他在里面的时候总是伤心难过。

第二天早上，玛蒂向爸爸道歉，但爸爸告诉她没关系，这让她更加难受了。如果他生气了，像她那样发一通脾气，她可能还会好受一些。但他没有。他只是抱住她，告诉她发脾气也没关系，有时候发脾气是一件好事。他吻了吻她的额头，紧紧抱住她，她觉得自己是那么渺小。

现在，他们离凯尔奈克神庙群越来越近了，玛蒂牵着爸爸往前走，比他们船上下来的其他游客都走得更快。很快，他们就看到了大门——一扇巨大的长方形砂岩大门，门中间有一个洞。爸爸去买票的时候，玛蒂仍旧牵着他的手。他们走到大门里面以后，玛蒂所有的内疚和伤心突然都不见了——取而代之的是惊讶和敬畏。

凯尔奈克拔地而起，就像是一处海市蜃楼，或者说，更像是一个奇迹。整个神庙群规模巨大，古老而又神奇，看上去就像是史前的建筑。厚厚的城墙上刻着象形文字，讲述着数千年之前尼罗河边的生活，还可以隐约看到绿色、蓝色、棕色和黄色的颜色。墙与墙之间是十几根高耸的石柱，每一根都像红杉树般粗大。露天的房间比玛蒂见过的任何建筑都要大，甚至比纽约中央车站都宏伟。远处，一座座狮身人面像仿佛随时都会活过来。一个有十层楼高的方尖碑投下了长长的影子。

玛蒂想把凯尔奈克的景色画下来，但她应该从何下笔呢？这个地方太大了，景色太多了。她可以在这里花上一年，还是没有办法把自己想画的一切都画下来。她看着墙上的一个象形文字，是一只张开翅膀的鸟，她摸了摸脑门，想要弄明白它的意思。

玛蒂正在想象着某个人把这只古老的大鸟刻到柱子上的情形，一个埃及人慢慢朝她走来。他拿着一根已经晒得退色的拐杖，穿着脏脏的蓝色长袍，从肩膀一直披到脚踝。脸上包着一块白色头巾，遮挡着太阳。男人满是皱纹的皮肤比旁边岩石的颜色还要深，但他的眉毛却是白色的。“你们好，先生，小姐。”他用英语轻声说，鞠了一躬，“我叫拉希迪。请问你们叫什么名字？”

伊恩刚想说话，但他想起乔治娅是怎么鼓励霍莉和当地人交流的，他做了个手势，让玛蒂回答。

“我叫玛蒂。”她回答，低下头作为回礼，“这是我爸爸，他叫伊恩。”

伊恩笑了。“你好。”

这个埃及人继续站着太阳底下，他的脸上看不到一滴汗，但玛蒂已经大汗淋漓了。“你知道吗，玛蒂小姐，凯尔奈克神庙群是全世界最大的朝拜场所。它有两百英亩，你可以很容易地把五十座欧洲教堂放进来。”

玛蒂看了看四周，不知道那些高耸的墙壁后面是些什么。“我不知道。还有什么……我不知道的吗？”

“玛蒂小姐，你旁边的那根柱子，就是刻着鸟和鳄鱼的，是几代工匠才雕刻完成的。他们从年轻的时候开始，一直到死的那一天，都在工作，但只完成了石柱上很小的一个部分。”

“所以他们都没有看到它刻完后的样子？”

“是的，”拉希迪回答，朝四周做了个手势。“凯尔奈克神庙群用了几千年才完工。你知道吗？玛蒂小姐，曾经有八万一千个奴隶在这里工作。想想那是多少人啊。”他停下来，笑了笑，露出嘴里乱七八糟的黑牙齿。“他们是奴隶，受到了毒打。但是现在，人们从全世界各地来看他们所修建的地方。人们并不看富人们曾经有过什么样的言行，只是来看这些最贫困、最低层的奴隶们用双手创造的奇迹。”

“哦。”她想到了卢比，觉得他和这些修建凯尔奈克神庙群的奴隶并没有什么不同。突然，她觉得自己在船上哭起来，从爸爸身边跑开的行为很傻。至少还有人在爱着自己。她不用在肮脏的河里寻找死人的金牙。她从来没有当过奴隶，也永远不会去当奴隶。

“玛蒂小姐，你想让我来当你们的导游吗？”

玛蒂让自己的思绪回到现在，她看了看这个埃及人，又看着爸爸。“那要……要多少钱？”她问，她知道霍莉会希望她能讨价还价一下。

“随便你。我就和这片沙漠一样老了，对一个老人来说，钱也没有什么用了。”

“我们去哪？”

拉希迪站得更加笔直了。“来吧。我带你去看。你也一起来，伊恩先生。”

伊恩谢过拉希迪，他开心地跟在玛蒂后面，很高兴看到她敢和一位包着头巾的陌生人充满自信地交谈。

他们走在路上的时候，拉希迪靠近玛蒂。“你知道凯尔奈克是什么意思吗？”

“不知道。”

“它的意思是最完美的地方。”

“真的吗？”

“等着瞧，玛蒂小姐。等着瞧你就知道了。”

他们走过一个拐角，经过了几个人和动物的雕像。“这里有多少个雕像？”玛蒂牵着爸爸的手问。

拉希迪转过身，眯起眼睛，他的白眉毛又长又乱。“你是问有多少个雕像？我可不知道，玛蒂小姐。可能有一万个？法老很喜欢雕像。他们雕自己最喜欢的神灵，也雕自己的像。”拉希迪拐进一条狭窄的走廊，走廊墙壁上刻满了描述战争军队的象形文字。走廊另一边则是一块倾斜的方尖碑。“我敢肯定，玛蒂小姐，你一定会喜欢这个的。”

玛蒂看着方尖碑，虽然它已经倾斜了，但几乎是完好无损的。“它有什么含义吗？”

“三千多年以前，统治埃及的是哈特谢普苏特女王，她建造了这座方尖碑，另外还有一座，现在还竖立着。她统治的时间长达二十多年，是我们最强大的法老之一。她修建了很多神庙，种植了树林，让埃及人从贸易中变得富裕起来。”

伊恩看到玛蒂点点头。“我觉得，宝贝，”他说，“你应该把她的方尖碑画下来。”

“哪一个？”

“你想画哪一个？”

“还立着的那一个。”

“那好，我们就坐在方尖碑下面阴凉的地方，你就可以画了。”

拉希迪走过来。“你会画这个？”

“她画得不错，”伊恩回答，“哈特谢普苏特女王让她有事可做了。”

这个埃及人笑了。“哈特谢普苏特女王应该给她树一尊雕像，奖励她对这个世界的贡献。”

玛蒂看着方尖碑，看到了一处蓝色。“那是什么？”

“你看到的是圣湖，”拉希迪回答，他往前走，嘟囔着，拐杖搅起了地上的灰尘。“来吧，我带你看。”

玛蒂很快就看见了这个湖泊，它是长方形的，周围都是砂岩石。有几处台阶通往湖面，湖水清澈靛蓝，一群群的鹅在湖中游水。湖面一个角落的旁边，一排矮矮的棕榈树在微风中轻轻摇摆。

“图特摩斯三世修建了这个湖。”拉希迪说，他的眉毛和他的嘴巴、他黑色的眼睛一起动着，“祭司们用这里的湖水来举行仪式，他们会穿成神灵的样子，坐在金船上绕湖航行。玛蒂小姐，每天早上，祭司都会在日出的时候在湖边将一只鹅放生。他们这样做是为了让阿蒙神[①] 高兴。你也看到了，那些鹅现在都还在这里。”

玛蒂靠湖边走过去。“它们离开过吗？”

“从来没有。我还是个孩子的时候，它们就在这里，我化为尘土以后，它们也会一直在这里。”

“这里……湖水有多深？”

“只有图特摩斯和他的奴隶们才知道。不过应该很深。非常非常

① 阿蒙神使古埃及一位主神的名字，被认为是万物的创造者。——译者注

深。很多人相信，每当深夜，死去的亡灵会从湖水中升起，坐着他们的金船从湖的一边航行到另一边。"

玛蒂朝爸爸走了一步。"我能问你一件事情吗，拉希迪先生？"

"尽管问，玛蒂小姐。我一定知无不言，言无不尽。"

"你希望自己死去以后也葬在尼罗河的西岸吗？"

拉希迪挠了挠下巴，手在微微颤抖。"当我不能再工作的时候，当我很累很累的时候，我就会从河边朝西走。我会一直走到沙漠里，走到沙漠的深处。到了晚上，我会点燃一小堆火，看着法老曾经看到过的星星。然后，第二天，沙漠里的热浪就会把我带走。"

"但是……但是，你的孩子怎么办呢？你不想和他们说再见吗？"

"我没有孩子，玛蒂小姐。所以我会和凯尔奈克神庙说一声再见，然后我会努力去找我的神灵。我不需要任何人记得我。不需要任何人为我流眼泪。"

玛蒂仔细看着面前的老人。虽然他在微笑，但她却为他感到伤心。"我会记得你的，"她点着头说，直视着他黑色的眼睛，"我会记得你告诉我的这些关于女王和鹅的故事。"

"你真是好心，玛蒂小姐。"

"我会想着你的……当你在沙漠里的时候。"

拉希迪笑起来。他的腰弯得更低了，他的长袍拖到灰尘扑扑的地上。他把手伸进口袋，拿出一个甲虫化石，递给玛蒂。"圣甲虫在埃及是很珍贵的东西。"他说，他几乎是跪在她面前，"甲虫来自大地，从一堆粪土中来。它出生后，走过沙漠。它来自虚无，而它死了以后，却像太阳一样，总是能再回来。"

他做了个手势，让她接过那只甲虫，她照做了，小虫落在她手掌上的感觉让她很惊讶。“真漂亮。”

“请收下它，玛蒂小姐。做个纪念，这样你就能记住我了。当我在沙漠里的时候，我也会想着你拿着它的样子。这样的想法会让我平静；愿上帝保护你、保佑你。”

伊恩和玛蒂在尼罗河上游玩了三天，看到了河边各种令人震惊的神庙和纪念碑，现在，他们的游船之旅已经结束了，他们乘坐一架小型飞机前往红海边的度假城市沙姆沙伊赫。从很多角度来看，沙姆沙伊赫都像是一处沙漠中的绿洲——它出现在沙漠的中央，周围长满了棕榈树，位于辽阔的红海边。整座城市都是由国际化的酒店、潜水商店、赌场、商店和集市组成。钢筋水泥的边缘——是沙漠开始的地方，贝都因族[①] 人五颜六色的帐篷让猛烈的阳光也变得平静起来。帐篷旁边站着骆驼和穿着长袍的人们，骆驼的蹄子和人们的脚步在炙热的沙地上来回走动。远处几英里的地方，荒芜的山地沉默地高耸着。

红海并不是红的，而是深蓝色的。人们已经在这里航行了几千年，埃及人、波斯人、罗马人、中国人都把它用做非洲和亚洲之间往来贸易的水上通道。据说，是摩西把红海一分为二[②]，让以色列人逃过了埃及军队的追杀。拿破仑曾经试图控制红海，但是失败了。在现代社会中，它虽然已经丧失了部分战略上的重要意义，但仍然是一个

① 是在非洲东部沙漠和撒哈拉沙漠中散居的一支游牧民族。——译者注

② 《圣经》中的故事，摩西带领以色列人走到红海边，按照上帝的吩咐向红海伸出手杖，一阵大风从东边吹过，使得海水在一夜之间退去，露出大地。——译者注

重要的航行通道。

伊恩一边看导游书，一边向玛蒂解释红海的历史。现在，他们坐在海边的塑料沙滩椅上，玛蒂觉得，自己很难相信摩西和拿破仑那样的人物曾经见到的红海会是现在这样。他们居住的酒店看上去是那么现代、时髦——到处都是盯着笔记本电脑的商人和玩着潜水和滑水的游客。这座四层楼的酒店是全白的，有朝海的房间，还有茂密的花园、一家迪厅和一个巨大的游泳池。

海滩很宽敞，虽然挤满了成百上千的人，但显得很安静。风吹动遮阳伞。快艇拉着滑水的人。来自世界各地的家庭享受着这里的阳光——小孩子在沙滩上玩耍，年轻人扔着或踢着各种球，家长们看书、休息。

玛蒂尽情地看着这一幕，她把画本从背包里拿出来。很快，她就用铅笔在一张白纸上画出了各种形状和颜色，她画的都是很多人根本不会注意的场景。她仔细又耐心地画着，她讨厌出错，所以不慌不忙。

伊恩调整了一下竖在他们中间的遮阳伞，把它朝玛蒂偏过去，把伞柄深深地插进沙地。玛蒂穿着一件蓝色的比基尼，是他从旁边的商店买来的，但他还是不太习惯看到她穿成这个样子。他不喜欢她长大的感觉，而穿着比基尼似乎是朝着她长大的方向又跃出了一大步。但她自己却很喜欢这件衣服。

她停下手中的蓝色铅笔，看了看四周，注意到他正看着自己。“爸爸？”

“什么事，宝贝？”

“我们在凯尔奈克神庙群的时候，我想到了你。”

“怎么说？”

“嗯，我当时想着拉希迪和卢比，他们都是孤身一人。我想到拉希迪就要一个人走进沙漠，卢比也是一个人在恒河里。”

伊恩点点头，他的身体很放松，肚子也不疼，脑海中还在重复着孤儿院院长的回信，他终于回复了电子邮件，说他们的网络连接出了问题，他很抱歉，他说卢比一切都很好。“所以呢？”

“我习惯了孤独的感觉，但有时候还是会觉得孤单，但是我知道，我从来都不是一个人，我也永远不会是一个人。”

“你说得对，宝贝。”

玛蒂握住他的手。“你……你知道怎么赶走我的孤单。对不起，我那天在船上朝你发脾气。你是我爸爸，我那么爱你。无论妈妈在那些诗里跟你说了什么，我都想对你说同样的话。我也会一直想着同样的事。”

伊恩在她身边跪下来。他吻着她的额头，紧紧抱住她。“无论我为你做了些什么，宝贝，你都一次又一次地为我也做过了。如果我曾经让你笑过，那你也让我笑了。如果我曾经赶走过你的孤单，你也同样赶走了我的孤单。我们是一个团队，是最好的一个。”

“谢谢你，爸爸。谢谢你鼓励我。”

“谢谢你，小袋鼠。”他又吻了吻她，觉得自己充满了力量，充满了生气。

伊恩看着海滩上玩耍的人们，他想起了那天和玛蒂、霍莉、乔治娅在游泳池的情形。他们笑得那么开心。至少，他暂时忘记了悲伤。一个简单的马可波罗游戏让他重新感到了年轻，让他陶醉在玛蒂的快乐中。那是自从凯特过世以后，他第一次感觉和另外一个女人那么贴近。乔治娅占据了他的心，虽然他自己当时并不知道。他看到了她带来的希望，看到了自己一家人在有了她们一家人的陪伴下变得更好了。

他想起凯特写给自己的信，让他去寻找新的记忆，想到这里，他把背包的拉链打开，找到了他今天早上放在里面的胶卷筒。他把它打开，拿出一张小纸卷，他把纸卷展平，马上就看到了纸条最后面凯特写的那首诗。

我们的爱永远不会消失，也不会减弱。
我们是一体的，也会永远如此——
我们是同一本书中不同的页。

但生命很长，你不应该独自走过。
请你不要独自走过。

再去寻找幸福吧。
找到另一个版本的我们。
在那个版本中，
庆祝我们曾经有过的日子，
我们一起创造的生活，
我们相伴走过的道路。

只有当你感到幸福，你才能在回忆我的时候，再次露出微笑。

我希望能在天堂看到你的微笑。

我希望看到你的重生。

带着记忆，

带着欢乐，

带着希望。

记住……

爱是不受驯服的狂野，

是奔涌向前的河流，

是永不反悔的承诺。

我爱你。

伊恩闭上眼睛，还拿着那张纸条，脑海中重复着凯特的话，她的远见和坚强让他惊讶。他相信，通往幸福的最终道路也许真的是从乔治娅和霍莉开始。我们不应该离开她们，他想。不是现在，不是在我们之间已经建立了如此紧密联系的时候。

伊恩摘下太阳眼镜，看着万里无云的天空。你是怎么知道的，我的爱？他边问边想，凯特在临死之前是怎么想到让他去找另一个女人的。如果我们之间的处境对调，我不会像你这样勇敢的。我无法想象你和另一个男人在一起的情形，即便是他能带给你快乐也不行。对不起，但这是我真实的想法。我让你失望了。

他又擦了擦眼睛。我是那么爱你，他想。你现在是，以后也永远是我一生的挚爱。我已经对你说了很多次，我并不相信上帝。对我来说，他就是一个没有用的摆设。但是他们都说是摩西分开了这片海洋，也许确实是他做的，因为在冥冥之中，确实有一个人把你带到我身边。有那么一个人把你带给了我，这是我生命中最美妙的礼物——我们的生活道路相交，这样我才拥有了你，而你又把玛蒂带给了我。没有了你们两个，我什么都不是。

“爸爸？”

伊恩低下头看着玛蒂。“什么事，小袋鼠？”

“你在哭吗？”

他摇摇头。“没有，宝贝。只是……防晒霜弄到眼睛里了，就像是蚂蚁咬一样火烧火辣地疼。”

“或许你可以把它们冲走。去红海里游游吧。”

“你会和我一起去吗？”

“当然。”

伊恩拿起面罩和潜水管，牵起玛蒂的手，朝大海走去。和猛烈的日头以及附近的沙滩相比，海水比他预料的要凉一些。他继续牵着玛蒂的手，朝海水更深处走去，轻柔的海浪没过了他的小腿，然后是大腿。他把玛蒂的面罩和潜水管递给她，很高兴地看到她满是雀斑的小脸看上去依然稚嫩。

她把装备戴好。“我们应该去哪儿，爸爸？你觉得他们这里也有鲨鱼礁吗？”

“应该没有，宝贝。我觉得没有。不过让我们……找一点漂亮的东西。送给霍莉。”

“寄给她吗？要不给霍莉和卢比都寄？”

他整理了一下她的泳衣，试着让衣服遮得更多一点。“要不亲手交给她，小袋鼠？你愿意那样吗？”

“交给她？你是说，明年等我们再去香港的时候？”

“我是说下个月。等我们回去香港的时候。”

“什么？”

“你还想回去香港吗，宝贝？我可以在那里工作一段时间，我们看看行不行。我们也可以离开埃及以后回美国，先和我们的朋友亲人问个好，然后再去香港。”

她取下自己的面罩。“真的吗？真的吗，爸爸？”

“如果你想去的话。”

玛蒂扔下面罩，在海水中跳起来，紧紧抱住他的脖子。“我想。我想。我想。”

“我觉得也是。”他回答，把她抱起来，觉得她的身子是那么轻。

“但是，这……你也想去吗？”

“是的，大副。我觉得你妈妈也会希望我们回香港。我觉得这是她让我们开始这段旅行的原因之一。”

玛蒂四周看了看。“哪边是西，爸爸？”

他抱着她，指了指西边。“那边。”

“我们能朝那边游吗？我觉得我们能在那边找到最漂亮的东西。”

“那我们就朝西游。”

“我们游的时候……你能不能牵着我的手？”

“我会永远都牵着你的手，小袋鼠。”

玛蒂笑着，伸出手从海水下面的沙滩上把面罩和潜水管捡起来。很快，她就游了起来，她牵着爸爸的手，看着海里绿色和蓝色的小鱼，为霍莉和卢比寻找着海底的宝藏，也在为妈妈寻找着宝藏，她要把那宝贝放在尼罗河西岸的一棵许愿树上，那里是亡灵安息的地方，在那里，妈妈就可以清楚地看到她做的一切了。

很久以后，天色已经暗了，月亮也爬上天空，伊恩坐在酒店房间的阳台上。玛蒂在房间里睡觉，伊恩把窗帘拉上，走进了夜色中。他把一个手电筒放在旁边的椅子上，手电筒发出微弱的光线，照亮了他手上的一个笔记本。他一边在本子上写着，一边看着一棵把枝叶伸到阳台上来的热带大树。这棵大树的历史一定比这座酒店还要悠久得多。它粗壮的树干上都是枝节，叶子也需要修剪了，但到处都在长出新鲜的嫩芽，仿佛它想要生存下去的意愿比以往任何时候都更加强烈。

伊恩写完日记，把本子放在一边，开始在一张白纸上写了起来。

凯特：

我不是个诗人，我的爱人，但我要告诉你——你总是让我产生想当一位诗人的愿望。你让我相信文字和思想的美。而现在，我还相信很多很多的事情。我相信你，相信永恒的爱和善良，相信我们的相遇是有缘由的。

我凝视着我们女儿的脸庞，也看到了你的面容。我听见她的欢笑，也就听见了你的笑声。

你是对的——如果某样东西已经成为了你身体中的一个部分，那它就再也不能离开你了。你就是我的一部分。我会永远珍惜我们之间的联系，就像太阳珍惜它和天空之间的联系一样。

我知道，我的爱人，我不用请求你原谅我即将要做的事，我要敞开心扉。我知道是你在指引我走上这条道路，也知道你为什么要这样做。你牵着我的手，带着我走向光明的源泉，走向一个新的开始。我并不是在远离你，而是在走向你，走向那个一体的我们，那种超越了自我的感觉。

我一直都很爱你，也会永远爱你。你创造了我们，而我们又创造了这样的一个奇迹。玛蒂一定会开心，一定会满足，一定会得到爱。你拯救了她，也拯救了我。我们还要去拯救一个流落街头的小孩。这个小男孩曾经迷失过方向，但他很快就能重新找到自己的方向了。

我们在一起的生活那么充实，你和我。我们会继续那样的生活，并不是在肉体上，而是在精神上。然后，有那么一天，我不再需要许愿树就能和你说话。我会去你已经去的那个地方，那里，所有的美好都得到了庇佑，所有的幸福都变成了永恒，我们会一起看着这完美的一切——就像玛蒂的画，充满了美妙、希望和爱，是那么神奇。

看看我们已经做过的一切，我的爱人。看一看，你一定会高兴的。我爱你！我爱你！我爱你！

伊恩

他小心地把纸条折好。确定玛蒂还在睡觉，而且房间的门已经锁好以后，他悄悄爬到阳台边。地面在二十英尺以下，当他看着旁边的一根粗树枝时，心跳都加快了，那根树枝大概离他有一个手臂远，有他的大腿那么粗。他相信那树枝一定能够支撑住自己的重量，这棵古老的大树一定不会让自己失望，他把信塞进口袋，翻过阳台，站在阳台边上，双手抓住了背后的金属栏杆。

他深吸了几口气，仔细看着那根树枝，他跳了出去，手臂紧紧抱住树枝，他的皮肤有几处都擦破了皮，但他并没有在意。他喘着气，往上爬，把腿搭在树枝上，翻过身爬到了树枝上面。他往前摸索着前进，摸到了树干，继续往上爬。他爬树的时候觉得很开心，好像自己离凯特越来越近了。而他也越爬越高，直到最后，整棵大树都在他的脚下，红海海面上遥远的灯光就像是一只只闪亮的萤火虫。

一阵微风吹过，树叶摇摆着，沙沙作响，整棵树仿佛都有了生命。他看着满天的繁星和世间的一切。他想着在房间里睡觉的玛蒂，想着他们将要一起去探索更多的高峰、更多的山谷，游览更多的海洋，画下更多的画。他的生命还没有结束，他知道，虽然不久以前他自己还曾经有过这样的担心。从很多方面来看，他就像是这棵树，这棵树的祖先也许还曾替摩西遮过荫。它很多地方都受了伤，有些树枝已经被砍掉，曾经光滑的树干也出现了裂痕。但它还是毫无疑问地活着，支持着更多的生命。小虫在它身上爬来爬去。旁边还有一个鸟巢。它还知道如何在风中歌唱。

伊恩在树干上找到一道裂缝，里面有一些枯叶和一层细沙。这些沙子应该是在酒店修建之前就被吹往红海的沙尘暴吹来的。伊恩尽量不去搅动那些沙子，他把信小心地放在了裂缝里。无论是看到古老的细沙，还是给凯特留下一封信，都让他产生了一种神圣的感觉。自从凯特去世以后，他从来没有像现在这样，感觉和她如此贴近。他相信许愿树的力量。他相信她能看到许愿树上的自己，她能够看到、听到、感觉到他写给她的信。她虽然已经过世了，但却在不断向他诉说——引导着他来到这里，来到一个他可以重生的地方，这里，尼罗河流淌了几千年，把肥沃的淤泥和水分带给周边的土地，也让沙漠有了生机，让这里成为一个充满回忆、历史和雄浑感的地方，让人们可以继续去寻找发现。

河水还在流动，水流还远不会消失，它的故事还没有讲完。

中国香港

陌生人的微笑

那男人和女人经常手牵手。男孩子则坐在两个女孩旁边，和她们一起玩耍，就像是兄弟姐妹，但他们并没有同样的肤色和血缘。

"鸟儿歌唱不是因为它们有了答案，而是因为有歌要唱。"

——中国俗语

一位老人摘下自己厚厚的眼镜，用衬衫擦了擦，把它放在长椅上。他还是个孩子的时候，就经常到这个公园来，虽然公园下面的城市已经发生了变化，但公园还保持着原貌。石块还是一样，宽敞的草地也是一样，孩子的笑声、太阳照在皮肤上的温暖，也都是一样。

在过去的一年半里，这位老人经常看到一个西方人的家庭，虽然他听不懂他们的语言，但他们的面容却让他感觉熟悉而友善。他们会坐在一张野餐毯上，享受着快乐的一天。一个女孩子有着长长的浅棕色头发，总是在画本上画画。另一个女孩和她差不多年纪，总是爱和一个深色皮肤的男孩子说笑，这个男孩子是不久前才刚刚加入他们的。

老人不知道这个男孩子是哪里人，但他看上去和两个女孩子，还有带他们来的男人和女人都很不一样，那男人和女人经常手牵手。男孩子则坐在两个女孩旁边，和她们一起玩耍，就像是兄弟姐妹，但他们并没有同样的肤色和血缘。

太阳越升越高，老人继续看着这家人，感受着他们的快乐，想起了自己的兄弟姐妹。

那个爸爸从背包里拿出一个足球，很快他就和那个女人踢了起来，孩子们也立刻加入。他们跑着，笑着，踢着球，跌倒了，哈哈大笑，让老人也不由得也笑了起来。

后　　记

亲爱的读者们:

首先，我想感谢大家看完了这本《许愿树》。世界上有无数精彩的小说都值得一读，我很感谢你们花时间看完了我的书。希望大家能够喜欢。

《许愿树》是在我的第三本小说《龙之屋》后出版的，我想让大家了解一下《龙之屋》项目正在援助的街头流浪儿童的现状。在那本小说取得成功以后，我们收到了很多来自读者的直接捐赠，在过去的一年里，我们为大约八百名在越南街头流浪的儿童购买了全套的学校课本。这样的结果让我很欣慰，我也非常感谢所有鼓励我们的慷慨读者、图书馆的工作人员和图书经销商。

我希望《许愿树》也能带来良好的社会效应，所以我决定将一部分收益用于支持美国的植树基金会。如果您购买了《许愿树》，或是向朋友宣传它，您要知道，您就已经帮助我们种下了一棵小小的树苗——我想，那就是一棵许愿树。

和以前一样，欢迎你们随时联系我，向我提问题，或是发表评论。你们可以通过我的网站www.johnshors.com找到我。

祝好。

约翰

博集天卷最佳译文

《天堂可以等》
（英）凯莉·泰勒
江苏文艺出版社
ISBN：9787539937755
定价：26.80元
欧美言情天后凯莉·泰勒谱写纯爱新经典，超越生死的爱情传奇！

《44号孩子》
（英）汤姆·罗伯·史密斯
江苏文艺出版社
ISBN：9787539937946
定价：29.80元
一个令人毛骨悚然的时代，关于爱情与家庭、希望与信仰的生死救赎。

《沉默之心》
（加）莱安·德康
江苏文艺出版社
ISBN：9787539938318
定价：28.00元
无法言说之痛，无法理解之惑，一段让全世界屏住呼吸的沉默。

《没有悲伤的城市》
（加）阿诺什·艾拉尼
陕西师范大学出版社
ISBN：9787561347676
定价：25.00元
关于爱、友情以及永不磨灭的信仰！

《少年罗比的秘境之旅》
（美）罗伯·欧姆斯德
江苏文艺出版社
ISBN：9787539937328
定价：25.00元
最冷酷的世界与最温暖的人性，最伟大的爱情与救赎。

《骨人的女儿》
（美）特德·德克尔
江苏文艺出版社
ISBN：9787539939339
定价：28.00元
失去爱的恐惧，会让你不顾一切吗？
为了被承认、被爱，人究竟会走多远？

《黑暗中的轻轻一吻》
（澳）葛兰达·密拉德
江苏文艺出版社
ISBN：9787539939957
定价：25.00元
穿越战争硝烟，只为寻求家的温暖；羸弱少年，寻爱之旅，能否换来亲情慰藉？
2009年度“昆士兰总督文学奖”最佳青少年小说。

《我不会死在这里》
（乌拉圭）南度·帕拉多
（美）文斯·劳斯
江苏文艺出版社
ISBN：9787539930169
定价：26.00元
安第斯空难生还者讲述唐山地震发生前震撼全球的灾难与感动人类的自救。

《暗月传说之夜曲》
（美）布莉·德斯佩恩
湖南文艺出版社
ISBN：9787540446734
定价：29.80元
在乌头草盛开的月明之夜，上演暗黑世界里的绝美爱情。
《暮光之城》之后欧美最流行的超级畅销小说。

《就说你和他们一样》
（美）乌文·阿克潘
江苏文艺出版社
ISBN：9787539937915
定价：26.00元
如果觉得生活太痛苦，是因为我们距离死亡还太远！
奥普拉2009年年度选书。

《别问我是谁》
（美）杰里·史宾尼利
湖南文艺出版社
ISBN：9787540448073
定价：25.00元
电影《美丽人生》的文学诠释，钮伯瑞大奖得主杰里·史宾尼利重要代表作。

《失落的玫瑰》
（土）沙尔达·奥兹坎
湖南文艺出版社
ISBN：9787540446246
定价：26.80元
你过着自己想要的人生，还是别人期望中的？
土耳其文学史上唯一超越诺贝尔文学奖得主奥罕·帕慕克的作品。

《沉睡在森林里的鱼》
（日）角田光代
湖南文艺出版社
ISBN：9787540446680
定价：26.00元
母爱也可以引起杀机！
直木奖得主角田光代极具冲击性的最新母子小说！

《带我回去》
（爱尔兰）塔娜·法兰奇
湖南文艺出版社
ISBN：9787540447755
定价：29.00元
二十二载怨愤轰然间灰飞烟灭，为什么，最想逃离的，总是最思念？悲情悬疑天后塔娜·法兰奇巅峰之作，令无数读者动容的希望与回归之书。

《我的家在蜜糖湾》
（美）海伦-库伯
江苏文艺出版社
ISBN：9787539939902
定价：29.80元
有太多美好过往，却再也回不去的地方。以无比真诚讲述的成长故事。
入选《今日美国》十大年度好书。

《忽然七日》
（美）劳伦·奥利弗
湖南文艺出版社
ISBN：9787540446857
定价：29.80元
我们平凡却可贵的人生，错了不会再重来。
一本让全美年轻人集体沉静的书，亚马逊书店2010最佳青年读物。